有爱的青春陪伴者

草萤有耀

松风alge 著

江苏凤凰文艺出版社
JIANGSU PHOENIX LITERATURE AND
ART PUBLISHING

图书在版编目（CIP）数据

草萤有耀 / 松风alge著. -- 南京：江苏凤凰文艺出版社，2023.6

ISBN 978-7-5594-7510-7

Ⅰ. ①草… Ⅱ. ①松… Ⅲ. ①幻想小说－中国－当代 Ⅳ. ①I247.5

中国国家版本馆CIP数据核字(2023)第013732号

草萤有耀

松风alge 著

责任编辑　王昕宁
特约编辑　周丽萍
出版发行　江苏凤凰文艺出版社
　　　　　南京市中央路165号，邮编：210009
网　　址　http://www.jswenyi.com
印　　刷　长沙鸿发印务实业有限公司
开　　本　880mm×1230mm　1/32
印　　张　9
字　　数　259千字
版　　次　2023年6月第1版
印　　次　2023年6月第1次印刷
书　　号　ISBN 978-7-5594-7510-7
定　　价　39.80元

江苏凤凰文艺版图书凡印刷、装订错误，可向出版社调换，联系电话025-83280257

目录

contents

目录

c o n t e n t s

-第一章-
空间折叠

一声沉沉的雷将闷热的空气劈出一道裂缝，豆大的雨点便似珠子般漏了下来。

夏末秋初，暴雨如注。

实验中学的操场上仍播放着第八套广播体操的音乐，怨声载道的学生们却纷纷罢工。

“怒！这还不让回教室？”

“实验中学校训，艰苦卓绝，排除万难，区区暴雨算什么？”

“这……我刚洗过的校服……”

…………

顾萤随手抹了一把脸上的雨水，出于惯性，仍然跟着节拍机械地挥舞摆动肢体，进行着并不标准的体操动作。

“回教室啦。”辛静一把抓过顾萤的手，拉着她挤入摩肩接踵的人流中。

“不就是下个雨，至于吗？”顾萤懒洋洋地由着辛静拖着走，“下节课是英语，好烦，能不能不回去……”

“哎，听说你弟又跳级了，直接跟我们成同学了，还考进了培优班。”辛静双臂撑着校服外套遮雨，狼狈地弓着腰，却仍然兴致勃勃地八卦个不停，“这才开学第一周，我已经听到好多同学在打听他了。”

“我都说过多少次了，别跟我提那个贱人生的野种。”顾萤不屑一顾地翻了个白眼，“重色轻友——”

风雨嘈杂，轻易吹散了顾萤的尾音，她本想接着“批斗”闺密，却猝不及防被人群中的力量推搡着失去了重心。摔倒前，她鬼使神差地想起上一节英语课老师讲过的一句西方俚语——Anything that can go wrong will go wrong（墨菲定律：如果一件事有可能发生，那么无论这个概率多么小，就一定会发生）.

“泽阳市实验中学发生严重踩踏事件”的新闻很快爬上了微博热搜，仅因一场暴雨就出了这么大的事故，网友开始纷纷谴责学校高层管理散漫，而此时的热搜第一已经盘踞了一整天——“天才钢琴少年沈清耀因车祸送医院救治，目前正在抢救”。

顾萤躺在医院里，全身都在剧烈疼痛，迷迷糊糊间又听到了顾泽可恶的声音，他一如既往在略带傲慢地高谈阔论些她听不懂的内容。如果不是因为她此刻动弹不得，她一定会像小时候那样拳打脚踢拼尽全力把他轰走。

她比顾泽年长三岁，心智却仿佛小顾泽三岁。每每街坊邻里不怀好意地把她和弟弟摆在一起比较，将他们当作茶余饭后的谈资，她都会恼羞成怒地狠狠补上一句——“小三的儿子，也配拿来和我比？”

所有人都以为顾萤对顾泽最为不屑，只有她自己心里清楚，这不过是色厉内荏，她比谁都要嫉妒那个事事趋近于完美的十佳少年——她一直坚信顾泽就不该存在，但这种坚定在母亲使用“云泥之别”这样的词来形容她和弟弟的时候开始土崩瓦解，她开始意识到，或许不应该存在的是自己。

“……方程当然有趣。二十世纪六十年代，三位美国物理学家发现了爱因斯坦方程的奇异解，命名为NUT解，这个解意味着时空扭曲变得合理。”身材单薄的少年慵懒地倚靠着墙壁，侃侃而谈，周围聚集了一大堆兴致盎然的同学。

“顾泽，你懂好多哦，说得我都想选学物理了！”离顾泽最近的女生崇拜地看着他说道。

“更有趣的是，就像我们下螺旋楼梯一样，”顾泽用手势惟妙惟肖地比画着，“我们螺旋下楼，绕360度之后并不会回到最初的点，在NUT解所允许的更高维度的解中，我们围绕一颗恒星做360度旅行，到达的将是另外一个时空，也就是说如果真的有NUT解所描述的宇宙存在，它一定会超出我们可见宇宙的范围，因为它们超出了光的范围。”

“那会不会有一天，时空因为某种原因发生了压缩，两个宇宙折叠重合在一起呢？”一名男生也变得热血沸腾起来，“我们能够和另外一个宇宙存在的信息进行交流吗？”

顾泽耸了耸肩，表情无辜：“这我就不懂了，你去问物理学家喽。我只是个十三岁的小孩子，怎么会知道那么多浩瀚宇宙的奥秘。”

众人皆扫兴地“唉”了一声。

“哟，顾泽讲课你们就这么感兴趣，我的物理课也没见你们听得这么带劲儿。”推门而入的是高一（1）班班主任郑承东，“我看以后物理课都让顾泽来上得了。”

“郑老师……”几个学生挠着头礼貌地起身。

“你姐姐怎么样了？”郑承东瞥了一眼仍然躺在病床上的顾萤，眉头紧锁，恨铁不成钢地长叹一口气，把手里拎着的一篮苹果放在床头的柜子上。顾萤的母亲是实验中学的语文老师，他的同事，对于顾萤的情况他一直非常了解，因而每次见到顾萤，他都会习惯性地愁眉不展。

“医生说只是软组织损伤和轻微脑震荡，好好休息一段时间就没事了。”顾泽手插着兜，轻描淡写地叙述。

“那就好。她妈妈还没过来？”郑承东环顾了一下病房，刚展开的眉心又皱了起来。

“阿姨在电话里说一会儿就到。”顾泽嘴角扯出一个标准的乖孩子笑容，“爸爸在出差，不过有我在，老师放心吧。”

郑承东笑了笑：“你姐姐哪怕有你一半懂事，我也就不这么费心了。”

顾萤半睡半醒间隐约听到只言片语，只恨自己此时不能立马跳起来暴揍那个两面三刀、虚伪做作的小男孩。

她正腹诽,不知过了多久,又听到了母亲熟悉的啜泣声自身边传来。

自顾萤有记忆开始,母亲总是在哭,或是崩溃的,或是疲惫的,或是不甘的,似乎母亲的半辈子都是在泪水中一点一点熬过来的。

顾萤听了只觉得厌烦,又没办法捂住耳朵,突然就泄气地想要一睡不醒,转念脑海里又浮现出顾泽脸上常见的耀武扬威又欠揍的表情,求生本能便重新像熊熊烈火般燃烧了起来。

沈清耀再次睁开眼睛的时候,首先看到的是一间陌生老旧的病房。寒酸的设备、略微泛黄的白床单,以及周遭弥漫着的浓重的消毒液味道都令他十分不适。

他平静地想起出事前跟母亲最后一次的争吵,母亲歇斯底里地质问他——“你这样浪费上天赐予你的罕见天赋,就不怕下地狱吗?”

原来地狱就是这样而已?

他正想着,突然感到自己咬了一口苹果,这才恍然意识到似乎自己的身体并不受自身意识控制,他仿佛只是一个飘荡的幽魂,寄居在了别人的躯体中。

“这是……怎么回事?”他下意识地脱口问出。

他感到自己的身体微微僵了一下,然后若无其事地接着吃苹果。

“你能听到我说话吗?”他迅速地思考了自己的处境,继续开口问道。

他又感到自己的动作停滞了一下,慌张地环顾了一下四周,又匆匆放下了手中的苹果,下床照了照镜子。

映入眼帘的是一张略带病容的脸,更准确地说,是一张清秀苍白的女高中生的脸。

“我的天……”就算他平日里再怎么从容淡定,也被此时的处境吓了一跳。

“啊——”顾萤一边尖叫,一边对着镜子拍了拍自己的头,“该不会脑震荡把我给震成精神分裂了吧?”

沈清耀倒吸了一口冷气,一时也茫然无措——他甚至不知道自己此时到底算是死了还是活着?

“不知道能不能用这个理由休学？”顾萤逐渐平复了心绪，开始自言自语地盘算着，仿佛这等离奇怪事只不过是稀松平常的一场感冒。

她这一句话直接打消了沈清耀试图和她沟通一下的念头。

这是什么思路清奇的奇葩？

他脑海里再次回荡起母亲撕心裂肺的咆哮——“就不怕下地狱吗？”

- 第二章 -

寄居的灵魂

顾萤住了一周院，回到家没两天就又被母亲林曼英叫到书房补习功课。

林曼英毕业于重点师范大学中文系，是实验中学出了名的优秀教师，刻板严厉，学生皆成才，唯独自己的女儿不争气。如果不是靠着教职工子女的身份，顾萤甚至连实验中学都进不了。这比起小学连跳两级，钢琴在各大省级比赛中获金奖，初中时又因为天赋异禀被学校老师用高中生身份报名了物理奥赛拿了省一等奖，直接录进了实验中学高中部后，又在分班考试中拿了年级第一的顾泽，顾萤回回垫底的成绩就像个突兀又尴尬的冷笑话。

林曼英脾气倔，离婚时愣是撑着口气一分钱没多要，又事事争强好胜，在顾萤小时候给她报了各种各样的兴趣班，长大了又让她参加英语夏令营。为了平衡开支，林曼英只能瞒着学校私下里接了两份家教的活儿。顾萤出事儿那天，她正给人补习作文，匆匆赶去医院的时候又不小心剐蹭了一辆奥迪 A6 的车门。车主狮子大开口，她无心争辩，只能照数赔钱了事。

而这些恼火无处发泄，自然全部转嫁到了顾萤身上。

顾萤一走进书房就感到压抑的气氛排山倒海地笼罩了过来，用脚趾想她都能预测到很快将会有一场狂风暴雨般的批判。

“哟，在医院住了一周精神那么好，一让你学习就萎靡了？”

林曼英看着顾萤不情不愿的模样，顿时火气“噌噌”往上蹿，把分班考的成绩单“啪”地拍在桌子上。

“知道自己考了多少名吗？你说说你，数学不及格也就罢了，语文为什么也只考了九十多分？我当老师这么多年，带的学生从来没有一个语文能考出这种分数的！我这辈子的脸全丢在你这儿了！

“我一个人辛辛苦苦把你拉扯大，尽心尽力培养你，你呢？你是不是觉得我很容易？

“你看看你，有没有一门课的成绩是能拿得出手的？同样是上学，别人怎么就能考高分，你十几个小时坐在教室里都干什么了？你对得起自己天天早出晚归这份苦吗？

“平心而论，我对你的要求高吗？我从来没要求你优秀，我没指望你能成什么才，我只希望你能当一个普通人，考一所普通的大学，毕业找一份能够安身立命的普通工作，这真的那么难吗？

“你知道这样下去的后果是什么吗？你或许只能考一个二本甚至专科，会沦为社会的底层，懂吗？妈妈能力有限，没有那个能力支撑你无所事事过一生。

“小时候给你报兴趣班，你自己说要学钢琴，我当时非常高兴你能对钢琴感兴趣，心想你也不是只喜欢玩，狠了狠心花了三万多给你买钢琴，结果你呢？你练琴练一个小时都如坐针毡，至今没考完十级，到了高中更没时间练。我一个普通的人民教师一个月收入多少？你一个小时钢琴课又要多少学费？你自己算一算。我省吃俭用就是让你这么糟蹋的？

“你从小练英语，没少请老师，你口语没练出来也就罢了，听写个单词都能有一半以上是错的。我就想不通，你长脑子到底是干什么的？数学题做不出来我不苛责你，死记硬背你都不会？”

顾萤垂头丧气地盯着木地板的纹路不说话，她知道妈妈这一开始数落肯定要从当下一直追溯到她小时候调皮捣蛋打裂了家里鱼缸的往事。

“好了，现在顾泽成了你同学，你看着他的名字列在第一位，都不觉得脸红吗？你就没有一点羞耻心吗？”林曼英越说越来气，抖得手里的成绩单“哗哗”作响，“你知道别人都是怎么说的吗？啊？你知道街坊邻居都是怎么笑话你的吗？说活该你爸不要你！”

“你有完没完！”顾萤忍无可忍，猛地抬起头来，故作不在意地扯了扯嘴角，轻飘飘地说，“你要怪就怪自己没有那个女的会生吧！”

顾萤转身前余光瞄到林曼英的表情逐渐扭曲了起来，内心交杂着快意和委屈。她一路跑回自己的房间，“咣”的一声把门摔得极响。

顾萤房间里的陈设非常简单，一个书橱、一张书桌、一架钢琴和一张床。

林曼英不允许她买太多闲书，不允许她买女生喜欢的小玩意儿，不允许她使用电子词典以外的电子产品，更不允许她追星。唯独她崇拜沈清耀这件事被林曼英允许了，因为林曼英认为这是一个正面形象的偶像，可以激励她练琴——虽然也没真正有什么效果。

顾萤望向自己床头墙上贴着的海报，海报上的少年侧脸清冷俊美，一身齐整的西装优雅庄重，修长漂亮的手指即将跃起离开黑白相间的琴键，仿若即将腾空而飞的燕尾蝶。

这是她在沈清耀唯一一次来泽阳市巡演时买的，当时她兴冲冲地去问了票价，结果囊中羞涩，只能买了一张海报聊以慰藉。

小时候顾萤在学校的阅览室读绘本，读到佐野洋子写过的一句话——“每个当下有每个当下的喜悦，无论多么不幸的时刻，人都可以靠小小的喜悦活下去”。她人生的喜悦不多，所以每当她心情低落的时候，都会一动不动地盯着床头的海报看好久，像一枚正在充电的电池。

其实她没有说谎，她是真心实意地喜欢弹钢琴，也非常认真地在练琴。但这个世界上有许多事情，仅仅喜欢是不够的，仅仅努力是没有用的，当她还在为业余考级的简单曲目苦恼的时候，十岁的沈清耀已经入读了著名的柯蒂斯音乐学院，师从著名钢琴家格拉夫曼。她曾在网上看过沈清耀在十岁时的一场音乐会上公开演奏普罗科菲耶夫《第二钢琴协奏曲》的视频，当即便被波澜壮阔的演奏彻底震撼了，

当天像打了鸡血一样疯狂练琴，可直到练到邻居敲门提意见也没能弹好克莱门蒂的《第六练习曲》。

她每次都忍不住感慨——“这就是世界的参差吗？”

“这也太羞耻了……”沈清耀憋了几天没说话，终于在顾萤盯着自己的海报看了超过半个小时的时候忍无可忍地开口吐槽——这张海报似乎是几年前的，那时他看上去眉目间尚带青涩，因为放置时间久了，海报的颜色也似乎有些奇怪，泛着一层模模糊糊的深棕色，远远看过去实在令他倍感尴尬。

这些天他基本接受了两个悲惨的事实：第一，这依旧是二十一世纪的中国，只不过是在一个自己并不熟悉的小城市，自己回不去，也不能自我了结，只能待在这个躯体里过像寄居蟹一样的生活；第二，这个女生不仅学业一塌糊涂，而且还弹不了一首像样的钢琴曲，前者倒是没什么，后者对他训练过的耳朵而言算得上是丧心病狂的折磨了。

“呀，你好久没说话了，我以为我的病好了呢！”顾萤这次显然淡定了许多，略带忐忑又难掩兴奋地说道。

“你的病确实好了。我是现实中存在的人，但或许已经死了，当然我也并不知道为什么会发生这种情况。”沈清耀冷冷淡淡地简略解释道，“不过你不必担心，因为这些天我发现似乎除了我会感受到你的视觉、听觉、触觉以及大脑的想法，并不会对你再有其他关键性影响，你完全可以当我不存在，做自己的事情就行。”

“哇，真的吗？那你是谁？”顾萤并没有提出质疑，不但轻易地接受了这个结论，甚至更兴奋了。

“沈清耀……”沈清耀突然不太想介绍自己。

顾萤微微一怔，目光缓缓挪回到海报上，忽而“咯咯”笑了出来：“你是沈清耀，我还是王羽佳呢！”

沈清耀默默替王羽佳嫌弃了一下。

“我的偶像现在应该远在美国，说不定正在开个人独奏会，是众星捧月的焦点，像光芒普照大地。”顾萤比画了一个夸张的姿势，又踢掉拖鞋跳上床，凑近了海报。她边欣赏边旁若无人地继续滔滔不绝，

“哎，你说，世界上怎么会有这么精致好看又才华横溢的人呢？跟他比起来，顾泽算什么男神呢？顾泽给他提鞋都不配！”

沈清耀无言以对，甚至想喊救命，他平生第一次明白什么叫“尴尬癌”。

“他这样的人，一定每天都非常充实，很有成就感吧？”顾萤叹了口气，向后仰倒在自己床上。

“为什么？”沈清耀本没想接话，却还是下意识地问出了口。

“自己热爱的事情，恰好是自己擅长的事情，这样的人是最幸福的了。”顾萤枕着自己的手臂，再次幽幽长叹一声，“不像我，每天灰头土脸的，什么都做不好。有时候我自己都觉得，我这样的人活着挺浪费粮食的。”

“那你为什么还要活着？”沈清耀丝毫不顾情面地反问。

“当然是为了我妈啊。”顾萤自嘲的语调渐渐沉重，“她这些年确实很不容易，我心里最清楚。她已经没了丈夫，只有我了。如果有一天我再有个三长两短，她肯定接受不了。”

“哦？是吗？”沈清耀忍不住讥诮道，“如果你真的那么体谅自己的妈妈，就应该认真学习，好好练琴，做一个积极上进的好学生，而不是仅仅把她的存在当作你苟且偷生的遮羞布。”

“喂，你怎么知道我没有认真学习、好好练琴？”顾萤不服气地反问，一个鲤鱼打挺跳下床，“唰”地拉开桌子最下层的抽屉，里面满满当当全都是她写过的卷子和习题册。她又拉开自己书橱下面的抽屉，里面整整齐齐的一沓都是她写过的笔记，“还苟且偷生，我说你这人说话这么恶毒刻薄，肯定没朋友吧！”

“自我感动式的努力还不如不努力，不努力你起码内心有愧疚和悔恨，而假装努力，你甚至可以理直气壮地当废物。”沈清耀没理会她的问题，只是不屑一顾地总结道，“努力是要有结果的，否则只是在精神自慰。”

“哈？我说你该不会是个中年大叔吧？听声音也不像啊……怎么比我妈还能讲大道理？”顾萤彻底被他气笑了，心思一转又抿嘴笑了起来，得意扬扬地说，“那你是什么？我是废物，可你现在呢？就是

废物的寄生虫罢了。”

沈清耀平生第一次被噎得说不出话——说得好像他愿意这样似的。

“话说回来，我到底怎么称呼你？”顾萤从小到大被顾泽奚落习惯了，抗打击能力早就超乎常人，平常的冷言冷语几乎对她毫无杀伤力，“哎，我可警告你，禁止再冒犯我男神的名讳。”

“随便吧。”沈清耀也懒得跟她在这种问题上过多纠缠。

“那我就叫你……虫虫吧！”顾萤灵光一闪。

“不行。”沈清耀一口否决。

“为什么不行？你自己说随便的，怎么能耍赖皮呢！虫虫，多可爱、多亲切的名字！”顾萤越发兴奋起来，“太棒了，就像在养虚拟宠物一样！我跟你讲，小时候我可想养柯基了，小短腿萌化了。可惜我妈说她养我就够费劲了，不想再养别的东西。”

沈清耀已经没兴趣再理会她。

“对了，虫虫，你成绩好吗？”顾萤突然想起了什么，眼睛发光，“该不会和我一样废柴吧？俗话说，什么样的人，养什么样的虫……”

“十五岁的时候SAT满分。”沈清耀咬牙切齿地打断了她的话。

“SAT是什么？难吗？”顾萤好奇地问。

“十七岁的时候IMO金牌。”沈清耀没理会她的问题，继续说道。

“IMO又是什么？难吗？”顾萤秉着虚心求教的态度接着问。

“总之我不会帮你考试作弊的，你死了这条心吧。”沈清耀一语道破她的心思。

“不要嘛，虫虫，你看我都把身体借给你共用了，你帮我考考试什么的算作租赁费，不是理所当然的吗？”顾萤厚着脸皮央求道，没得到任何回应，又思忖几秒接着谈条件，“或许……你有什么要求，我也可以帮你满足一下，我们平等交易。”

“我看你不学习的时候脑子还挺机灵的。我想看一下新闻。”沈清耀很好奇自己到底是死是活——如果他已经死了，新闻肯定会报道，他等了好几天就是不见顾萤用手机，后来才知道她妈妈禁止她使用电子设备，现代社会没有网络简直活得像原始人，“看完我可以帮你讲一下今天的作业。”

“就这么简单？”顾萤立刻来了精神，趴在床上伸手在抽屉里面摸索了一阵，然后抓出了一部黑色的iphone7充上电，自言自语道，“也好，你先给我讲讲作业，我看看你是个什么水平。万一比我还菜，让你替我考试岂不是搞笑来的。”

“你还偷买手机？”沈清耀心道：就算是旧型号的iphone也得几千块，她那点儿零用钱得攒多久才能攒够。

“嗐，买什么呀，偷的顾泽的。”顾萤说得脸不红心不跳，“谁让他成天炫耀这个炫耀那个，活该被我劫富济贫，替天行道。”

果然……

沈清耀再次无语望天。

“反正他买手机花的是我爸的钱。”顾萤无所谓地耸了耸肩，按下开机键，“我说你还挺关注时事的，一看就是个热爱生活的人。”

“其实并没有。”沈清耀回忆起自己重度抑郁的时光，似乎不过是几周之前，却恍若隔世。这些天他跟着顾萤一起过着平凡又乏味的生活，反而心情好了不少，焦虑和压抑感都消失了，虽然伴随着无聊和不满——但人生嘛，从来都是有得必有失。

顾萤随便打开了一个新闻主页，目光瞬间便被醒目的“沈清耀”三个字吸引。等她看清楚新闻标题的时候，整个人都僵在原处，脸上的笑容一点点消失殆尽。

-第三章-

新的开始

“喂，你倒是点开看看啊……”沈清耀迫不得已盯着自己出事故的标题硬生生看了一个多小时，实在是不耐烦了，提高了音调抗议道，“我说大姐，你能不能先别哭了？”

顾萤此时根本顾不上他在说些什么，只是一动不动地盯着手机屏幕，像是被什么魇住了，眼泪止不住地往外涌，视线模模糊糊，什么都看不清，但她坐在床上连纸巾都没有伸手拿。

“拜托，你到底能不能点开看看具体内容？你边哭边看也可以啊……喂，你到底有没有在听我说话，还是说你的智商不足以支撑你同时做两件事情？”

就在沈清耀抓狂地进行第十次请求的时候，他终于得到了回应——

“我……我不敢……不敢看。”顾萤一边颤着嗓音说，一边颤抖着指尖把手机倒扣在了书桌上。

顿了顿，她又哽咽问道：“你说，他……他会不会已经死了？呸呸，我在瞎说什么呀，他一定会没事的。”

“就算他死了，跟你又有什么关系？”沈清耀干着急了半天，还不知道自己现在是个什么状况，就听陌生人为自己哭这么久的丧，憋着一股火无处撒，“你省省吧，把不必要的情绪收一收。你妈批评你成绩全班倒数的时候，怎么就没见你这么伤心？与其关心不相干的人，不如现实一点，多动脑子想想应该怎么把自己的人生过得体面一些吧。”

“你懂什么？”顾萤哭得上气不接下气，双手攥紧了拳头又松开，胸口剧烈起伏着。

“OK，我至少懂一件事，就算你哭死在这里，也对他毫无意义，”沈清耀毫不留情地说道，“对你自己更没有意义。”

“你凭什么这么说？”顾萤像是被刺痛了似的反问，说着便回头，第无数次望向床头那张巨大的海报。此时再看，她只觉得黑白肃穆的色调显得格外沉重，犹如一章哀婉宏大的咏叹调。

“其实我很好奇，偶像到底是什么？你又喜欢他什么？你认识他吗？知道他平时在做些什么吗？了解他在舞台之外是一个什么样的人吗？明白他在追求什么吗？如果你只是把自己莫名其妙的情愫寄托在这么一个遥远的，或者说你假想出来的形象上面，那么我想你现在根本没必要如此伤心，换一个人当偶像就好了。这个世界从来不缺优秀的人，更不缺好看的人。”沈清耀一口气说出了他第一眼看到那张海报时的困惑。

他其实从未真正关心过所谓的粉丝是怎样的存在，他甚至从未追求过年少成名——小时候父亲曾教育他，渴望名扬四海是最庸俗的想法，他不是明星，而是钢琴家，首先要追求的应该是艺术本身，而更加深刻的艺术往往是远离传播度和超出大众理解能力的，真正成功的艺术家必须是孤独的，这是且仅是命运的安排。

“你仰望过月亮吗？”顾萤吸了吸鼻子，认真地问道。

沈清耀没有说话。

“你去月球上生活过吗？你知道在月球上生活是什么感受吗？你知道月球是什么样的环境吗？你不知道。人类第一次成功登月之前对它一无所知，但为什么人们仰望月亮的时候，还是会思乡，会寄情，会有愿我如星君如月，又会有愿逐月华流照君？天上也不缺星球，为什么只有月亮自古以来是特别的？”顾萤咄咄逼人地连声问道，“沈清耀是不一样的，他就像月亮一样。”

“或许他不过是一个连自己的人生都无法坦然面对的懦夫罢了。”

沈清耀带着几分轻蔑自嘲地说道，不知道是在不屑她天真幼稚、一厢情愿的想法，还是在讽刺自己。

“他不是，你根本不懂他！”顾萤固执地否认。

“我不懂？”沈清耀感到十分好笑，不欲再过多纠缠，“你能先点开新闻大致看一下内容吗？你难道不想知道他此刻究竟怎么样了吗？”

顾萤却罔顾他的请求，自顾自地继续说道：“他曾经说过，这个世界上没有不可能的事，如果有，把它变成可能的就好了。”

“这是他几岁时说过的心灵鸡汤？”沈清耀自己都不记得了。曾经他认为成长就是不断地和蠢钝稚嫩的自己告别，而此刻或许他已经走得足够远，却忽然想要回头看看。

“这不是鸡汤，因为他就是这样做的，他就是一个战士，披荆斩棘，一路荣耀。”顾萤断断续续地说着，湿意再次蔓延到她哭得泛红的脸颊，“无论面对再糟糕的境地，再困难的挑战，都要在自己的人生中做一个战士。这就是一直以来沈清耀给我的力量，也是偶像存在的意义。我知道……所有人，认识我的所有人，包括老师、同学、闺密、朋友、父母、弟弟，甚至不相干的街坊邻里，都认为我是一个废物。我自己也常常这么认为，常常想要逃避困难，但是……我从来没有真正放弃过自己。”

“如果他放弃了呢？”沈清耀越听越感觉这样的情节充斥着黑色幽默。

“有一点你说得对，我不了解他的生活，所以不懂得他面临怎样的困难，或许他会暂时被困境打倒，但我相信他永远都不会被打败。”顾萤深深吸了一口气，又字句清晰地重复道，“永远都不会。”

她说完便鼓起勇气重新拿起手机，迅速点开新闻内容，映入眼帘的最新消息是沈清耀被抢救成功，但仍然处于昏迷的状态，至于什么时候才能醒过来，医生尚未给出确切消息。

沈清耀看到这样的结果，只感到欲哭无泪，不知道是该庆幸还是该惋惜——像是一把即将行刑的刀，被命运生生卡在了空中，是起是落就由不得他自己了。

永远都不会被打败吗？

沈清耀隐约想起很久很久以前，自己似乎也是这么相信的——彼时他的人生顺风顺水，一路高歌猛进，甚至没遇到过什么岔路口。

“太好了……”顾萤松了口气，像是绷紧了的线被猛然松开了似的，她趴在床上再次放声“哇哇”大哭，“一定会好起来的！一定会的！”

“萤萤，你没事吧？”林曼英循着惨烈的哭声犹豫着踱步到顾萤的房间门口，敲了敲门，担忧地问道，“妈妈刚刚……语气重了些，但也都是关心你，为你着想。你也别太难过了，这次没考好，查漏补缺再接再厉就好了。”

“我没事。”顾萤边说边做贼心虚地把手机关掉，将它重新塞进抽屉里藏了起来。

“那就好。”林曼英在门外松了口气，顿了顿又叮嘱道，“一会儿出来把牛奶喝了再睡觉哈。”

“好。”顾萤嗓音闷闷地应了一声。

“把作业拿出来吧，我给你看看。”沈清耀信守承诺，爽快地说道。

“你还挺有信用的。”顾萤破涕为笑，先拎过书包，把被她团成一团的数学卷子掏了出来，然后打开台灯，将卷子仔细展平了摊在书桌上，“你看看你会做吗？”

“我发现你漂亮话说了一大堆，又是不认输又是不放弃的，真落实起来就做成这样？”沈清耀被她卷子上满满的扣分惊呆了，他长这么大，头一次见到这么多离谱的错误，从某种意义上来说也算开了眼界。

“如果你只是为了嘲笑我才要看我的试卷和作业，那你还是歇一歇吧，想要笑话我的人多了，不缺你一个。”顾萤漫不经心地说着，随手抽了一张抽纸开始擤鼻涕。

“你既然那么想改变现状，为什么还如此厌学？”沈清耀却开始好奇起来。

“我妈硬要把我塞进实验中学全是优等生的班级，说这样的班级师资力量好，学习氛围好，但是我是个什么水平你也很清楚，像我这样的人在里面格格不入，不仅跟不上老师的节奏，身边的同学也一个比一个厉害，哪能瞧得上我这种废柴。我第一次入学分班考试直接垫底，开学第一天老师就拿我当段子取乐。再加上我那个碍眼的弟弟偏偏又是年级第一，上次遇到他，他还问我长脑袋是不是只是为了显得自己高二十厘米，全班都跟着他起哄。换成是你，你愿意去上学吗？”顾萤心烦意乱地抱怨道。

这话她没有跟别人说过，因为本来就不是什么光彩的事儿，讲出来更是没有面子——学校的培优班向来是一个适用丛林法则的地方，能力强的学生永远做什么都是榜样，而无能的人抱怨只会引来更多看好戏的局外人罢了，哪能有人会真正同情呢？在这样激烈竞争的环境下，社会达尔文主义价值观在学生群体中盛行，弱者连自尊心都不配拥有，还谈什么友谊？然而，或许是共用一个身体的缘故，她总觉得自己和虫虫格外亲近，便把心里话全说了出来。

沈清耀闻言“扑哧”一声笑了出来：“你弟的形容……别说还真有点传神。”

“喂，你这人怎么回事儿啊？”顾萤气结，只恨自己无法把他拎出来暴揍一顿，“你到底有没有弄清楚现在是什么情况？你应该站在我这边儿！”

“我觉得你这卷子根本没法讲，就算讲也是白讲，治标不治本，除去不熟练导致的计算错误，还有很多错误在于基础知识你都没有真正理解，更不用说活学活用，举一反三了，先把课本拿出来重新学一遍吧。”沈清耀言归正传，“有什么问题都可以问我，但我有一个条件……”

“什么条件？”顾萤听了他条理清晰的话，没来由地感到心安。开学以来伴随着的焦虑、急躁、沮丧的情绪竟然就这么轻而易举地通通消失不见了。

“你别练琴。”

沈清耀实在听不得她一首简单的练习曲都弹得磕磕巴巴，甚至还弹错，这简直是在凌迟他那有着绝对音感的耳朵。

“为什么？”顾萤疑惑地问道。

“没有为什么，过于难听而已。”沈清耀言辞直白，毫不客气。

“不行。”顾萤坚定地回答。

“为什么？”沈清耀诧异地问，他本以为这对于她而言可以算是一个如释重负的要求。

“偶像是一个钢琴家，我怎么可以不练琴呢？”顾萤言之凿凿。

沈清耀一时竟不知如何反驳。

“我可以保证弹得好听一点！”顾萤的语气非常肯定。

沈清耀认为她并不具备这种能力，却也懒得继续说服她，反正她练琴也是坚持不了多久的，忍忍就过去了。

顾萤又摊开了英语作业给他看，其实英语是她唯一一门成绩还不算太难看的科目，却也是零零碎碎扣分扣得惨不忍睹。

“这都是些什么乱七八糟的……行了，我觉得我可以不用看了。如果你真的想做出什么改变，从明天开始就按照我给你的安排从头开始学习吧，反正你也是高一刚入学，重新开始还来得及。”沈清耀心想：自己此刻的处境反正也没有什么别的事情可以做，正好可以解解闷。

“真的吗？虫虫你可真好！”顾萤双手合十放在胸口做祈祷状，“你真的什么科目都会做？你应该是上天怜悯我倒霉了这么些年，派给我的哆啦A梦吧。”

沈清耀沉默。

“那我明天要做什么呢？”顾萤已然跃跃欲试。

“早点睡觉，早点起床，保持和学校安排一致的生物钟，不要上课的时候睡觉。”沈清耀只希望她早一些安静下来。

“遵命！”顾萤睡前不忘去餐厅拿了牛奶，喝完之后才洗漱休息。

世界重新清静了下来，沈清耀开始回忆自己过往的人生——

天赋到底是什么？是命运的恩赐，还是人生的枷锁？他有着超常的钢琴天赋，就必须喜欢弹琴吗？如果不成为一名钢琴家，就是对自己的人生不负责吗？他曾经没有怀疑过这些，因为他从三岁开始就以为自己只会走这么一条路。

可是没有人知道，重重光环下面，他早已对古典音乐的世界感到厌倦，能够探索和思考的奥秘随着时间逐渐稀少，剩下的只有对演奏

技术的枯燥训练和所谓艺术家的清高。然而哪怕他已是普通人难以企及的时代标杆，精进之上更有堂奥，只不过他不再渴望。他有没有可能过另一种人生？这个在普通人看来稀松平常的问题对于他而言接近于灵魂拷问。对于旁观者而言，抛弃自身天赋所在的领域的行为无疑是暴殄天物，然而对他而言，或许可以是一个新的开始。

踌躇满志地展望未来之后，太阳再次升起的时候生活照旧，仿佛什么都没有发生过。

顾萤一如既往来不及吃早餐，起床穿衣梳头，匆匆洗了把脸就抓起钥匙，单肩挎上书包，一气呵成地奔向自己的自行车。

沈清耀透过她颠簸仓促的视线望向地平线平铺晕染开的橙色朝霞，脑海中蓦地浮起博尔赫斯在《贡戈拉》中写过的一句话——我想回归于平凡的事物：清水，面包，一个水罐，几枝玫瑰……

蜿蜒曲折的街道两边弥漫着小吃的油香，是鸡蛋灌饼、豆汁油条、包子生煎、胡辣汤，还不时传来偶尔随着风灌入耳郭的嬉笑声。

他这些年步履匆忙，从来不曾真正留意过街边的风景。

“你都不吃点东西吗？”沈清耀忍不住好奇地问顾萤。

“吃什么吃，要迟到了，今天早读要默写古诗词，”顾萤顾不得单薄的校服被瑟瑟秋风轻易穿透，把她那辆二四自行车当摩托车骑，“万一又被语文老师抓个正着，指不定又要被罚抄写呢。”

“早上叫了你五六遍都不醒……”沈清耀悻悻地抱怨，停顿了一下又诱哄道，“买个茶叶蛋吧，不吃早饭会变笨的，有什么问题交给我就好了。”

顾萤被他一说，肚子也开始咕咕叫，于是单脚一踩停在了一个小

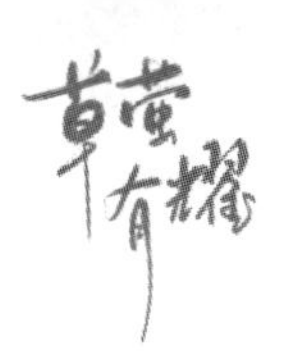

摊前面："老板，一个肉夹馍加火腿肠和鸡蛋，再来两个茶叶蛋。"

沈清耀心满意足，惬意地问："这个好吃吗？"

"好吃啊。"顾萤嘴馋，咬了一口肉夹馍含混不清地说，"你活着的时候没吃过肉夹馍啊？哎，你该不会是海外华侨吧？"

"嗯。我们那边不卖这个。"其实就算有卖他也不会关心，他沉浸在自己的世界太久了，久到几乎忘了现实世界的模样。

"那岂不是人生一大憾事？"顾萤重新骑车朝学校冲刺，怎料刚进校门就听到上课铃在头顶滚滚而过，"啊——惨了惨了！"

"你慢一点，安全最重要，别好了伤疤忘了疼。"沈清耀见她停好车，三步并作两步开始上楼，淡淡地嘱咐道。

顾萤敷衍地应了两声，转眼已经到了教室门口。

语文老师正在依次点人背诵必修一的古诗，一回头瞥到顾萤蹑手蹑脚地往教室里面走，毫不惊讶地笑了笑，说："顾萤同学，不能因为你妈妈也是语文老师，就不把我这语文早读课当回事吧？当然，如果你的语文成绩能赶上隔壁班的黎铭舜同学，那你也可以像他一样，随便逃我的课。"

全班哄堂大笑。

谁不知道黎铭舜是和顾泽不相上下的学霸？语文成绩更是稳居年级第一，有史以来从未低于 135 分过。

"老师，我懂，抄十遍。"顾萤一副慷慨就义的模样。

"不用，我发现让你抄一百遍也不起什么作用。"语文老师手里拿着课本，慢悠悠地走到教室门口看着她，笑了笑，"诗词是我们悠久璀璨的文化历史凝结出的精华，你却把背诗当成痛苦的差事，实在是朽木不可雕。"

又是一阵哄堂大笑。

"这样，刚刚我们在玩飞花令，前一位同学答的是李白的'他日相思一梦君，应得池塘生春草'，你就以'草'为开头，一分钟之内可以答上来就回到座位上去。"语文老师随手把课本放在了讲台上，双手抱臂好整以暇地看着她，"这不难吧？"

"草……草长莺飞……草木深……草色……"顾萤其实背过不少，

但此时一紧张，连一句完整的诗都想不起来，词句每每溜到舌尖又缩了回去。

“草萤有耀终非火，荷露虽团岂是珠。”沈清耀淡然的嗓音自她脑海中传来。

顾萤如获救星，赶在最后的时间念出：“草萤有耀终非火，荷露虽团岂是珠。”

语文老师显然诧异了两秒，因为顾萤课内的诗词都背不全，却熟练对答了考纲以外的诗句。她不由得扫视了一眼教室内，似是要探究出是否有人暗中相助。

“不错。你来解释一下这两句诗的含义。”语文老师没有发现任何端倪，便进一步提问。

“这是唐代诗人白居易所作的放言诗，颔联用典提到臧武仲诈圣和甯武子佯愚，而颈联的比喻则承接道出了辨伪的要义，草丛间的萤火虫能闪光，却终究不是火，荷叶上的露水虽然是圆的，却并非珍珠，意在警醒世人不要被表面现象所迷惑，而应去探究其本质，是诗人的针砭时弊之作。”沈清耀语速不疾不徐地道来。

顾萤鹦鹉学舌一般一股脑儿地讲了出来。

语文老师连连点头，笑着说：“说得不错，看来你妈对你的培养也不算完全没有效果，回座位坐下吧。”

顾萤松了口气，灰溜溜地快步走到自己的座位上，庆幸自己不用再当全班瞩目的焦点。

“虫虫，你可真是我的大宝贝。”顾萤在心里夸赞道。

“其实我并不是很擅长语文，靠着儿时的记忆应付了一下。你最好还是认真学学，再遇到这种情况，我不一定帮得到你。”沈清耀无奈地说道。他常年居住在国外，如果不是爷爷坚持要给他补习中国古典文化，让他“不忘本”，他现在或许连中文都说不好。

“我心里想什么你也能听到，不愧是虫虫，所谓‘肚子里的蛔虫’是也。”顾萤暗暗打趣，又默念那句诗，仔细品味了一番，“草萤有耀终非火，荷露虽团岂是珠。这两句写得很妙嘛！”

“你记性还不错，一遍就记住了，说明人不笨。”沈清耀忍不住

揶揄她。

“嘿嘿……因为这句诗有我和我男神的名字呀！”顾萤又在心里逐字逐句地默念了一遍。

“原来你的萤是这个萤吗？我一直以为是晶莹的莹。”沈清耀怔了怔，哭笑不得地沉默了一会儿，还是忍不住调侃她，“可惜并不是什么褒义的句子。”

“我自己改的，因为我以前的名字是我爸取的。本来我想把姓也改了，但我爷爷不让。”顾萤撇了撇嘴，“当时我改这个名字是因为很喜欢泰戈尔的一首诗，叫《流萤》，这个我能背下来——”

小小流萤，在树林里，在黑沉沉暮色里，
你多么欢乐地展开你的翅膀！
你在欢乐中倾注了你的心。
你不是太阳，你不是月亮，
难道你的乐趣就少了几分？
你完成了你的生存，
你点亮了你自己的灯；
你所有的都是你自己的，
你对谁也不负债蒙恩；
你仅仅服从了你内在的力量。
你冲破了黑暗的束缚，
你微小，然而你并不渺小，
因为宇宙间一切光芒，
都是你的亲人。

“哟，看不出来，你还读泰戈尔。”沈清耀揶揄她上瘾了，“我以为你只会听流行歌呢。”

“还不是因为我妈，说要从小培养我的文学素养，让我读这个读那个的，可惜我压根儿不是那块料。”顾萤托着腮悠悠长叹。

“也算没白读。”沈清耀笑道。

“唉，也不知道沈清耀怎么样了……”顾萤面露忧色。

沈清耀呼吸一顿，莫名就觉得气氛有些微妙，便习惯性地吐槽道：“先管好你自己吧。下节课之前交数学作业，你最后两道题是不是还没写？”

“哦对！”顾萤偷偷瞄了一眼四处巡视提问背课文的语文老师，把数学作业本掏了出来。

“我教你。”沈清耀难得有了耐心。

“虫虫，你人也太好了吧！”顾萤深刻认识到自己是抱到了佛脚。

沈清耀发现自己对“虫虫”这个称呼已经开始习惯了起来，不禁嘴角一抽。

-第五章-

朽木可雕

“这是两道非常简单的不等式证明题。”沈清耀大致扫了一眼题目，“你先不要把它当成一个题目去解，因为你的解题习惯太差了，你日常做题简直就等同于在不断强化自己错误的习惯。简单来说，你暂且可以当自己在拼乐高。首先，你把自己能用到的不同形状的零件，也就是学过的定理摆列出来；然后，你要去观察题目让你证明的是什么样的结论，也就是积木最终的形态；最后，你只需要把它们组合出来就好。过程中不确定就试一试，总有一个方案是可行的，其他的别管。”

“你这讲了等于没讲嘛！”顾萤本以为他要把步骤说一遍，结果听完还是不会做。

“我如果直接告诉你怎么做，那岂不成了我写作业？”沈清耀笑了笑，说得气定神闲，“你按照我说的尝试一下，想不起来的就回头翻翻课本。这题用到的都是基础知识，也没有什么技巧性。授人以鱼，不如授之以渔。”

顾萤无奈地叹了口气，只得乖乖听他的，先用自动铅笔把题目给出的已知条件圈了出来，然后在课本上找到对应的知识点章节，边找边心说：“培优班讲课的速度也太快了，这不过刚刚开学，都已经讲了这么多内容了。”

“耐心一点，别总是想着内容太多就破罐子破摔。”沈清耀眼看她把书页“哗啦啦”翻得飞快，哭笑不得，“慢慢来，有我在。”

“对哦，本小姐今时不同往日！我有秘密武器了，讲得快我也不怕。”顾萤抿嘴一笑，抬笔把常用的不等式定理和结论抄在了题目旁边，一边用搭乐高的心态琢磨着，一边开始尝试一步一步往下写，毫无章法竟然也很快便凑到了需要证明的结论。

“嗯，你做对了。”沈清耀淡淡说道，“只是其中有一步是多余的，不过已经不错了。”

顾萤闻言愣了一下，不确定地问道：“我做对了吗？就……这么容易吗？”她重新看了一遍自己写的过程，回想自己之前不会做的时候，竟然想不起自己当时是在哪一步被难住了。

“你再试试下面那道题，比这道稍微复杂一点，但也不难。”沈清耀的语气也多少带了些愉悦，“这次我希望你保持思路清晰，写每一步的时候都仔细想想自己的目的和推理逻辑。”

顾萤受到了鼓舞，接着用同样的方法——寻找自己手里能用的零件，弄清楚需要组合成的形状，通过一定的方法逐渐搭建——竟然也很快推出了结论，只不过中间用到了比上一道题多一步的放缩变型。

“嗯，很好。”沈清耀其实有点惊讶，他本以为她怎么也会在变型那一步上卡一下的，“刚刚你的语文老师说你是朽木，我倒觉得我可以雕给她看。”

“数学……这么简单吗？”顾萤甚至不知道自己为什么突然就把自己之前熬到半夜都做不完的作业半个小时就写完了。

“数学不简单，但这些题确实不难。”沈清耀柔声轻笑道。

顿了顿，他又不疾不徐地对她说：“我发现你最大的问题是出在心态上，这直接导致了你做题习惯很差。你一拿到题目，就开始暗示自己数学很难，遇到再容易的问题连试错都不敢。或者尝试一次，失败了，就认为自己肯定做不出来，之后就开始病急乱投医瞎写一通应付了事，那肯定正确率低。一直没有正反馈，那么学起来也很痛苦，这个状态长期持续，就逐渐演变成习得性无助。可能经常有所谓的学霸告诉你，他们学数学完全不费力，你学不好是因为太笨了，简单的题目都做不出。但是你要知道，在真正的‘数学’面前，就算是这个

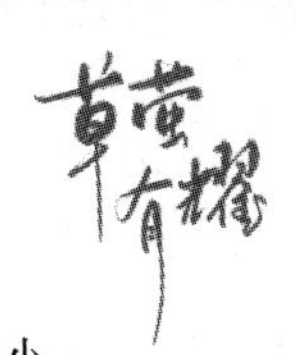

世界上顶尖的智者，也要经历不断地碰壁摸索，才能朝真理迈出微小的一步。我希望你无论面对什么样的题目，无论是别人告诉你无比简单的，还是你觉得束手无策的，都能保持这样持续探索的心态，不要畏首畏尾不敢尝试，只管做下去，直到做出来为止。”

他的嗓音若和煦春风拂过耳际，又充满了某种坚定的力量，顾萤久久不能言语，仿佛一只被锁在牢笼里数年的雀鸟，第一次被告知她也是可以振翅翱翔的。她不由得把记忆拉回到自己从小学到初中学数学时的经历，母亲亲自辅导时说过的话犹在耳畔——

“这题是这么做吗？该怎么做？啊？顾萤，我问你，老师上课怎么讲的？看你写出这一步就知道你没好好听课！你记的笔记在哪儿？拿出来给我看看！”

“这么低级的错误也犯，你说你是真的笨还是不认真？你就这个态度学习？能学好才见鬼了！”

“你做不出来就把这道题的过程背下来，把定理都背下来，死记硬背你都不会？”

“不会做就多看书，瞎做什么？这写的都是什么？你自己觉得能这么做吗？书上例题怎么写的给我默写一遍！”

…………

顾萤曾经很多次想要反驳，但是母亲当了多年优秀教师，从来不允许学生挑战自己的权威，尤其是她这样的“差生”，仿佛她无论说什么都是错的，都是为了偷懒找借口。母亲总有无数个例子证明，自己教出来的学生都多么优秀，而她又是怎样的愚钝懒惰。

她思绪百转千回，久久难以回神，直到手中的作业本被踱步到她身边的数学老师赵震海抽走才骤然恢复意识。

“顾萤，别人不听课能考满分，你不听课能考几分？”赵震海捏着她的作业本扫了几眼，然后“哗啦啦”甩在她的桌子上，“哦，我说你低着头忙些什么，原来是忙着抄作业啊。”

“她没抄。”沈清耀暗暗反驳，却与另一个少年的声音重叠在了一起。

与沈清耀异口同声反驳的是顾萤的同桌赵浩然。

顾萤诧异地扭头瞄了一眼赵浩然，甚至都忘了替自己辩解——她这位同桌自打开学以来就没拿正眼瞧过她一回，当然，这或许跟他身高太高习惯了“目中无人”有关系。

开学的时候，赵浩然因为一米九的身高不得不坐在最后一排，顾萤则因为成绩太差被安排到了最后一排，二人自然而然成了同桌，但平时说话也仅限于“嗯”“让一下”“对”之类无关紧要的词。赵浩然会突然在这种时候替她说话，简直比铁树开花还要稀罕。

赵震海瞥了一眼赵浩然，不屑地轻哼一声，嫌弃地用两根手指把顾萤的作业夹起来给他看：“你们是不是觉得我布置作业是没有逻辑，瞎布置的？我这难度都是递增的，从基础到综合。她前面简单的题都写了个错误的答案，到了最后两道综合性的不等式证明题反而全做对了，这属于什么？典型的抄都不会抄！”

赵浩然惊讶地抬头看了看顾萤写的作业，又难以置信地扭头看她。

“是不是觉得自己有几个题做错了就能显得自己没抄？老师也是从学生走过来的，跟我耍小聪明，你们还太嫩。”赵震海得意地轻笑了一声，“赵浩然，你自从上了高中，状态明显下降，你入学成绩年级第五十三名，分班考试在我们班属于中游，但最近交的几次作业你都是全班唯二出错的，是不是……因为跟某人同桌，受到了不好的影响？”

“没有，我这个同桌挺好的。”赵浩然低下头闷声说，“而且我刚刚确实看到了是她自己做出来了最后两道题。”

赵震海愣了愣，便了然了什么似的轻蔑一嗤，转身大步走到讲台上，严厉申斥：“你们正值努力奋斗的年纪，这个时候应该全力冲刺，争取考一个好的大学！这关系着你们的未来！尤其是某些男生，不要因为我们班某位女同学长得漂亮就心猿意马，心思全不在学习上了！可以这么说，能在我们实验中学培优班的，除了个别找关系进来的，其余个个都是考明华的苗子！等你们考上明华大学，想谈恋爱没有人再管你们！此刻，你们脑子里应该只有学习，听懂了吗？”

台下窸窸窣窣一片，话已经说得如此直白，任谁都听得出赵震海意有所指，纷纷把眼神投向顾萤和赵浩然。

“我算是明白为什么你不想来上学了。”沈清耀能清楚地感到周围渗透进来的源源不断的恶意，戏谑的、嘲弄的、轻蔑的、不屑的、下作的、幸灾乐祸的……像是几面密不透风的墙重重地压过来，挤得人快要窒息。

顾萤反倒乐了：“谢谢老师。”

“你什么意思？”赵震海愣了愣。

“老师看我不顺眼，就算拐着弯想方设法骂我，也不得不边骂边夸我漂亮，说明我确实不是一般的漂亮，当然要谢谢夸奖。”顾萤一边重新把自己散落的作业本码放整齐，一边漫不经心地笑着说。

她话音刚落，原本氛围沉重的教室里瞬间炸了锅似的笑声不断。

“安静！安静！”赵震海憋得脸通红也不知道怎么反驳，瞪着顾萤厉声说，“顾萤，你作业重新做，把第四章的课后题全给我做一遍！一道题都不能少！我讲课你不想听就别听，我也教不了你这样的学生！”

“谢谢老师！”顾萤从书立中间把数学书抽出来，笑嘻嘻地接话。

“嘿，你还谢，你一个女孩子家家的，脸皮怎么这么厚？”赵震海气得把粉笔都捏断了，用被粉笔染得灰白的食指指着顾萤道，“屡教不改，你还谢，你谢什么？”

“当然啦。庄子曾在《天道》中讲过一则故事——斫轮，徐则甘而不固，疾则苦而不入，不徐不疾，得之于手而应于心，口不能言，有数存焉于其间。意思是学习要在自己的反复练习中领悟其奥义，否则得到的都是精髓之外的糟粕。老师给我这么多题做，又准许我不吸取糟粕，我当然谢谢您咯。”顾萤有理有据，讲得头头是道，其实心里想的是：反正我有更好的老师，谁怕谁。

教室里的笑声愈演愈烈，大有排山倒海之势。

“你……你妈妈就在六楼办公室，我下课就去跟她讲讲今天的事儿，你等着吧。”赵震海干瞪着眼，又气不过，把掌心捏断了一截的粉笔丢了过去。

“老师，告状是小学生行为吧。”说话的是坐在教室另一端最后一排的闵文哲，家里有些背景，因此哪怕是校长跟他说话都是客客气气的，“您还是赶紧上课吧。”

“行，我不跟你浪费时间。”赵震海又瞪了顾萤一眼，抬头看了一眼挂在教室后面的挂钟，沉沉吁了口气才继续道，“打开课本第112页。”

沈清耀此时已经笑得喘不过气来。

“虫虫，你别笑了，我苦中作乐，你也不能作壁上观，看好戏吧？”顾萤单手托着下巴翻书，暗暗在心里吐槽，“对你表示强烈谴责。”

“《轮扁斫轮》的故事原来还能这么用，我也是服了你。”沈清耀朗声笑着说。

“这个故事我妈从小就在我耳边念叨，说让我多做题，多练习，尽信书不如无书。我倒着背都能背下来。”顾萤微不可闻地叹了口气，又心里不满道，“真讨厌老师拿我的外表说事儿，本来同学就不喜欢我，现在男生不得更绕着我走，人缘还不得更差，唉。”

“我看你的数学老师对你的偏见可不是一星半点儿。”沈清耀无奈地叹道，“不过，他讲课讲得确实还不错，你妈妈让你在这个班也不是没有道理。”

顾萤若有所思地抬头，恰好看到赵震海正在用工整的板书写着一道三角函数题的计算过程。

“我们看到 sin 和 cos 同时出现又不是特殊值，一般会下意识地尝试用倍角公式来化简，是一个从有到无的过程，但这道题的解法不太自然，反其道而行之，是一个从无到有的过程。把这个式子上下同乘一个 sin x/8，看似这步处理之后更加烦琐了，但这样处理之后再化简，反而能够消去大部分项，最后结果为 2。”赵震海用红色粉笔把关键步骤画了出来，又捏着粉笔敲了两下，“这个方法记住，以后见到类似的，要能想到。”

“其实有时候人生也是如此，你必须走一些弯路，才能真正舍弃一些赘余的、臃肿的琐碎负累，而后，豁然天地大。”沈清耀悠然感叹道，“如果执着于永远选择当下最优的途径，反而容易走入死胡同，局部最优解往往并非全局最优解。”

“你们学霸随便看到个什么数学题都能发出这么多人生感慨的

吗？”顾萤盯着解题过程看了一会儿，也只能看出这出题人心怀叵测，故意给做题的人挖坑。

“倒也不是，只不过是最近太闲了，想得有点多。”沈清耀低声笑了笑，顿了顿又补充了一句，“倒也是很不错的体验。”

“唉，虫虫，我不知道为什么突然好想做题，怕不是被辛静那家伙传染了什么奇怪的恶疾。”顾萤独立做对了两道数学题之后，突然产生了对其他题目跃跃欲试的冲动，幻想自己可以大展拳脚。

“辛静是谁？”

“我闺密，隔壁班的，和顾泽一个班。我们实验高中的高一（1）班和高一（2）班是培优班，两个班的生源势均力敌，是实验中学组织新生分班考试成绩前一百名的学生。因为实验中学本身生源就是我们省最好的，所以能在实验中学的分班考试里杀进前一百的，基本上每个都是学霸。”顾萤倒是庆幸妈妈留了个心眼儿，没把她跟顾泽弄到同一个班去，不然还不得天天刀光剑影，“她啊，小时候被人欺负得眼睛哭肿都不敢吭声，每次都是我出面替她摆平。但是吧，她做起数学题来是真的勇，从小学到初中几乎没有不是满分的情况。她从小到大最喜欢的事情就是做题，别人呢，是打游戏上瘾，她呀，是做题上瘾，你说奇葩不奇葩？”

“那你们怎么会成为闺密？”沈清耀好奇，两个性格、爱好截然相反的女孩子，竟然也能成为挚友。

“她说，每个人都有擅长的事情和不擅长的事情，她擅长数学，我擅长吃喝玩乐，我不擅长学习，就和她在很多事情上软弱可欺一样。”顾萤解释道。

“道理倒是没错，只是，她怎么知道你不擅长，你都没有真正试过。”沈清耀不以为然。

“我没有吗？那么多次考试还不能说明问题吗？”顾萤疑惑。

下课铃就在这时响了起来，赵震海老师是实验中学出了名的“不拖堂”，备课非常认真，一节课的内容绝对会控制在四十五分钟内讲完，哪怕是今天因为顾萤耽搁了几分钟，也没影响他“下课铃一响就下课”的习惯。

“哎，你们看了这两天的微博热搜了吗？”前排几个学生一下课就聚在一起开始八卦起来，“有媒体报道说沈清耀可能会一直昏迷下去，原因不明。”

“啊？怎么会这样……像他这样的天才如果不在了，是全人类的损失吧。”

“你们别听营销号瞎带节奏，不是有官方消息澄清过谣言了吗？只是轻伤，怎么会一直昏迷不醒？”

“什么全人类的损失？如果不出这么大的新闻，你们是不是都不关注古典音乐呀？沈清耀早就水平下滑严重，要说巅峰，应该是停留在十四五岁吧，之后每况愈下，大多数圈内人提起他都是感叹伤仲永的态度。钢琴这个东西，一日练一日功，一日不练十日空，沈清耀出道就是个王者，结果小小年纪就陨落了，实在是可惜。”

“我听说他近两年不知道为什么得了抑郁症，还挺严重的。”

“天啊，他那样年少成名的人生赢家会因为什么抑郁？这等才华就是老天赏饭吃，我真不能理解有什么好抑郁的。我要是他，我天天乐得睡不着。”

“就你，唱国歌都能五音不全，还搞音乐？梦里什么都有。”

“喂喂，我听八卦说，他不知道为什么魔怔去搞数学了，他家里因为这事儿烧了他很多数学书，希望他专心自己的钢琴事业。”

“真的假的？数学害人不浅啊，坑了多少人误入歧途。”

“他这是要成‘民科’的节奏？别隔段时间声称自己证明了哥德巴赫猜想吧？哈哈哈……那可是要同时震惊古典音乐圈和学术圈了。”

“这你倒是想错了，他是真的在扎扎实实学数学的，不算‘民科’。可能是国内报道得少的缘故，沈清耀在美国的时候拿过不少数学竞赛的大小奖项。对了，你们没关注前年的IMO吗？沈清耀代表美国队参赛，拿了金牌，还是满分金牌，不是闹着玩。”

“竞赛也就是玩玩，和真正的数学还是差了十万八千里，哪有人半路出家还能这么快成神的？杰克苏的小说都不敢这么写。”

“并不是，据说出事前他已经在MIT的数学系就读一年了，还颇受系里做代数数论的大佬赏识，已经尝试在做问题了。”

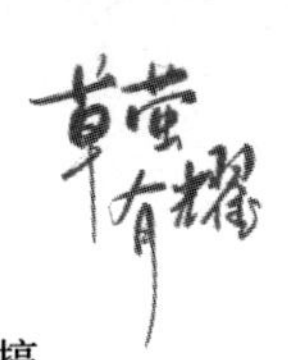

“哈？我搞化竞的，没关注过这个。不是，他一个弹钢琴的，搞什么数学，这跨界也太猛了吧！”

“这有什么，天才的世界我们哪懂。你想，Edward Witten（爱德华·威腾）本科还是学历史和语言学的呢，后来成了顶尖的理论物理学家，然后凭着巧妙的物理直觉，一次又一次地超越数学界，不仅是当代物理学家中 H 指数最高的一位，还斩获了数学界的最高奖项菲尔兹奖。”

“Witten 我知道！Calabi-Yau manifold（卡比-丘流形）！超弦理论的教主！十一维空间！弦论是目前公认的最有可能统一物理各个理论的底层框架！”

“哈哈哈，你不愧是物竞人！”

“还有超弦紧化！M 理论，宇宙终极理论！”

“那是什么？怎么听上去这么中二……像某个日漫的背景设定。”

“你懂什么！Witten 在当时许多物理学家认为弦论 Not even wrong（甚至不是错的）时持续研究弦论，在这个过程中他使用 Jones Polynomial（琼斯多项式）来解释 Chern-Simons theory（陈-西蒙斯理论），这项理论对于低维拓扑结构有深远影响，并推导出量子不变量，同时，他也因为对纯数学的重大贡献获得了菲尔兹奖的荣誉。”

“就你懂！你学了多少？我才不信你懂这些！该不会是背诵维基百科吧？”

“好了好了！沈清耀厉害倒是厉害，只是他别又一个兴起，半路不干了，又去搞体育了。你可真别说，我记得以前在网上看到过一个新闻报道，说他小时候击剑还真的拿过一个什么全国性的奖项，什么奖我忘了，反正挺厉害的，不是业余爱好那种，据说后来是为了保护手才不练了。”

“就是，钢琴天赋那么高他都能说放弃就放弃，还有什么不能放弃的？天才又怎么了，指不定一辈子跨界来跨界去，最后落个一事无成，哈哈哈……”

陈越正笑得开怀，忽然听到“哐当”一声，还没反应过来，便见自己的桌子被人一脚踹得差点儿翻过去。

“背后碎嘴，还说得那么难听，贱不贱哪？”顾萤叉腰冷着脸看陈越，“哦，天才可能一事无成，你们又能成什么事儿？就算沈清耀这辈子什么都不干了，他取得的成就也是你们这些无聊的闲人望尘莫及的。”

“不是，我们聊天关你什么事啊？”陈越被吓了一跳，虽然不满，却也被顾萤的气势震慑住了，开口时声音都有点儿发颤。

“沈清耀是我偶像，以后再让我听到你们八卦这些不堪入耳的东西，你们就给我等着。”顾萤气势汹汹地抱着双臂扫视几个正在闲谈的同学，“你们好歹也是老师眼里的好学生，尊重人这么简单的道理都不懂？陈越，你还是班长呢，带头损人不利己，真是可笑！”

“喂，算了算了。”沈清耀没想到顾萤会突然发这么大火，吓了一跳，又怕真的闹出什么事，只得赶紧劝着。

“哟,沈清耀是你偶像,你也不问问人家沈清耀想不想要你这个‘脑残’粉啊？”贺斌“嘎嘣嘎嘣”嚼着一口花生豆吊儿郎当地说，“管好你自己吧，没多久就月考了，月考哦。你月考能全科及格再来操心人家‘天才’的人生吧。”

“你不要理他们了，真的。”沈清耀实在是不关心八竿子都打不着的人会如何看他。

“你们这些小女生一个个的当疯狂粉丝，不就看人家沈清耀长得帅？你真的懂他的音乐吗？除了尖叫‘钢琴王子’还能干点儿啥？嘿，就你，不说别的，就问你欣赏得了古典音乐吗？我看，你的品位也就能欣赏经典卡农和弦吧？”陈越咧着嘴嗤笑一声，“天天花痴，也不掂量掂量自己几斤几两。”

“你们怎么说我都行，我都大肚能容，不跟你们这些人计较，没意思，但你们要是敢再背后诋毁沈清耀一次，”顾萤冷笑了一声，加重了语气道，“让我听到的话，就别怪我不顾同窗的情分了。”

“哟，这是法治社会，你搞得跟黑社会似的，古惑仔香港电影看多了吧。”贺斌虽是如此说，却也没了吃花生豆的胃口。

“你一个小姑娘，能把我们怎么样啊？”陈越强撑着面子问，“谁怕谁啊。”

“嘿，看你们这群好孩子没什么见识，我好心劝一句，你们最好去打听打听我顾萤是什么样的人。我是八中出来的，八中是什么地方你们肯定也清楚，最乱的中学，在八中，追我的男生能从这里排到校门口。”顾萤皮笑肉不笑地挑了挑眉，“懂了吗？”

贺斌和陈越相继变了脸色，再看刚刚七嘴八舌的其他同学早就埋头看书了，一副各扫门前雪不想掺和的姿态。

“不说就不说呗，无聊。”贺斌也随便抽了一本书做做样子，“我还要学习呢，谁像你，花痴。”

“就是。”陈越也顺坡下驴。

顾萤赏了他们一记白眼，回到自己座位上若有所思地发呆了许久，却还是收了心，拿了下一节课要用的英语课本开始预习，虚心请教道：“虫虫，英语要怎么学呀？”

沈清耀还未从刚刚的震撼中回过神来，幽幽地问了一句：“你真的那么……那么社会吗？”他实在找不到什么更准确的形容词。

顾萤“扑哧”一声笑出来：“当然是吓唬他们的。我妈怎么可能让我去读八中？只不过他们那群乖学生太老实，被我一说就唬住了而已。”

“那他们要是反应过来，来找你麻烦怎么办？”沈清耀闻言啼笑皆非，可算是对她服气得五体投地。

“不会的。他们这些优等生，最爱面子，就算发现自己被骗了，也不会回头找我，否则岂不是承认自己是女生随口一吓唬就退缩的尿包吗？他们一定要装作不屑一顾的样子，才显得高人一等。”顾萤言之凿凿。

“我看你比他们聪明多了。”沈清耀刚刚听了那么多轻蔑自己的言论，其实多少有点儿不爽，却也想装作不屑一顾，这会儿被她这么一针见血地一讲，笑得脾气都没了。

“好啦，学英语了。”顾萤晃了晃自己手中的课本。

“首先，不要用中文或者拼音来标注单词……”沈清耀轻咳两声说道，“一会儿放学去买一本讲词根词缀的单词书吧。背单词不要机械地读和抄写，要过脑子，你是在学习语言，而不是在训练肌肉记忆，抄写一百遍不过脑子有什么用？另外，你要试着用英语的模式来思考，而不是先在大脑中转化成中文，再把中文翻译成英语，做这么多无用功能不慢吗？”

“你说得也太有道理了吧！”顾萤一副顿悟的模样。

沈清耀没说话。

“你英语肯定很棒！”

“母语。”

“那你中文也太好了吧。”

…………

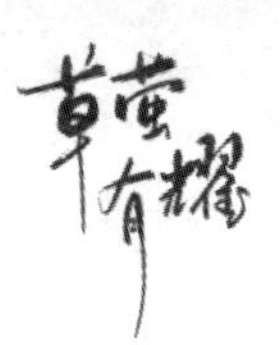

- 第六章 -

萤火虫

顾萤上完晚自习回到家的时候已经快十点了，月色皎皎，偶有微凉晚风伴着此起彼伏的蛐蛐声撞入纱窗。

她关了灯，窝在被窝里，偷偷拿手机下载了个新浪微博 APP："虫虫，我要注册个微博账号，你说叫什么昵称好呢？"

"这还不是随便。"沈清耀习惯性地敷衍道，说完又意识到她这种平时不碰电子产品的"原始人"突然要注册微博大概是因为还惦记着白天听说的关于他的事，不由得语气柔和了下来，"叫……萤火虫吧？"

"这个名字好，萤火虫，是萤萤和虫虫的微博。"顾萤给他竖了个大拇指，赞同地打下了"萤火虫"三个字，结果系统跳出一个提示框："该昵称已被注册"。

顾萤略微想了想，在后面加了个"0922"，并解释说："你是九月二十二日出现的，我记得非常清楚，那天是周六，我好不容易被允许吃苹果，之前都只让吃流食。我一开始还以为我像电影里演的那样，精神分裂了，真是吓死了，但后来想想感觉自己这个智商怕是也分裂不出像你这么厉害的人格，嘿嘿。"

"你是不是混淆了精神分裂和多重人格两种疾病？"沈清耀终究还是忍不住开口吐槽。

“嗯？原来这是两种不同的病吗？”顾萤震惊的模样仿佛是第一次听到这种说法。

沈清耀愣了愣。

这时，手机界面显示“注册成功”。

“哇，虫虫，我们有微博了。”顾萤兴奋地轻轻鼓掌，试着发了一条微博，“今天，萤萤在虫虫的辛勤指导下，第一次自己完成了全部的数学作业，并购入《词根词缀记忆法》一册，撒花！”

踌躇满志地发完，她扬起下巴笑了笑，又在搜索框里敲下“沈清耀”三个字，很轻易地便搜到了沈清耀已经实名认证过的微博。

顾萤顺着时间线大致翻了翻，发现沈清耀的微博发的都是官方宣传信息和一些杂志写真或日常照片，偶尔有几个练琴的小视频。最近一次消息是辟谣，底下的评论已经多达十万，有不少评论是粉丝对于他伤情的关切，但大部分内容是路人看热闹的八卦，你一言我一语，内容和学校里同学的讨论大同小异。

其实沈清耀都不知道自己有微博，账号一直是他国内的经纪人在帮忙打理，给国内的乐迷传达一下近况，没什么私人的东西。此刻他定睛一看，居然积累了四千多万粉丝，堪比国内流量明星，不由得咋舌。

“我真笨，为什么不知道早点下载微博，那样就能更多关注到他的消息了。”顾萤懊恼地捶胸，顺手点进最新的一个练琴视频。

视频里沈清耀弹奏的是肖邦的《降A大调练习曲》（OP.10.No.10），这并不是一首太难的曲目，她曾经也听自己的钢琴老师的其他学生弹过，但完全不及沈清耀的水准。同样的音符在沈清耀手里仿佛变成了另外的东西，不仅仅是技巧上的极度丝滑流畅，整个乐章更像具有了诗歌一般的平仄韵脚，小节回折层层嵌套于规则句法，但并不刻板机械，每一个音色的处理都百般细腻幽微，却又对曲调的强度把握非常到位，中部低音段落也用了强音和对应节奏的低音来表现，恰到好处——而这听上去几近完美的表演，竟然只是他独自练琴时被悄悄录下的。

“其实弹得……不算很好。”沈清耀透过顾萤的耳朵，隔了几年的漫长时光聆听自己的演奏。那是无数次练习中不起眼的一次，他此

刻回顾，感觉只能算是差强人意。

“你懂什么，哦，我男神弹得不算好，你行你上啊。”顾萤不屑地翻了个白眼。

沈清耀一时竟不知她是在萍他还是在维护他。

“哎，你说我现在给他发个私信，他好起来的时候有没有可能看到啊？”顾萤点开了私信框，沮丧地哀叹一声，“这么多粉丝，就算他真的会看私信，我发的内容怕是也要淹没在9999+里面了吧。这概率，不是无限趋近于零吗？”

“没准儿他就凑巧看到了呢？”沈清耀苦笑着回答，心道：现在怕是没有谁比你传达信息更容易了。

同时，他又忍不住想，万一她准备发一大堆肉麻表白的话，岂不是要把他酸出一身鸡皮疙瘩？

“开什么玩笑。唉，算了，就当说给天上的神明听了，希望可以保佑他好起来。”

顾萤苦思冥想了好一会儿才开始打字——沈清耀，你好，我是一名普通高中生，虽然钢琴学了半瓶子水，对古典音乐懂得也不多，但我仰慕你很久很久了。

沈清耀憋着没笑出声。

顾萤又认真思考了许久才接着敲字：或许茫茫人海中，我所说的话只能沦为未读即被清空的一抹数据，或者就算你看到了，对你而言也是微不足道的，但我还是非常想要告诉你，就是我这样一个愚笨得接近一窍不通的人，也能欣赏到你的音乐。我能感受到你的精益求精，而这一定是基于热爱之上的，因此你的钢琴表演才会和平庸之辈有区别，你所展现出的并非单纯的天赋，而是凌驾于知识、逻辑、技术、智慧和品位之上的最原始、最纯粹的感染。我懂得并不多，所以我也不知道自己这样说有没有道理，但我坚信你对钢琴是赤诚热爱过的，绝对不是别人所说的那样仗着老天赏饭吃而随随便便挥霍自己的天赋才华。九尺斯坦威，不是每个人都能拿得起，更不是每个人都能够放得下。我相信你肯定是痛苦过的，这种痛苦无人可懂，也无须人懂，我也相信你对于自己将要追寻的东西同样是真正热爱着的，所以我支持你。你没有义务活成别人希望的样子，你的人生只属于你，愿你永远有魄力放弃，永远拥有轻盈的人生，也愿你永远有勇气坚定地追寻自己内心的那一束光。

沈清耀轻轻眨了眨酸涩的眼睛,感到一滴眼泪顺着脸颊流过鬓角。哪怕是父母都未曾理解过他，只当他一时误入歧途，想方设法企图纠正他们眼里的错误。曾经的恩师更是对他失望至极，批评他一意孤行。多年的铁杆粉丝群体甚至会寄来恐吓信，指责他辜负了他们长久的支持和期待。陌生人更是将他当成谈资，当成玻璃温室里供人赏玩品评的一株名贵的水仙花。

曾经的他太骄傲自负了，又习惯了自命清高，以至于他误以为自己根本不在意世人如何看待他，误以为横竖不过一句“草木有本心，何求美人折”罢了。

顾萤又逐字逐句仔细检查了一遍,确认没有错字语病才点了发送。看到蓝色的小框出现在私信对话框里，她才心满意足地关了手机。

“他微博下面的评论真的都好尖锐，而且莫名其妙，就是一些现实生活中不怎么顺心的人把情绪发泄在公众人物身上罢了！我看了都想当‘键盘侠’帮他骂回去！唉，希望冥冥之中老天让他知道世界上不仅仅有黑粉和喷子，还有我这样一如既往支持他的粉丝吧……”顾萤大功告成，把手机塞回抽屉，懒洋洋地伸了个懒腰，悠悠地打了个哈欠，“虫虫，睡前你能不能给我背一遍明早要检查的课文呀？让我利用这一天最后的时间垂死挣扎努力一下。”

与此同时，大洋彼岸的病房里，沈清耀的母亲正为他眼睛里流出的一行泪水而痛哭不已，憔悴的面容已经在重重打击下逐渐变得麻木，即便悲痛也并没有太多表情，只是嘴里不断地念叨着：“不弹琴就不弹了，小耀，我们不弹了。只要你好起来，你想做什么爸妈都支持，再也不阻碍你了。”

“虫虫？”顾萤等了半天没等到回音，迷迷糊糊都快睡着了。

“嗯。明天……检查什么？”沈清耀倏然回神，淡淡地问。

顿了顿，他又恍然记起来，说道：“戴望舒的《雨巷》对吗？撑

着油纸伞，独自彷徨在悠长，悠长又寂寥的雨巷……”

“虫虫，我突然发现你的声音可真好听呀……”顾萤微合着眼睛，睫毛翕动，半睡半醒地呢喃着，“你以后每天晚上睡前都给我读一首诗好不好？我一定能做好美好美的梦呀！”

“好。”沈清耀笑了笑，温声应了，却久久再无回答，只听到均匀的呼吸声祥和而平缓，她竟然就这么睡着了。

“希望你可以做美梦。”沈清耀无奈，轻声说道。

－第七章－

小试牛刀

“顾萤，你怎么回事儿？怎么还不起床！”林曼英匆匆用围裙擦了把手，一边重重地敲了敲顾萤卧室的门，一边扯着洪亮的嗓门大声絮絮叨叨地抱怨，“妈妈每天六点起来辛辛苦苦给你做早餐，就是为了让你吃得有营养。你倒好，直接不管不顾蒙头睡到六点半，再稀里糊涂去上学，什么都吃不上！连早起这点儿毅力都没有，你说你以后还能有什么出息？”

顾萤揉着眼睛从床上爬起来，半眯着干涩的眼睛把衣服穿好，匆匆刷了个牙、洗了把脸就赶紧在餐桌旁端坐，拿了筷子埋头吃西红柿鸡蛋面。

“最近我跟你们老师沟通了一下，”林曼英在她身旁坐下，顺手把盘里的芹菜夹到她碗里，“我们都认为你在培优班确实太吃力了，基础不好，也不是聪明孩子，到后面可能会越来越难跟上节奏，所以我打算这个学期结束后，一分文理就把你转到文科班去。”

顾萤噎了一下，轻咳两声才说：“为什么要去文科班？我不去！”

“不是你自己说你不想在这个班待着的？况且你数理化样样不行，留在那里也白搭。本来我觉得读理科好找工作，所以才把你安排到全年级最好的理科班，老师也都经验丰富，客观条件万事俱备，就看你主观上想不想学好。现在看来，你确实不是这块料。你老师说得也有

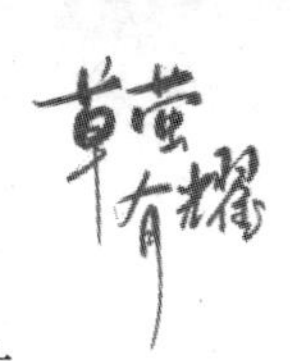

道理，读文科努努力说不定还能考个一本，读理科估计什么都考不上。反正妈妈这边能做到的努力都尽量争取到了，你能不能争口气就看你自己了。”林曼英重重叹了口气，皱着眉用筷子敲了敲她的碗沿，“快吃！又快到上学的点儿了！”

“我不想学文科。”顾萤快速扒了两口面条，起身闷闷不乐地低声说了句“我去上学了”，没等林曼英开口便拎了书包跑出了门。

秋意渐浓，水泥地上落了厚厚一层枯黄的梧桐叶，瑟瑟秋风肃。

“为什么不想学文科？”沈清耀发现顾萤逆着风骑了一路车也没有像往常一样在心里一直默念“虫虫，虫虫”，这才意识到她今天是真的情绪低落。

“不知道。”顾萤心不在焉地低喃，顿了顿又絮絮轻语，“我不服气，我不想做逃兵，我想学好，被我妈弄到最好的班级结果因为烂泥扶不上墙而转去文科班的话也太挫败了。而且我明明才刚刚发现，我似乎是能够做到的，是能做好的……我想试一试！你也说过，我可以做到，对不对？”

“嗯。”沈清耀淡淡地应了声。

顾萤心头盘旋的忐忑与踯躅轻易便因为这声简单的“嗯”而烟消云散，她握紧了拳头，说：“我会努力的，这次月考，我一定要取得进步！那样才能有底气跟我妈商量。就算……就算失败了，也好过不战而退！”

她话音一落，便在路口拐弯的时候与一辆疾驶直行的公路自行车撞在了一起。

“啊啊……”顾萤尖叫了一声，左右摇晃，几近摔下车。她刚下意识地闭上眼睛，就被旁边稳稳刹住车的人扶住了腰。她抬头，映入眼底的是黎铭舜那张仿生人一般的万年没有表情的脸。

“没碰伤吧？”黎铭舜抻着手臂把她扶住，垂眼看她。

“呀！没有没有！那个……对不起，我刚刚在走神，所以没看到你！”顾萤握了车把站稳，又扭了扭身子把书包背正。

“没事。”黎铭舜轻飘飘地说了两个字便骑行而去。

顾萤掸了掸裤子，抖掉裤脚从车轮上蹭到的土，松了口气。

“喂，你心跳好快。”沈清耀见她差点儿出车祸还暗暗窃喜，不知道为什么心里格外不爽。

“我被吓到了嘛。”顾萤一本正经地解释道，重新骑上自行车，却还是忍不住在内心感叹，“但是黎铭舜真的好帅哦，不愧是实验中学建校以来唯一一个毫无争议的校草。”

“你能不能不要见到一个长相还不错的男生都这副模样？”沈清耀似乎终于为自己的不悦找到了一个合理的缘由，语气严厉，“说要好好学习，结果一大早就在胡思乱想，犯花痴。你不可惜自己的努力白费，我还心疼自己浪费的时间呢。”

“……哎哎，你这是怎么了？突然吃火药了？”顾萤骑进校门，满头雾水地问道，“我做什么了？怎么就胡思乱想了？黎铭舜是校草呢，又那么优秀，全校的女生谁见到他不多看两眼呀？我又没做什么出格的事。”

“行啊，他那么优秀，那你找他给你讲题，我不管了。”沈清耀越听越来气，越发阴阳怪气起来。

“啊，虫虫，我错了。”顾萤虽然没弄明白他发哪门子火，但认错总归是对的，“以后我一定青灯古佛，一心向学！别说是什么普普通通的校草了，就算是顶流明星也不能吸引我半分目光！”

沈清耀被她一下逗笑了：“就你嘴贫。”

迟疑了一秒，他又忍不住接着问：“那你偶像呢？”

“沈清耀那当然不一样咯。”

顾萤今天出门早，步履格外悠闲。

“哪里不一样？”沈清耀心情豁然晴朗起来。

“如果我偶像此刻站在我面前，那我一定沐浴焚香，怀着虔诚的心仰望他！”顾萤伸出食指煞有介事地摇了摇，“像沈清耀那么出尘绝世、超凡脱俗的人，我乱想一分那都是亵渎！”

沈清耀差点儿笑出声来：“你对他是有什么误解吗？”

“唉，也不知道他好点了没有。”提起沈清耀，顾萤清雅的眉目间又扯出了一抹忧愁。

“顾萤！”辛静从她身后一路小跑跟上来，拍了拍她的肩膀，“稀

罕呀，你今天这么早！”

“我跟我妈又闹矛盾了，不想在家多待一秒就索性早点出门了。”顾萤挽住辛静的手臂，歪头枕着她的肩膀蔫蔫地说，“如果这学期我的成绩还没有起色，我妈要把我转文科班了，我不想去。”

“啊？”辛静瞪圆了眼睛，“那怎么办呀？你妈以前不是一直希望你读理科吗？

“是啊，她以前觉得学理科好找工作，就业范围广。”顾萤有气无力地说道，“现在又觉得我学不了理科，读文科说不定还能混个一本。反正什么都是她有道理，什么都是为了我好，她是刀俎，我为鱼肉。”

“唉，那……那你如果需要什么帮助尽管跟我说，我尽力帮你！”辛静能做的也只有这么多了。

“你赖在培优班还不是为了黎铭舜，”顾泽的声音蓦地从前方响起，语调一如既往带着讥讽，“搞得好像谁还看不出来似的。像你这样的人还能有什么远大追求？”

“关你什么事？”顾萤厌恶地扭头，恰好看到顾泽抱了一沓作业本迎面走过来，不由得“哧”了一声。

“可惜你男神分班考试总分比我低两分，虽然也不算多，但loser就是loser。”顾泽脚步一顿，余光恰好看到黎铭舜从教室里走出来，便故意扬高了声调。

“小人得志。”顾萤只想眼不见为净，拉着辛静快走了两步，和黎铭舜擦肩而过的时候隐隐听到他吐出了一句“小屁孩”。

顾萤偷偷捂嘴笑，心中暗暗祈祷黎铭舜能够知耻而后勇，下次考试能爆发超能力超过顾泽，挫挫那个小屁孩的锐气。

“哟，这不是顾萤嘛！”

顾萤刚踏入教室，就遇到了陈越和贺斌两大门神挡道。

“有事？”顾萤看到这两人就想起他们之前被她信口胡诌唬住的事儿，憋不住地想笑。

“秋季运动会就要开始了，我们班女生少，所以1500米长跑和3000米长跑我们就都给你报名了。”陈越是班长，打着官腔说道，“考虑到你这次月考肯定是要拉低我们全班的平均成绩的，有你拖后腿，我们的成绩也不可能比过二班。那么作为班级大家庭的一分子，你就在体育上为我们的班集体出点儿力，所谓头脑简单，四肢发达嘛。”

“贺斌每次都考我们班下游，就不拉低平均成绩了？”顾萤不屑地轻嗤了一声。

“贺斌要花时间学习数竞，综合成绩弱一些情有可原。顾萤，你如果也搞数竞，就算你综合成绩考倒数第一也没关系。”陈越跟贺斌对视了一眼，戏谑地笑着说，“何况贺斌再怎么弱，也在全校前一百名，你都排多少名去了，那能一样吗？”

贺斌勾了勾嘴角，忽而起了捉弄的念头：“这样，顾萤，我给你看一道题，你如果能在上课前做出来，我们就再找别的女生报这两个项目。”

“好啊。”顾萤最近做数学题做得自信心爆棚，一口答应，一副正中下怀的模样。

贺斌没料到数学一直不及格的顾萤会答应这个要求，明显愣了几秒，而后随手在黑板上快速写下了题目：证明：任意四个连续自然数之积不是平方数。

顾萤把书包放在就近的书桌上，然后捏了支粉笔走上讲台，仰头看着题目静静思考。

以顾萤的名声，公开做数学题这事儿在培优班可以说是大新闻，讲台下很快就聚集了一些围观群众，不少平时只顾埋头看书的学霸也出于好奇跑来看题。渐渐地，二班也有人跑来看热闹。

“这题……会不会有点儿简单？”低声开口的是数学课代表何超越，“不少人小时候应该都做过。”

“第 18 届普特南数学竞赛的初等数论考题，顾萤这种中考数学都能不及格的人怎么可能做过？”贺斌吊儿郎当地抖着腿，掏出一袋脆皮花生米边吃边看好戏。

“虫虫，我好像……完全没有思路。”顾萤大脑一阵阵发蒙，手心开始冒汗，捏着的粉笔被汗水浸出一圈深色。她这两天对做题这件事好不容易建立起来的自信几乎瞬间瓦解，屡试不爽的搭乐高法似乎

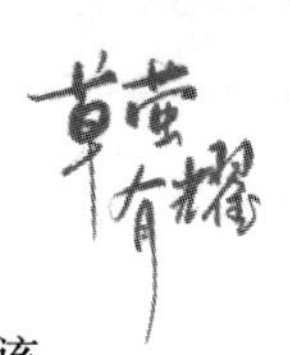

完全行不通，她不知道自己能用什么零件，甚至不知道最终形态应该是什么。这道题仿佛是一面照妖镜，瞬间把沾沾自喜的她打回原形，又陷入了见到数学题就大脑一片空白的境地。

“不要着急，”沈清耀能感受到她的焦灼，低声安抚，“做这类题，首先你要学会把题目中的叙述翻译成数学语言，也就是先把四个连续自然数之积用数学符号写出来，我们可以先假设这个任意数为 n。”

他的声音沉稳若涓涓清泉，轻易就冲刷掉了顾萤的恐慌不安。

顾萤静下心来略微一思考，在黑板上写“$n*(n+1)*(n+2)*(n+3)$”。

“很好，再想想它能不能表示成某个数的平方。”

“我明白了。”顾萤瞬间恍然大悟，迅速地在黑板上写下了“$(n^2+3n+1)^2-1$”，“任意四个连续自然数之积一定是某个平方数减一，也就是说一定不是平方数。”

时间前后只过去了五分钟。

贺斌连刚塞进嘴里的花生都忘了嚼，难以置信地盯着黑板上的答案。

“女子 1500 米长跑项目我报了，3000 米你们另外找人吧。”顾萤洒脱大度地说完，抬手把粉笔轻轻一丢，拨开窃窃私语的重重人群，单肩背上书包，脚步轻快地回到自己的座位上。

“都怪你，选这么简单的题！”陈越脸都气绿了，见贺斌一脸无辜又强调了一遍，“连顾萤都能秒解的题！3000 米你找人报，我不管了！”

“那如果出太难的题，她做不出来岂不是情有可原了？那样没有戏剧效果嘛……”贺斌不情愿地嘀嘀咕咕。

“不是吧，你们一班的学生就拿这种题考别人？无聊不无聊。”

“我说你们一班是不是没人了？搞数竞的还拿这种题出来，笑掉大牙。”

二班的人本想来看笑话，结果败兴而归，自然十分不满，一定要说两句风凉话才满意。

“你们说什么？”陈越本来就心里蹿火，这会儿又被二班的人群嘲挑衅，更是怒不可遏，“怎么，我们两个班要不要来个比赛，看看究竟是哪个班无人了？”

“来就来，谁怕谁？”

“来啊，你们实在没人，不如派顾萤出战啊，我看她也没有比你们弱嘛，哈哈哈……”

“我们班有顾泽、聂明哲和辛静，你们班能赢？天方夜谭吧？”

叽叽喳喳的议论越发大了，顾萤却充耳不闻，默默地掏出一沓演算纸，用笔飞快地写着什么。

“我们可以把这个结论推广到更普遍的形式，尝试一下证明连续n个自然数之积不是完全平方数，其中n大于等于2。完成之后，再尝试继续证明一个更强的结论，证明连续n个自然数之积不是整数的k次幂，此处k为大于等于2的正整数。对于这个结论，匈牙利数学家Paul Erdős（保罗·厄多斯）在1975年发表的论文《The product of consecutive integers is never a power》（连续整数积不是幂）之中曾经给出过证明。”沈清耀饶有兴致地考她，见她苦思冥想又补充道，“当然，最重要的并不是得到答案，而是去探索、体验，并在这个过程中熟悉自己是如何思考数学问题的，总结经验，发现其中的乐趣。”

“1975年？那么早……你说，那我要是早生几十年，再证明了这个结论，是不是也可以发数学论文？”顾萤托着下巴想入非非。

“当然可以。”

“唉，生不逢时，现在都二十一世纪了，容易证明的结论早就被前人证完了。”顾萤故作懊恼地摇了摇头叹气，“我要是早生一个世纪，说不定他们现在学的可能是什么顾萤公式。”

“你这做派倒是很像Paul Erdős，他或许是最热衷于用自己的名字来命名公式或者定理的数学家之一。”沈清耀闻言笑道。

“那会有人不喜欢用自己的名字来命名吗？把自己的一生凝结在几个简洁的公式里，就能让自己的名字代代流传，这是多么有成就感的事情呀！”顾萤好奇地问。

沈清耀思忖片刻，笑了笑说：“当然有，法国数学家Poincaré（庞加莱），代数拓扑的创始人之一。当然，代数拓扑在他那个年代被称为组合拓扑，他就是一个非常不喜欢用自己的名字命名的数学家。你应该听说过千禧年大奖难题，其中一个就是 Poincaré conjecture（庞加莱猜想），这个猜想的描述是任何一个单连通的，封闭的三维流形一定同胚于一个三维的球面。”

“……我没听说过。”顾萤打断他。

“那你现在听说了。”沈清耀笑道。

“那什么是流形？”顾萤继续问道。

“是 Manifold 的中文译名，简单来说，它是欧氏空间中曲线和曲面的推广，现代微分几何和拓扑学的主要研究对象就是流形。”沈清耀思索了一下怎么跟她讲述得更为简单一些，“你以后会学习微积分，在微积分里主要讨论曲线的弧长、曲面的面积。当你学到古典微分几何，会开始研究曲线和曲面的‘弯曲’性质，这个时候你会学习到曲率的概念。说到这里就不得不提及一个你也十分熟悉的数学家 Gauss（高斯），他发现曲面的曲率实际上只依赖于曲面的第一基本形式，所以我们可以把它从欧氏空间中抽象出来，他有一个非常著名的 Gauss-Bonnet（高斯 - 博内）定理，这个定理将几何量，也就是我们刚刚提到的曲率，和拓扑量联系在了一起，也就是说，我们可以使用几何手段去研究拓扑问题。”

“好的，你继续讲 Poincaré 吧。”顾萤感觉这不是她这个阶段能搞懂的问题，索性直接放弃继续提出疑惑。

“Poincaré 引入了很多拓扑学基石性的概念，例如基本群、同调群，但没有一个是用他的名字来命名的。”沈清耀笑了笑，说，“再比如 Betti number（贝蒂数），也是 Poincaré 首次使用，而命名时却用了意大利数学家 Betti（贝蒂）的名字。哦对了，他还有一则有趣的轶事，当时他基于椭圆函数理论，引入了一类函数，叫自守函数，但同时，Klein（克莱因）在研究有限变换群时，推广到无限也得到了同样的结果，结果 Poincaré 却把自己得到的结果命名为 Fuchs（福克斯）函数，于是 Klein 就给 Poincaré 写信说，他对于 Poincaré 使用 Fuchs 来命名该函数的行为很不满，因为 Fuchs 对于这个结果一无所知。但 Poincaré 回信说，Fuchs 对自己的工作有着很重要的影响，并且他认为名字不重要。后来，两个人同时开始对这个结果进行高维推广，

Poincaré 率先将分式线性变换扩充到复数域上，然后你猜怎么着？他直接把它命名为 Klein 群。”

“……那他真是个慷慨又耿直的人。”顾萤缩在一排书籍后面，笑得抖着肩道，“或者说……他是个不爱世俗名利的人。”

“无独有偶，在 2003 年的时候，利用 Ricci flow（里奇流）证明了 Poincaré conjecture 的数学家佩雷尔曼同样也是一个非常不爱世俗名利的人，他被授予破解千禧年大奖难题之奖，却没有出席授奖仪式，一百万美元的奖金也没有领取。因为佩雷尔曼认为千禧年难题大奖应该同时授予另一位美国数学家，Richard Hamilton（理查德·哈密顿），也就是 Ricci flow 的引入者，否则就是不公正的，因此不接受该奖。”沈清耀继续讲道。

“一百万美元都不领呀？这也太超然物外了。”顾萤不由得惊叹道。

“嗯。当时很多名校聘请佩雷尔曼去当教授，他也没有去。传闻 Fileds Medal（菲尔兹奖）也曾授予他，只不过他同样拒领了。”

“哈？那他可真是视名利为粪土呀！”顾萤听得目瞪口呆，“他这样的人才是对数学有着最纯粹的热爱吧。”

“嗯。”

“我也好想知道为什么数学值得这么多绝顶聪明的人为之执着一生，甚至抛弃名利去追寻。”顾萤低头看着自己写了一半写不下去的证明，微微叹了口气，“但是我好多东西都不懂。”

“你可以的。”沈清耀轻声笑了笑，“千里之行，始于足下，先学好现在的内容吧。”

“嗯！”顾萤重重地点了点头。

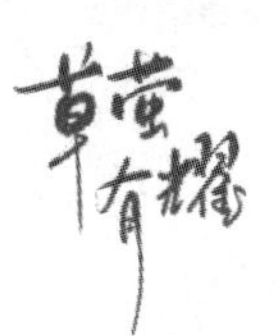

-第八章-
关关难过

“顾萤！”陈越第三次喊她的时候用食指关节在她桌上沉沉地敲了两下，这才把神游天外的顾萤拉回教室。

“怎么了，班长——”顾萤故意把“班长”二字拖长了腔调，说得意味深长。

“运动会之后我们有一场跟二班的数学友谊赛，但是呢，因为今天的事儿给二班看了笑话，班里除了贺斌和何超越，没有人愿意掺和这事儿。我跟几个班委商量了一下，认为解铃还须系铃人，还是让你上，三局两胜，跟他们来一个田忌赛马，用你直接对冲掉二班最强的顾泽，反正别人对他也没什么胜率，这样赢了更能让他们憋屈。不过，你最好还是准备一下，你对顾泽，输是肯定会输，但也别太给咱班丢人。”

“明明是你们找碴，关我什么事？我就不参加，你们能拿我怎么样？”顾萤不耐烦地盯着他，纤细的手指轻巧一动，握着的中性笔便灵活地打了个转又稳稳回到了食指和拇指中间，“什么班级荣誉，什么集体大家庭，我偏不关心，你奈我何？”

“顾萤，你这么说可就没意思了，我们堂堂一班不能连三个人都出不了不是？”陈越一时半会儿也想不出什么说辞，便索性把利诱的招使出来，“比赛赢了有赵震海老师发的奖品，两个选择，一是可以随便选一本书，二是可以免去一个学期的作业。如果成绩特别出色，老师说还会有其他额外奖品。”

“没兴趣。我没有义务参加什么莫名其妙的友谊赛来自取其辱，你也没有权力强迫我参加，凑不齐三个人你就自己上啊。不就是个尸位素餐的伴食宰相，当个班长正经事儿没见你扑腾出什么花儿来，就学会了拿着鸡毛当令箭呗？”顾萤一听到那句“输是肯定会输”就感到如芒在背，几乎伴随着她整个青春期的、源自于跟顾泽对比而产生的屈辱感逐渐膨胀成一戳就爆的气球，说起话来夹枪带棒丝毫不含糊。

“你！”

陈越脸憋得通红，刚想骂人就被何超越拦住打圆场：“顾萤，这样，如果你参加的话，无论输赢我都送你一张 DG（Deutsche Grammophon，德意志留声机公司）出的沈清耀在 Verbier（韦尔比耶音乐节）演奏拉三（拉赫玛尼诺夫《第三钢琴协奏曲》）的录音 CD。”

何超越清楚地记得顾萤说过自己是沈清耀的粉丝，十分聪明地对症下药，说完又推了推自己的眼镜，本想再补充一句“这几乎是我最喜欢的一张 CD”，结果还没开口，就听到顾萤干脆利落地说“成交”。

陈越听闻“成交”二字时差点儿吐血，脸红得逐渐发紫，张牙舞爪像个受惊过度的章鱼。

何超越赶紧把陈越拉回自己的座位，拍了拍他的肩膀，压低了声音劝解：“好了好了，老大，消消气儿，你跟个小女生有什么好计较的呢？咱们好男不跟女斗！”

“你至于吗？”沈清耀此时已然哭笑不得，“明明那么讨厌你弟弟，就为了张 CD……”

“我做梦都想要好不好，但是就算我攒够了钱也不知道该去什么地方买。何超越家里超有钱，肯定不会拿什么盗版 CD 糊弄。毕竟太掉价的事儿，他这种体面人家的孩子必然不会干。”顾萤兴奋地在内心大声喊“耶”，不一会儿又渐渐消沉下来，“虫虫，你说，沈清耀以后……是不是再也不会开演奏会了？我本来还想着长大了之后，去听现场呢。”

“这个……也说不定吧。”沈清耀乍然听她这么一讲，一时也有

些怅然。

上课铃在这个时候响了起来，英语老师人未至声先到："大家拿出作业本来听写，顾萤到讲台来，在黑板上听写。"

顾萤赶紧站起来，离开座位前还不忘垂死挣扎，最后扫了一眼单词表。

"spellbind."

"哎，虫虫，这个词我怎么完全没有印象了？"

"'疑惑'的意思。"沈清耀满头黑线。

"dusty."

"我我我，我好像……失忆了！"

沈清耀沉默。

"voyage."

"虫虫，我脑震荡是不是还没康复……"

顾萤早上做出了一道被人刁难的数学题，哪怕英语课前听写单词全军覆没都没能影响她亢奋的心情，一整天都处于一种自我陶醉的状态，自习课整理起笔记来都比往常顺畅了许多。

"笔记不要机械地抄写，要在整理的过程中梳理自己的思路，思考自己的薄弱环节，要分清楚是自己'目标正确却在试错的时候没有坚持'，还是'思路方向就错了'，又或者是'解决这个问题需要的知识点你还未学到'。"沈清耀看她下笔如流水一般不假思索，忍不住开口嘱咐道，"本质上70%靠理解力，30%靠记忆力，最终要消化成为属于自己的东西，而不是属于笔记本的东西。单纯地阅读和抄写会给你的大脑一种'已经非常熟悉这些内容'的错觉，这种错觉很容易迷惑人，让你误以为已经很熟了不需要再复习了，但当你使用的时候很可能还是会忘记。"

"哎呀，这些你说过好多遍啦，我记着呢。"顾萤分心了几秒，又重新聚精会神起来，开始意识到整理笔记就像是对自己学得稀里糊涂的内容进行"灾后重建"，对知识的记忆和搭建从来没有如此顺畅过。她一直都算是用功的学生，但她感觉自从"虫虫"到来之后，这种"用功”就变成了“有用功”。每每她思维走错路口，总有一个声音提醒她回到正轨，像是一个蹒跚学步的人迅速学会了奔跑，还即将学会御风飞行，对知识的贪婪促使她不断地想要汲取更多的力量。

“顾萤，去吃晚饭啦。”自习结束的时候，辛静在教室门口喊她。

“你等我一会儿，我在写最后一道题。”顾萤没抬头，只是把手边的物理练习册举起来挥了挥。

此时教室里已经只剩寥寥几个人，辛静索性走进来，坐在了赵浩然的位置上。

“你听说你们班要和我们班进行什么数学友谊赛的事儿了吗？美其名曰什么友谊赛，我看就是他们男生的变相约架！”辛静嗤之以鼻，百无聊赖地趴在桌子上看顾萤专注的侧脸，没得到回应，又把目光落在顾萤正在做的题目上面。

“这里的摩擦力漏掉了。”辛静看了一眼就指出困扰了顾萤十几分钟的问题，又随手拿了她的自动铅笔在小方块上面给她重新画了一下受力分析图，“这样就没问题了。”

“啊，不愧是学霸。”顾萤烦躁地抓了抓头发，懊恼自己的粗心。

“走啦，先去吃饭。”辛静说着便把她拉起来，“身体是革命的本钱，吃饱了才有力气做题。”

“好好好。”顾萤连连应声，“吃什么？”

“炸臭豆腐。”沈清耀兴冲冲地提议。

“美少女怎么能吃那种东西！”顾萤在内心抗议。

“螺蛳粉！”沈清耀间或听到很多学生讨论，都说这些是让人欲罢不能的人间美味，很好奇是个什么味道。

“喂喂，你就不能给点儿有用的建议？那种东西吃完整个人都会臭掉。”顾萤嫌弃地将嘴唇弯出一条小小的沟壑。

“那烧烤？”沈清耀很多次路过烧烤摊都会被热闹的氛围吸引，烤肉“刺啦”作响，油香四溢。

“烟熏火燎的……”顾萤再次否决。

“那去买个鸡蛋仔总可以吧？”沈清耀留意到了学校门口有一个小推车摊位，上面拉了条简单的红色横幅“港式原味鸡蛋仔”，奶油

香气扑鼻，格外诱人。

“那种甜食当饭吃会长胖的。”顾萤毫无兴趣，又疑惑地问道，“虫虫，你嘴那么馋，该不会生前是个大胖子吧？亏我还因为你的声音好听，幻想你是个大帅哥呢。”

沈清耀嘴角抽了抽：“我并不胖。”

“那你帅不帅呀？”顾萤接着问。

“嗯。”沈清耀懒懒地用鼻音回答。

“你好自恋哦！”顾萤“扑哧”一声笑出来。

“你笑什么？”辛静狐疑地扭头看她。

“没什么，没什么。”顾萤连忙摆手，“我们吃什么呀？”

“食堂吧，我只剩下五块钱了，饭卡里还有余额。”

“好。”

天色渐暗，落日余晖斜射入人影稀疏的教室，顾萤踩着一抹残阳，在路过二班窗口的时候缓缓驻足，怀着好奇看向被微光铺了一层金黄的黑板。

顾泽正拿着粉笔在黑板上飞快地推导着什么公式或者证明，已经写了整整一面。下面有几个学生在眉头紧锁地看着他写，时不时在自己的笔记本上记录两笔，看他们那茫然的眼神，显然也是没怎么看懂。

“他在写什么，你能看明白吗？”顾萤指了指黑板，侧身小声问辛静。

“不知道。顾泽的知识储备比我们大多了，他平时也不怎么听课，一直在自学大学的内容。据说他最近在看什么抽象代数，反正我们都没接触过。”辛静摊了摊手，又指了指坐在教室一角沉思的聂明哲，“他应该能看懂一些，前阵子我看到他下课的时候拿了一本Paolo Aluffi（保罗·阿鲁菲）的《Algebra：Chapter 0（代数）》在看，我好奇地翻了几页，感觉挺难的……不过，这些高考又不考，竞赛也不涉及，所以其实没什么用啦。我们平时那么忙，哪有那么多闲工夫折腾课外的，当下最紧迫的目标还是考个好大学。”

“他写的是Sylow（西罗）定理的证明，入门知识罢了。”沈清耀略微瞥了一眼黑板上的内容，轻描淡写地说道。

顾萤不语，远远凝视着那些陌生的数学符号和字母，它们被斜阳镀了一层亮灿灿的光，如同某种奇妙的魔法咒语，令她突如其来地生出了想要看懂它们的迫切渴望。

顾泽恰好这个时候写下最后一行，转身看到顾萤的目光正落在他所写的内容上，几乎是条件反射般地嗤笑道："哟，这不是顾萤吗？"

"我们走。"顾萤不想与他起正面冲突，拉起辛静就往校门口走去。

"等等，"顾泽叫住了她，快走两步跟了上去，笑得人畜无害，"你天天见了我就躲，什么意思？"

"你有事吗？"顾萤不耐烦地回过头看他。

"听说你要参加月考之后一班和二班的数学友谊赛？"顾泽抱着手臂居高临下地看着她，用下巴朝自己刚刚写完证明的黑板点了点，"你参加比赛？你会什么？你以为数学又是什么？是不是数学这个东西在你的认知里就是算数？谁算得快谁赢？哈哈哈……你什么都不懂，拿什么比赛？"

"所以呢？"顾萤不想多做纠缠，不适地后退了两步，眼神警戒地看着他。

"你跟我们班的辛静关系这么好，可别想着旁门左道，投机取巧呀。"

顾泽把话说得太过直白，就算辛静对顾泽好感值很高，也不悦地呛声道："顾泽，你凭什么这么说？你这是以小人之心度君子之腹！"

"我相信你，但我不相信顾萤，她从小到大偷了我多少东西？"顾泽轻蔑地哼了一声，"你做偷偷摸摸的事儿，比做数学题擅长多了。"

"那是我爸爸买的，你有的东西，全部……全部本来都该是我的！"顾萤反反复复压抑的怒气终于迸发出来，上前推搡着顾泽说，"那个PS5是我爸爸过年时答应了给我买的！那个Jellycat的兔子家族也是我爸爸亲口说过等我生日的时候送给我的！明明都应该是我的！你跟你妈妈一样，都是喜欢偷别人东西占为己有的下等人！鸠占鹊巢的臭流氓！"

"顾萤，你能不能动动你生锈的脑子？我现在所拥有的一切，都是我自己争取到的，跟你没有半毛钱关系。"顾泽不为所动，微微扬

起下巴，一如既往地狂傲，不可一世，“这个世界上没有人喜欢小丑，哪怕是有血缘关系的父母也一样。所有人都喜欢强大的人，永远从容不迫，做好自己该做的每一件事，而不是稀里糊涂、隔三岔五连上课都能迟到的人。你不能成为爸爸的骄傲，但我能。或许对你妈妈来说，你的存在就是她一生的缺憾和耻辱，是她被道德捆绑而甩不掉的包袱。你以为自己是什么名正言顺的存在吗？不，你才是他们心里的拖油瓶！”

“原来亲情在你眼里就是这么冰冷的东西吗？”顾萤听完他的话，觉得难以置信。

“当然，我们小时候听过太多的真善美，说爱是无私的，亲情是伟大的。人类非常喜欢美化自己，以此来和低级动物区别开来，寻求一种灵长类动物独有的优越感。但是，如果你相信了，你就是傻子。”顾泽根本没有在意顾萤扯着自己的领口，眼神甚至没有聚焦到顾萤怒火中烧的眸子上，“当然，你可以跟我谈论道德，谈论一切假大空的虚话，我认可这些存在的价值，但是，The game simply does not work that way（这个世界的游戏规则并非如此）.”

有不少买饭回教室的同学留意到他们这边的争吵骚乱，纷纷过来拉架。

“天外有天，人外有人。顾泽，你又怎么知道自己会永远得意，不被人踩在脚下羞辱？”顾萤甩开拉住自己的同学，“你又怎么知道我顾萤有朝一日不会扶摇直上？”

顾泽突然就收起了懒洋洋的神情，大声笑了出来：“诗人 Henry Charles Bukowski（查理·布考斯基）有一句放在此刻很应景的名言，The problem with the world is that the intelligent people are full of doubts， while the stupid ones are full of confidence（愚蠢的人总是过度自信，智慧的人总是自我怀疑）.”

顾萤感觉世界骤然安静了下来，嘈杂纷说她皆充耳不闻，只是反复品尝着顾泽的话，像是在咀嚼一盘凉透了又泛着油腻的炒苦瓜。

“顾萤，我们去吃饭啦，走啦走啦。”辛静实在看不下去，强行拖着她一路进了食堂，见她依旧表情沉郁寡欢，便替她打了一份白菜炒肉搁在她的托盘上，“你别听信顾泽的胡言乱语，你又不是不知道他从来都是这样，喜欢说一些莫名其妙的话标新立异。小孩子叛逆期都喜欢一身反骨，跟这个世界主流的声音唱反调，你当真你就输了。一会儿就到晚自习的时间了，快吃饭吧。”

“我早就习惯了。”顾萤毫无情绪地说。

“这么沮丧，不太像你。”沈清耀忍不住开口。

“谁说我沮丧？”顾萤狠狠舀了一口米饭塞进嘴里，“君子报仇，十年不晚，我一定要变得比顾泽强！”

“这才对嘛！”沈清耀见她如此，已然溜到嘴边的一些大道理便也没再说出口。

“我还要向他证明，他是错的！”顾萤感到自己周身的能量突然燃烧了起来，“美少女绝不能被打倒！”

沈清耀哑然失笑，惊叹于顾萤强大的自愈能力，同时又忍不住思考顾泽的话——父母对他的爱，是否也是基于他头顶的重重光环？是否也是因此才能罔顾他的意愿，做出那么多不可原谅的事来？

他思绪纷乱，忽而感到父母的形象在回忆里模糊了起来。

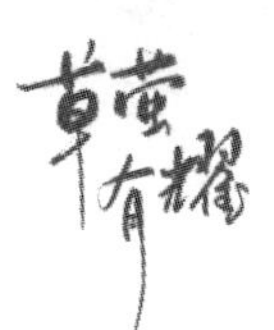

-第九章-
战胜月考

顾萤自打被顾泽的一番犀利说辞刺激到之后，整个人像打了鸡血一样进入备战状态，以往她再怎么努力也不得法，横冲直撞反而头破血流，如今有了沈清耀每日矫正指点，很多问题皆成了蛇打七寸，人生难得从做题中尝到了甜头。她每天晚上沉迷刷题到十二点，就算睡着了，梦里也都是自己琢磨不出方法的题目，早上六点睁开眼睛清醒五分钟就开始背诵语文和英语，又仔细弄了一沓卡片记忆化学和生物的零碎知识，偶尔吃饭的时候还要拿出来翻一翻。

林曼英作为一个深谙中学生心理的资深教师，对此反常离奇的行径十分重视，慎重思量之后开始旁敲侧击问她是不是早恋了。

顾萤听到这个质疑的时候正在刷牙，一个不小心差点儿把漱口水给咽下去。

“妈，你这什么脑回路，我努力学习怎么会跟早恋扯上关系？”顾萤都不知道从哪儿开始吐槽，“这话说的，就不能鼓励鼓励我吗？”

“哟，你活了十几年了都没这么拼过，天天上学跟梦游似的，突然这样总得有个缘由吧？跟妈妈说说，你是不是喜欢上了哪个成绩好的男孩子，想考同一个大学呀？”林曼英认定了事出反常必有妖，“是不是你们班的黎铭舜？”

“我的天，你作为亲妈可不要造谣，别把写作文的发散思维用到我身上呀。”顾萤头疼地扶额，忙不迭地撇清关系，“我跟黎铭舜同学虽然在同一个班，但平日里都说不了几句话，哪儿来的机会早恋啊！”

“哎哎，你可别说你没听过学校里流传的八卦，说你跟黎铭舜一个校花一个校草……”

“妈，我去学校是学习的，对这些乱七八糟的小道八卦从来不关心。”顾萤堵住耳朵不想继续听下去，“而且我什么时候成校花了？用‘笑话’来形容我才更贴切吧。”

“行，你知道自己是去学习的就行，可别给我整出什么幺蛾子。”林曼英对这个回答非常满意，末了又不忘补充一句，“最近状态不错，要坚持，别三天打鱼，两天晒网，持之以恒才能出成绩。”

顾萤一听就有点泄气，她正斗志昂扬呢，妈妈就开始预言她早恋、半途而废了，甚至提前打预防针来警告她。

“碳酸钠是碱吗？”沈清耀见她放空了大脑发呆，开始突击考查。

“被称为纯碱但属于盐类。”顾萤下意识地一通回答，回过神后又全身一瘫，趴在桌上懒洋洋地拖长了尾音强调说，“虫虫老师，你就是装在我大脑里的考试训练机器吧？还能不能让我休息一会儿了？”

“你妈也没瞎操心，你隔三岔五被不同男生又是送礼物又是送信的，会担心你早恋也是人之常情。”沈清耀话锋一转，意有所指。

“连你也笑话我！”顾萤兴致缺缺地接话，“我对早恋没兴趣。”

“为什么？”沈清耀好奇。

“我告诉你，你可要保密哦，不准告诉别人。”顾萤说完才发觉这是一句废话——就算他想告诉别人，别人也听不见他说什么呀。

“嗯。”

“算了，你肯定会吐槽我追星走火入魔。”顾萤欲言又止。

“不会，我看你挺正常的，比起真正的脑残粉，你差远了。”沈清耀可没少被自己的疯狂粉丝吓到。

“其实吧，我就是会觉得，和沈清耀比起来，周围的人都索然无味……所谓满目葱郁，独见青山。”顾萤说完就感觉自己中二又矫情。

沈清耀一愣，显然没料到是这种答案。

“你肯定又要说，我根本不了解他，我只不过是在迷恋自己的幻想罢了，那我也没有办法否认……对于我而言，他就像一场遥不可及的梦，似幻似真，又因为熠熠生辉的灵魂而让我觉得实实在在地被照亮了。”顾萤的目光又落回自己床头的海报上，良久之后她起身，指尖小心翼翼地轻轻触碰海报里沈清耀的眼睛，“你看，他的眼睛里盛满了光。”

沈清耀怔怔地将目光凝聚在她圆润光洁的指尖上，心跳忽地漏了一拍。

“虫虫，你说，他这样的人会喜欢什么样的女孩子呢？”顾萤静静端详着海报。

沈清耀从未思考过这个问题，他的人生从出生开始就没有时间留给这些，数学和钢琴占据了他绝大部分时间，而他也乐于沉湎其中，根本无心顾及其他。

“我好想去走他走过的路，看他看过的风景。”顾萤没有得到回答，自顾自地说，“这样好像就能离他稍微近一点点。”

“那如果……有一天，你发现他其实没有你想象中那么完美呢？”

“哪方面不好？”顾萤根本想象不出，“比如很花心，会找很多个女朋友那种吗？”

“那倒不是。”沈清耀满头黑线，嘴角抽了抽，轻轻咳了一声才继续缓声道，“比如他可能会……内心比较敏感脆弱，不会像你一样，经常性地原地满血复活。”

“别以为我听不出来你指桑骂槐说我没心没肺！”顾萤反应机敏地抓到了漏洞。

“……我真没有。”

“这算什么不好的方面？没有敏感的内心，哪来细腻的作品？这是一种天赋才对吧。我们这些凡人没有那么多复杂的心思，是因为对这个世界的感知比较单一，无法去理解别人。如果连这一点都意识不到，反而嘲笑别人内心敏感脆弱，岂不是吃不到葡萄就说葡萄酸吗？”顾萤一旦维护起偶像来就自动变身诡辩大师，“一个有远大理想的人，一定有着比平凡的人更纯粹、更敏感的内在。当然，这些未必是世俗所认定的良好品质，世俗追求一种钝感和大而化之，追求成大事者不拘小节，但小节却有可能……毫厘微末之察中得见泰山。这就叫，芥子纳须弥。”

“你这么一说，我们倒可以打个比方，数学里的 trivial 国内教材翻译过来通常是平凡，比如平凡子空间、平凡群、平凡解，代数结构里面的 Ideal 通常被翻译成理想。存在这样一个定义，如果一个环 R（Ring）除去{0}之外是一个乘法阿贝尔群，我们就叫它域 F（Field），它拥有更多的良好性质，反而没有非平凡的理想（双关）。”沈清耀笑着打趣道。

“呵呵……好冷的笑话，你生前一定没有女朋友……”顾萤尬笑两声，伸了个懒腰道，“众所周知打比方的目的是把事情讲得更容易理解，而不是让别人更加听不懂。”

“可这个跟有没有女朋友有什么关系？”沈清耀不服气，毕竟他从小到大一直是很受女孩子欢迎的。

“你这个人啊，刻薄、毒舌、脾气大，还总喜欢讲很多奇怪的冷笑话，不会逗女孩子开心，除非你长成沈清耀那样，否则怎么会有女孩子喜欢你。”

沈清耀沉默。

“又生气啦？但你有时候又很温柔，很有耐心，很聪明，很懂我，所以综合起来还是个神仙大好人，瑕不掩瑜。”顾萤托着下巴，笑嘻嘻地说，见他不语又补充道，“好啦，不要那么小气了，我这修辞手法叫欲扬先抑。你真别说，长大以后我还挺想找像你这样的男朋友的。你也知道嘛，我这个人就容易飘，被你刻薄地吐槽几句还能清醒清醒，嘿嘿。”

“我……脾气很大吗？”沈清耀从小到大得到的评价都是“谦和有礼，温文尔雅”，头一次被人说脾气不好。

“是啊，你经常莫名其妙就不高兴了，得哄着。”顾萤撇了撇嘴，“还控制欲爆棚，管早恋比我妈妈管得都严格，我跟男生多说几句话你就不高兴。”

“抱歉，我完全没意识到这一点。”沈清耀自幼被教育要有边界感，到了顾萤身上反倒全都失效，总是忍不住左右她的想法。

“没事，我就喜欢这样的，毕竟我自制力差，意志力薄弱，你天天管着，我不容易因为管不住自己而后悔，嘿嘿。而且你是傲娇属性，可爱得很。”顾萤倒不是什么记仇的人，“只要虫虫可以一直陪着我，怎么欺负我都无所谓。我朋友本就不多，像你一样能够心无芥蒂、无话不谈的就更没有了。”

“喂喂……我什么时候欺负你了？”沈清耀对于自己辛勤做全职家教还被归类为“欺负”的形容十分不满，“就算我有时候严格了一些，也是希望你克服困难，砥砺前行。”

顾萤闻言愣了一下，忽然回忆起自己小时候在网上看过一个沈清耀的访谈，他结尾时也说了一模一样的话——“克服困难，砥砺前行”，这曾经是她初中时的座右铭。

“哎，等等！我好像突然明白为什么会觉得你的声音那么好听了！你的声音有一点像我男神哎！”顾萤一副灵光一闪、恍然大悟的模样，“天啊，一旦接受了这个设定，就越听越像，只是你的声音更低沉一些。”

那是因为他经历过了变声期吧……

“宝贝虫虫，你最好了，你就是神仙本仙，你能不能给我来一句‘顾萤，我喜欢你’之类的？”顾萤突然来了主意。

“洗洗睡吧，明早还要起来背单词，免得下次再对着黑板一个都不会写。”沈清耀的语气毫无起伏。

“就当扮家家酒，过过瘾而已嘛，你就当自己是个配音演员，好不好吗？”顾萤兴致勃勃地央求，“就一句，就当满足一下我的小愿望了。”

“不好。”沈清耀乍然被她一撒娇，只觉心跳乱得一塌糊涂，拒绝得越发彻底起来。

“你看你又欺负我！”顾萤气鼓鼓地把书本、作业本、文具袋一股脑儿地塞进书包。

“不答应你不合理的请求就叫欺负你？那我每次想吃点小吃街卖的麻辣烫也没见你答应过。”沈清耀翻旧账。

“那……等我考完去吃上次你想去的那家砂锅麻辣烫，你跟我说句晚安总行吧？”

“晚安。”

“喂喂，你怎么这么快就说完了，我还没准备好呢！”

沈清耀没说话。

“一会儿我躺在床上的时候你再说。”顾萤说着就已经换好了睡衣，“不行，我这会儿好兴奋，睡不着，要不你再接着讲讲冷笑话吧。”

“讲什么？”

“嗯……群，环，域，理想？”

“哦，这就不得不说法国的天才数学家 Galois（伽罗瓦），他去世的时候只有二十一岁，据说遭人迫害不得不参加一场必死的决斗。他提出了奠定抽象代数基础的两大理论，一个是群论，另一个是解决高次方程不可解的理论，也就是 Galios 理论。自他之后，代数学的研究便从最初的代数方程转向了代数结构。和他同一个时代的还有另一位英年早逝的天才数学家，叫 Abel（阿贝尔）。他发现了群的交换性可推出求根公式的存在性，为了纪念他，交换群就被命名为 Abel 群。可惜 Abel 生前不被承认，一生穷困，孤独地沉浸在数学研究之中。他死后，挪威著名雕塑家 Vigeland（维格兰）为他设计了纪念碑，把 Abel 设计成在圣灵指引下的理想主义者，脚下踩着两头被驯服的怪兽，分别代表一元五次方程和椭圆函数。”

“啊……别人二十一岁都为数学大厦添砖加瓦了，不知道我二十一岁的时候会在做什么……”顾萤闭着眼睛迷迷糊糊地说，“应该在读大学吧……那沈清耀会在做什么呢？”

沈清耀苦笑，他此时一点都不想知道自己未来在做什么，顾萤的世界就好像他的避难所，令他得以在人生中暂时当一只鸵鸟。

她含混不清的呓语渐次消散在静谧的夜里。

时钟“嘀嗒”作响，凉夜迢迢，沈清耀却已经开始期盼她睡醒，脑海中不知怎的竟冒出一句幼时曾陪爷爷听过的昆曲——“数尽更筹，听残银漏”。

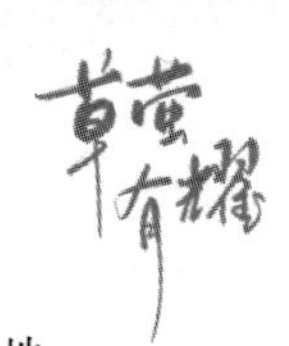

历时一整个周末的月考就像一场场稀松平常的练习一般无知无地一闪而过，顾萤兵荒马乱地考完最后一场，闷闷不乐地走出考场。

“考得怎么样啊？”辛静在教室门口等了顾萤许久，才见到她拎着书包垂头丧气地走出来。

“不太好。”顾萤虽然没有像以往那样总是“看什么都眼熟，就是不会做”，但考试和练习不同，没了沈清耀的指示提醒，她依然在不少题上束手无策。

“努力过就很棒了！我们只管拼尽全力，其他的就交给老天咯，至于结果，管他呢！”辛静牵住她的手，“去吃冰激凌啊，我请客。”

“嗯……”顾萤强撑起情绪笑了笑。

“其实考得还不错。”沈清耀轻声开口。

“怎么可能？我以前感觉考得还行的时候都一塌糊涂，现在我觉得糟透了，成绩肯定更差。”顾萤暗暗沮丧，“全程都感觉自己像闯关游戏里面被怪兽们砍得只剩下一格血苟延残喘的小人。”

“恰恰相反。你以前感觉考得不错，是因为什么都没学扎实，连自己哪里错了都不清楚，从而导致自我感觉良好。现在你所谓的糟透了只是跟你做练习时的感受相比，要知道你做练习时因为有我把关，每次都是全对的，自然不一样。”沈清耀不疾不徐地解释。

“你确定？”顾萤听了感觉颇有道理。

“确定。我都帮你大致算好分数了，进步不小。”

“那我信你！”顾萤悬在心口的包袱终于落地。

“选那个朗姆酒味儿的。”沈清耀饶有兴致地看两个小女生在橱窗前选择冰激凌，兴冲冲地说。

“好，这次听你的。”顾萤心情晴朗，答应得很爽快。

月考结果在一周之后张榜，顾萤迫不及待地跑去看，目光顺着榜单上一排人名一路向下，心也一点点下沉，在最后一栏里找到了自己名字的时候已然泪盈于睫——这并不是她第一次考倒数第一，却是她第一次有所期待。

“喂……你看看自己的全校名次。”沈清耀提醒。

顾萤讷讷地把目光移向榜单右下角不起眼的小格子，上面标注的是全年级的排名，数字是“376”。

“你们学校高一一千多名学生，这个名次已经算是上游了。”沈清耀笑着揶揄道，“难不成你想努力大半个月就能随随便便超越培优班的尖子生？那你也太小瞧他们了。”

顾萤久久不言，透过深秋微潮的雾霭，抬手仔细抚摸过自己各科成绩的数字——其实她考前有过很多很多神奇的幻想，比如像动漫主角一样突然异能爆发，考出第一，令周围所有人刮目相看，或者像武侠小说里那样遇到一个大师指点后，突然发现自己是个奇才，武艺突飞猛进，震惊所有人。相比而言现在这个结果太过寻常，却偏偏是这份寻常，更赋予了她力量——她仍然是那个顾萤，没产生魔法，也没什么奇迹，努力的过程很辛苦，成绩仍然平庸，却是实实在在的、真正属于她的巨大进步。

“你再看看自己的数学成绩。”沈清耀再一次提醒她。

“1……132分？开玩笑的吧？”顾萤难以置信地揉了揉眼睛。

“别高兴太早，这次题目出得相对较简单。”沈清耀温声道，“而且很多题目都有相似的作业题给你做过练习，如果这样还能考低分，那你真是无药可救了。”

“那你知道我分班考试数学都没考及格吗？”顾萤捂住嘴才不至于尖叫出来，“如果……如果我最后一道压轴题解出来，岂不是奔着满分去了？我果然是……天才吧！”

“同学，你清醒一点。”沈清耀透过玻璃窗的倒影端详着她睁得浑圆的一双可爱杏眼，哭笑不得。

“以往最棘手的数学我都考了这个分数，这个世上还有什么事是我顾萤做不到的吗？”回教室的路上，顾萤感觉每一步都像踩在了棉花团上，飘飘欲仙。

“我现在可以立刻出一套不超纲的试卷让你考零分。”沈清耀幽幽冒出一句。

“喂喂，你就不能让我多开心一会儿？”顾萤愤然发现堵住耳朵也是掩耳盗铃罢了，沈清耀的声音似乎直接来自她的大脑，而非通过

耳蜗传导声波。

“你又开始飘了，顾萤同学，再接再厉。”沈清耀突然产生了一种想摸摸她的头的冲动。

“我会的。路漫漫其修远兮，吾将上下而求索！”顾萤握拳，“这次第 376 名，我每天少睡一个小时，争取下次少个 3！”

“大跃进也是不可取的。”沈清耀笑得声线都开始不稳，“但 276 名还是有可能的。”

-第十章-

理性与浪漫

除了顾萤自己，全班似乎没有第二个人关注到她飞跃般的进步——弱者的成绩总是无关紧要的，大部分时候也没有人愿意花费半点儿情绪去瞧不起谁，因为每个人潜在的竞争对手都是比自己强的人，培优班的竞争又异常激烈，没有人能稳坐钓鱼台，根本无暇顾及其他。

于周遭的平静和自己的兴奋之间的交错中，她升入高中的第一次月考就这样轻飘飘地一带而过了。

“妈，妈，你看看成绩单，我这次月考数学考了132分。”顾萤一回到家，书包都没放下就冲进书房，迫不及待地跟林曼英炫耀成绩单，“怎么样，这进步厉害吧？”

“我已经看过了。这次考试你们班数学平均分145，你考了132分，就骄傲成这样？”林曼英正在台灯下一丝不苟地写着教案，头都没抬，习惯性地用班主任的口吻说教，“一次考试的成功说明不了什么，它只能证明考到的那些内容你恰好会。要多虚心求教，看看自己错在哪里了，因为什么丢的分，怎么避免丢分。多跟同学讨论，学学别人的优点。时刻记着，三人行必有我师，就算是成绩不如你的学生也有值得学习的地方！对了，你语文这次考了110分，比起往常确实有进步，但是我的学生平均分从来没低于过120，你还差得远。”

“哦。”顾萤嘴角的笑意逐渐消散，张了张嘴，又怕打扰林曼英

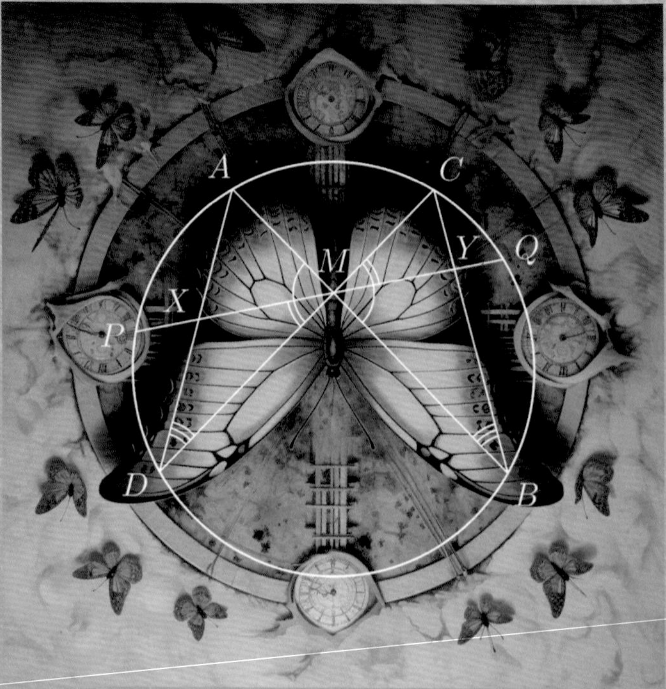

也许是某位神明让我承受时光那漫漫梦幻的熬煎。

我梦见过月亮以及我那看到月亮的双眼。

——博尔赫斯《笛卡尔》

草萤有耀

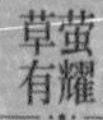

工作，便索性转身走出去，悄悄把门带上。

月考后再过两周就是运动会，顾萤想着趁时间还来得及，还是得热热身，练习一下。她换了一身运动装，独自去楼下小区的操场跑步。

小区的夜晚总是喧嚣的、热闹的。

拿着小型收音机边听戏边遛狗的大爷、挥舞着紫红色扇子跳广场舞的老太太、在单杠上艰难地做引体向上的小青年，以及三三两两散步闲谈的女人，交错成一幅小区街景图。

“非要逞能报什么1500米，你能撑得下来吗？”沈清耀瞧她瘦弱的小身板在跑道上颠簸，忍不住关怀道。

“你可不要小瞧我，本少女这叫身轻如燕，初中时长跑拿过第一！”顾萤迎着微凉的风，逐渐加速，“中考体育接近满分呢。”

“那你还真是和他们说的一样。”沈清耀诧异。

“什么？”

“四肢发达。”沈清耀十分礼貌地只说了后半句。

“你出来，看我不打你一顿。”顾萤的额头上暴出一条青筋。

回答她的只有沈清耀清朗的笑声。

“我喜欢跑步。”顾萤轻轻喘着，却痛快地说，“当你奔跑的时候，会感觉时间的流淌似乎随着风开始凝滞了。”

“众所周知，狭义相对论里的时间膨胀公式告诉我们，只有当你的速度接近光速的时候，时间才会趋近于零。”沈清耀悠悠然道。

“喂喂喂……你这个人真的好没劲，一点浪漫细胞都没有。”顾萤被气得一个踉跄，差点儿撞上前面慢跑的阿姨。

“有啊……浪漫主义乐派的李斯特和柏辽兹我都还蛮喜欢。”沈清耀不以为然地接话，“当然，好的作曲家往往同时具有古典和浪漫两面，比如，柏辽兹的音乐格局非常大，旋律张弛如雄鹰遨游，洪荒宇宙，天地永恒，这是他浪漫主义的一面，同时他又十分推崇格鲁克式的歌剧理念，这又很古典。至于李斯特，他可以算是浪漫主义最杰出的作曲家之一，以丰富的音乐情感见长。你应该听过他的超技练习曲，其中《Mazeppa（马捷帕）》后来演变为他所作的十三首交响诗之一，是根据雨果的同名诗创作的。”

“李斯特？他不是写了很多超变态练习曲的那位吗？”顾萤对李斯特的印象仅限于这些，“那么虐手的一个人居然是浪漫主义乐派吗？这反差也太大了吧。”

沈清耀哑然失笑。

“其实李斯特的钢琴曲中也有许多非常精妙的小品，他二十八岁的时候根据意大利诗人比特拉卡的两首十四行诗创作的No.123和No.104都非常甜蜜多情，一首表达的是‘能拯救我的，只有我的爱人’，另一首则表达‘天使一般的她，给我带来梦幻’。他的音乐不同于肖邦的纠葛繁复又欲罢不能的叙事，而是非常直截了当的情意绵绵。在艺术上的品位，李斯特可以说是对文艺复兴画作的浪漫主义再现。”

“那……你能弹得了？”顾萤被他笑得耳根一红，强撑着面子反问。

“嗯。”

“真的假的……你还会弹钢琴吗？那你是什么水平？能弹得了《钟》吗？”顾萤诧异地问。

“能。《钟》是一首很美妙的曲子，利用颤音和顿奏将钟声描摹成精灵。李斯特在器乐美学上的主要风格在于，他很大限度地扩展了乐器声音的多样性和声响范围，这方面或许柏辽兹给了他不少灵感。《Feux Follets（鬼火）》我大概十三岁的时候公开演奏过。”沈清耀回忆着自己的童年，“确实有些难度，我练习了很长时间。”

“你会不会吹得太过了？虽然我是个外行，但也知道李斯特的超技练习曲是变态难弹的，《鬼火》又是这里面技巧最难的之一，公开演奏真的不会成为车祸现场吗？”顾萤跑累了，缓缓减速停下，开始做拉伸运动，“我的钢琴老师说，他也弹不了《钟》，或者说……不能完全弹好。”

“确实不容易弹好。”沈清耀表示赞同。

“那……既然你这么厉害，能教我弹钢琴吗？”顾萤心头又冒出一个点子。

“不能。”沈清耀无情地否定。

“为什么呀？你都能教我数学！”顾萤拉伸完，盘腿坐在草坪上

休息。

“你弹不好钢琴的。”沈清耀说得毫不客气，“数学有救，但钢琴我是真的爱莫能助。”

“你为什么这么说我？”顾萤感到很受伤地噘嘴。

“也不是完全不可以吧。”沈清耀看不得她这副委屈模样，思量片刻道，“你就弹着玩玩的话，也是可以的。”

“什么叫弹着玩玩？我喜欢钢琴，我尊重它。”顾萤不满，“我很严肃认真的，才不是玩玩。”

“我的意思是……你又不是职业的钢琴家，没必要在枯燥的技巧上反复练习提升，这个意义不大，反正以你的资质，提升的空间本来也是非常有限的。你首先要明白，它只是一样乐器，你不应该怀着被它考核的心态去小心翼翼地努力，仿佛在试图得到它的认可。你要认清自己才是主体，先要真的从自己的演奏中获得快乐，才能真正喜欢它，继而学会和它交流悲欢喜乐。”沈清耀淡淡地解释道，“这是弹琴的乐趣所在。”

“从中……获得快乐？”顾萤从来没有思考过这个问题，“你这么一说，我确实从来都不喜欢自己练习的曲子，一方面我弹不好，练起来又枯燥，另一方面很多曲子其实我并不觉得好听。”

“是啊，那就不要勉强，先试着取悦自己，否则它就变成了一件苦差事。”沈清耀无奈地说，“去弹你觉得好听的。”

“老师说，我感觉好听的那些钢琴曲只能叫轻音乐，都是一些不入流的东西。”顾萤带着缱绻的倦意躺在草地上，静静望着漆黑夜幕上繁星闪烁，银瓶泻浆，懵懵懂懂地说，“他说，是我的音乐品位不好才会喜欢那些，像沈清耀那样的音乐家听了那些俗气的曲子会吐的……还让我不要听那些拉低钢琴档次的东西。”

“……倒也不至于。比如什么样的轻音乐？”沈清耀格外包容地笑着问。

“《The truth that you leave（你离开的事实）》……”顾萤小声说道，说完也觉得这首曲子挺拿不上台面的。

“没听过。给我听一遍，我可以教你弹。”沈清耀脱口而出这句话之后有一瞬间茫然——其实他确实不喜欢这类流行钢琴音乐，倒也不是鄙视什么，只不过这种音乐来来回回也就是那么几套脍炙人口的和弦搭配，他随随便便就能即兴弹出无数首，没什么意思罢了。但是他不知为何，偏偏很想看她雀跃得像个小孩。

“听一遍……你就会吗？”顾萤忽闪着一双灵动的大眼睛“哇”了一声，“虫虫老师，我好崇拜你哦。”

“这有什么……视唱练耳难道不是基本功吗？你随便找一个音乐专业的学生都可以。”沈清耀被她“哇”得有些不好意思，连忙解释道。

“我不管，我的宝贝虫虫就是天下无敌的，而且是只属于我一个人的。”顾萤心满意足地眯着眼，“哦，不对，仅次于我偶像。”

沈清耀隐约感觉此刻自己肯定脸红了。

“你怎么不说话了？”

“其实我也可以写一首专门属于你的曲子。”

“哇，真的吗？”顾萤期待地双手合十。

“嗯，所以……你还说我缺乏浪漫细胞，不会哄女孩子开心吗？”沈清耀翻旧账的功力与日俱增。

“不说了不说了，宝贝虫虫是理性和浪漫的混合体，是天使，是大神，嘿嘿。”顾萤立刻服软投降。

“今晚的月亮……好明亮。”沈清耀透过她的瞳仁凝望幽深夜空，心底忽地浮起夏目漱石那句“月が绮丽ですね（月色真美）”。

“今晚的星星也很亮呀，突然想……背课文。”顾萤枕着自己的手臂，听徐徐微风卷着落叶发出沙沙的响声。

“寄蜉蝣于天地，渺沧海之一粟。哀吾生之须臾，羡长江之无穷。挟飞仙以遨游，抱明月而长终。”沈清耀意会，替她背了出来。

“嗯！”顾萤点头。

“顾萤！”林曼英找到顾萤的时候，额头铺了一层薄薄的汗，脸上几无血色，“你一个人大半夜的不回家，在这里做什么？”

“啊？”顾萤这才留意到周围锻炼身体的人早就散了，空荡荡的，甚至有些阴森恐怖，只不过她一直在跟虫虫说话才没留意到。

“你知不知道我找你找了一个小时？”林曼英把顾萤从草地上拽起来，推搡了一把她的背，“你这孩子每天到底都在想什么？啊？一天天的魂不守舍，脑子不知道用在什么地方！这个地方这么偏僻，你一个女孩子遇到坏人怎么办？啊？你说说你也是老大不小的人了，做什么事都不知道个分寸！现在几点了，你看看现在几点了？心里一点儿数都没有！你到底什么时候才能长大？什么时候才能让你妈少操点儿心？我找不到人，急得心脏都要出问题！结果到头来发现你优哉游哉在草地上躺着看星星！”

林曼英絮絮叨叨了一路，夹杂着怨愤的尖锐嗓音反复击打着顾萤的耳膜。她忽地就想起了不久前顾泽才说过的话，忍不住怀疑自己是不是真的只是林曼英出于道德而无法丢弃的包袱——无论她取得什么样的成绩，似乎都不能被母亲认可，或者说她可能永远都达不到母亲心目中的及格线。在母亲眼里，她仿佛永远都是一个自制力差、容易得意忘形、一叶障目、笨拙、不懂事、只会给母亲带来无穷无尽麻烦的存在，多余得像人类的阑尾。可她又不知道自己到底该做什么，有能力做什么。

“怪我忘记提醒你了。”沈清耀被迫听着林曼英的训斥，渐渐也开始有些自责。

“没关系啦，是我自己聊得太兴奋了，才忘了时间。”顾萤回到自己的房间，“你今晚说的是真的吗？”

“嗯？”

“教我弹琴，送我曲子什么的。”

“当然。”

“我好开心呀！”顾萤躺在床上，又重新坐了起来，翻出手机发了条微博，“我可记住了，有微博为证，不许耍赖哦！”

“早点睡吧，不然明天早起又困难了。”沈清耀很喜欢她说“开心”这个词时的语气，如麋鹿跃山，雪缀莲蕊，荒漠玫瑰，又如乍暖还寒时抽出的一条新柳。

“对哦。”顾萤乖乖合上双眼，又小声碎碎念道，“不过，其实我现在早起一点都不痛苦，因为我一想到自己醒了之后就能跟你说话了，就不会想再睡了……”

她的嗓音因为睡意而变得十分柔软，像融化了一半的太妃糖，又甜又黏。

“晚安。”沈清耀听她抱着被子哼唧了两声，竟鬼使神差地联想到“枫糖浆淋焦糖泡芙”。

第十一章 狐假虎威

顾萤自从月考之后破天荒地发现了自己的努力也是可以有效果的，便一直干劲十足。加倍的努力换来的是加速的进步，而加速的进步又刺激了她对更高目标的渴望。微小的知识点在脑海中逐渐串联成线性导图，逐渐发展为树状图，又彼此连接成网状图，学习效率便开始如指数型爆炸式增长。她在每周一次的小测中，数学甚至突破了 140 分大关，以至于赵震海怀疑她考试作弊，专门去查了监控，结果什么都没查出来，还被顾萤嘲笑了很久。

“你休息一下吧，做做运动。”沈清耀苦口婆心的语气如同在劝阻一个需要戒题瘾的失足少女，“去找个地方吃点好吃的。”

“虫虫，你帮我看看这道题！”顾萤咬着笔头苦思冥想，对他的建议充耳不闻，自顾自地问道，“你千万别说答案，就只说我哪里想错了。这题看着也不难啊，怎么就是怎么算都不对劲儿呢？”

“不说，我要去吃云吞。”沈清耀闷闷不乐，果断选择罢工。

“辛静今天晚上去上奥数班了，没空跟我一起吃饭，我打算吃个面包得了。”顾萤说着便从书包里掏出一个在上学路上买的椰蓉面包，“我什么时候才能和辛静一样厉害呀？唉。”

“你看你最近不是练跑步就是做题，饭也不好好吃，都快瘦脱相了。”沈清耀语气不善地命令道，“去好好吃一顿饭，不然我彻底不管你了。”

“我肚子饿的时候，你也会饿吗？”顾萤可不打算得罪这位祖宗，唯命是从地把面包塞回了包里，心头琢磨着找哪家店来“供奉”一下“虫老师”。

“嗯。”沈清耀依旧不怎么愉快，沉默片刻又幽怨地问，“为什么一定要辛静陪你吃饭啊，我陪你吃饭不够吗？”

顾萤正喝着一瓶矿泉水，被他冷不丁地一问，突然特想笑，“噗”地喷了出来。

赵浩然本要去食堂买饭，刚站起来就被顾萤喷了一身水。

“啊……同桌，对不起！”顾萤见状一慌，赶紧手忙脚乱地抽了几张手帕纸替他擦。

“没事，不用了。”赵浩然不自在地抓住她的手，继而像被烫到似的甩开，再开口开始结结巴巴，“那个……我……我先出去了。”

“……也不用这么嫌弃吧？”顾萤疑惑地看了看自己拿的手帕纸，“还是茉莉花味儿的呢。”

“你……”沈清耀满脸写着无语，都不知道怎么开口吐槽。

“都怪你，讲起话来语气那么奇怪。”顾萤倒也没放在心上，大大咧咧地用手背擦了擦嘴边的水，“下一秒我都觉得你仿佛要问，‘顾萤，我跟辛静同时掉进水里，你要救哪个’了。”

顾萤眉飞色舞地把他日常傲娇的语气学得惟妙惟肖。沈清耀忍俊不禁，再开口却依旧语气不满：“所以我陪你吃饭到底为什么不好了？”

“你想啊，我一个人孤零零的，还老在脑内跟你对话，看在别人眼里像什么？像不像疯子？”顾萤拿了钱包走出教室，“精神不太正常的那种。”

“你就不能控制一下，保持淡定，不要表现出太丰富的表情？”沈清耀出事以来，头一次怀念自己真实的身体。

“那也太难了。虫虫，你吧，总是有一大堆奇思妙想，喜欢讲很多很多我不懂的事情，每次都能出乎我的预料。”顾萤揣着兜走在人来人往的小吃街上，学校后街的地面正在修缮，处处坑坑洼洼，她却轻盈敏捷得像一只小鹿，“除非我可以做到泰山崩于前而色不变，否

则肯定会时不时地像个神神道道、自言自语的疯子。”

“那我少说几句好了。”沈清耀从未知晓自己竟还是个健谈的人。

“不要不要，我喜欢听你讲，可好玩了。你好像活在另一个更大更广阔的世界里，就像……其他次元的人！”

一声脆生生的“喜欢”猝不及防地撞入心口，沈清耀便什么脾气都没了，哪怕她再任性难缠也只想纵着。

顾萤脚下一顿，已然驻足在一家名叫“粤城风味”的云吞小馆门口，刚掀开帘子，便被扑面而来的浓香勾起了食欲。

馆子有些年头了，桌椅或多或少都有些磨损，边缘的漆剥落得斑驳，店内却打扫得极为干净，布置也讲究，和相邻的其他路边店的格调迥然不同。顾萤也曾听人提起过这家店是香港人开的，口味非常地道，因此生意一直颇为红火，用餐时间往往门庭若市，只是老板一直都很随缘，也没有把生意做大的念头。

顾萤走进去的时候，座位已然几无空余，而她饥肠辘辘，茫然四顾，活似一只觅不到食的流浪小野猫。

“这人也太多了……”顾萤站在门口环视了一周，只见狭窄空间里人头攒动，逼仄哗然。

她刚小声嘀咕了一句，便见店里的伙计笑眯眯地朝她走过来。

“同学，几位啊？”

“一位。”

“好嘞，这边请。”

顾萤被一路引着走到了一张桌子旁，一桌四个座位已经坐了三名男性。伙计脸上堆了笑，一边利索地擦桌子，一边无奈地跟她表示这是黄金时段，目前就只有这一个空位。

她的眼神飘落在几人碗里馅大皮薄的云吞上，越发感到自己此刻饥火烧肠，哪还顾得了挑三拣四，毫不犹豫地在方桌一角落座：“来一碗虾仁云吞，大份，对了，多放点醋，不要放香菜。”

“好嘞！”

顾萤心满意足地盯着伙计记好了菜单，这才留意到同桌其他三个人。他们似乎都是附近泽阳大学的学生，正愁眉不展地边吃饭边聊着考研相关事宜。桌子中央甚至还放着几张写满了式子的演算纸，坐在她对面的男生正埋头苦算着一道看上去挺复杂的积分题目。

坐在顾萤身边的男生见她一个人过来拼桌，便开口搭讪："美女好啊，你是实验中学的吗？"

"嗯。"顾萤应了一声，局促地往外挪了挪，抿了抿唇便在内心佯怒嗔怪，"都怪你，非得吃云吞……周围这么多人，吵都吵死了。"

"人多才说明好吃啊，没什么人光临的餐馆还不想去呢。"沈清耀倒是不排斥嘈杂鼎沸的热闹，语调甚至略带了些许孩童般的雀跃。

"哟，巧了，学妹啊。"另一名寸头男生也朝顾萤看过来，"我们几个也是实验中学毕业的。你是今年的高一新生吗？"

"嗯。"顾萤托着腮，目光不经意地重新落在他们的演算纸上，好奇地问，"你们是在做数学题吗？"

"我说……你现在是不是见到题就想做？"沈清耀见她一副摩拳擦掌想要冲上去做题的架势，额头不由得流下三滴汗珠。

"嘿嘿。"顾萤无法否认自己就是手痒。

三名男生听她对题目感兴趣，一齐笑了。

"小妹妹，这是高数，你要做做？"明显逗弄的语气。

"高数就是高等数学吗？"顾萤反而更感兴趣了，"那是不是比我们学的初等数学厉害许多？"

"那当然了。"

"哦，但是这题你们不会做？"顾萤笑嘻嘻地问，一副幸灾乐祸的模样。

"这题是曲线积分，本来就很难做。"几个男生碍于面子不好在小美女面前承认自己做不出题，便开始装模作样地唬她，"你是不是连极限都没学？路还长着呢。"

"你们是泽大数学系的吗？"顾萤眨了眨眼睛问。

"物理的。"坐在她对面的男生简略答道，心思一转又接着说，"学妹留个联系方式？以后有什么不会的题尽管来找我们这些理科生，别的咱不行，擅长做题那不是吹出来的。"

“是啊，你想想，物理都学会了，还有什么是我们不会的？”寸头男附和说。

“众所周知，物理是门槛最高的专业。”另一个男生语气里充满了优越感。

“哦……”

顾萤似懂非懂地淡淡应着，内心却激动地喊：“虫虫，虫虫，你会吗？”

无人回应。

“你说说嘛。”

“试试格林公式挖点法。”沈清耀兴致缺缺，随口一答。他很反感这些一开口说话就先默认听众是“傻子”的理科生，明显井底之蛙没见过世面，也没被真正困难的问题“教做人”过，对文史哲艺的了解更是浅薄无知，所以才不知天高地厚，说出粗鄙可笑的大话而不觉羞耻。其实这些还在其次，最令他反感的是他们说话从没有考虑过会不会冒犯到别人，实在是缺乏涵养。若不是因为顾萤，他真的都不会想跟他们多交流一句话。

顾萤清了清嗓子，拿过演算纸状似认真地看了几眼，然后煞有介事地说：“这道题，应该用格林公式挖点法去做。”

三个男生对视一眼，挠了挠头，忽然纷纷恍然大悟似的开始写答案。

寸头男率先得出结果，摇着头看顾萤：“小美女，你这够深藏不露的啊！”

“你是实验中学的数竞生吗？”坐在她左手边的男生也好奇地打探。

顾萤摇了摇头，在内心偷笑个不停。

“幼稚。”沈清耀见她狐假虎威，忍不住嫌弃地吐槽。

“随便一眼就能看出怎么做，大神啊。”顾萤对面的男生最后一个把目光从演算纸上移开，夸张地一抱拳，“姑娘，恕我们有眼不识泰山。”

顾萤笑得弯腰捂嘴，慷慨地摆了摆手：“小问题小问题，还有什么棘手的数学题可以通通拿来问我。”

“这可是你说的。”几个男生说着已经开始翻书包。

“喂喂……”沈清耀彻底无语，“你想做什么？”

“考考你！”顾萤暗戳戳地心想：大学物理系的难题总有能把沈清耀难住的，她还不知道他遇到不会做的题是什么反应呢，反正她就是一个高一的学生，即便做不出来也不丢脸，试试不亏。

沈清耀清晰地感知到了她的想法，轻易地就被挑起了好胜心——天知道他上一秒还坚定地不想理会这茬。

“分解局部微分同胚，再累次积分。”

“直接用留数定理做就可以。”

“这有什么不会的？硬算就行。”

“Lebesgue 可测未必是 Jordan 可测……”

几个男生其实也没有听得很懂，但面对一个小女生也不好意思多问，纷纷拿出笔记本记起了笔记，准备回到学校再慢慢研究。

“我叫陈晨，那是张睿豪和杨伟，敢问美女大名？”寸头男挨个介绍了一番。

“顾萤，萤火虫的萤。”

“顾萤，我们记住了。”杨伟笑着背上书包，临走的时候还跟老板吆喝了一句，说顾萤这碗云吞他来结账。

“这就开心了？”沈清耀看顾萤一直捂着嘴乐个不停，百无聊赖地打了个哈欠，拖长了声线懒洋洋地问，“怎么我的云吞还没好啊？不能催一催吗？”

“原来给人讲题这么有趣！”顾萤得意忘形地左右摇摆着身子，直接把云吞的事儿抛诸脑后，“虫虫，你也太厉害了吧？世界上是不是没有你做不出来的题？天啊，你怎么什么都会？”

“我又不是神仙，怎么可能什么都会？只是他们太菜了而已……我要是他们这种水平，肯定不好意思在女孩子面前吹嘘自己，更不好意思搭讪，还要联系方式。”沈清耀语气鄙夷。

“不会吧，泽阳大学是重点大学呢……能考上的不都是学霸吗？”顾萤啧啧感叹，“没想到也不过如此。”

沈清耀感觉她对“学霸”似乎有点儿什么误解。

“不过，话说回来……你这个水平，得是个什么等级呢？可以在明华大学拿特等奖学金那种吗？”顾萤忍不住推测起来，“但是我认识的理科男生似乎也没有像你一样擅长音乐的呢，他们都比较无聊，只对那种他们觉得很牛的东西感兴趣，对什么文学、音乐、美术他们都毫无感知力，面对再美的艺术作品都像个聋哑人、盲人，甚至喜欢贬低，认为他们不能欣赏的事物都不该存在且没有价值，特没劲。”

“这个倒也未必吧，比如爱因斯坦就非常钟爱小提琴，传言纳什可以用口哨吹出巴赫所有的曲子，再比如杰出的代数几何学家 Emil Artin（埃米尔·阿廷），他有着极为出色的钢琴技巧，据传他的钢琴演奏可以达到钢琴家的水平。我还听说过一个小故事，讲的是当代数学家孙本旺教授在纽约大学柯朗研究所做研究的时候，曾经去 Princeton（普林斯顿大学）听 Artin 的课，结果第一堂课就被 Artin 问会不会弹钢琴，他回答不会，Artin 接着就表示‘那你完了，你没希望了’！”沈清耀低声笑笑，饶有兴致地继续讲，“毕达哥拉斯有一句很著名的话，all things are number（万物皆数），当然音乐也是。数学和艺术本就有很多相通之处，热衷于数学的音乐家也大有人在，比如著名的作曲家 Stravinky（斯特拉文斯基）甚至曾说，音乐家对数学的研究就像一个诗人学习另外一种语言一样有用。”

他娓娓道来，告一段落的时候，顾萤点的云吞终于姗姗来迟地被端了上来。晶莹的薄皮包裹着粉嫩的肉馅，汤白而浓，漂浮几片紫菜和虾皮，热腾腾的雾气氤氲着虾仁的鲜香，令人馋涎。

顾萤也顾不得烫，低头吸溜了一口汤，眯着眼睛回味了一下，又突发感慨道：“虫虫，我突然有了一个很哲学的思考。”

“洗耳恭听。”

“你说，会不会我本来就是你，只不过你是另一个世界的我，而之前的我，不过是我的一场梦？”顾萤捧着一碗云吞，在热雾迷蒙之中做沉思状，“昔者庄周梦为蝴蝶，栩栩然蝴蝶也，自喻适志与，不知周也。俄然觉，则蘧蘧然周也。不知周之梦为蝴蝶与，蝴蝶之梦为周与？周与蝴蝶则必有分矣。此之谓物化。”

“我发现一个规律，越是不考的内容你越是背得滚瓜烂熟。”沈清耀揶揄道。

“你怎么证明你是存在的，而非真正的我呢？”

顾萤用勺子舀了一颗云吞，吹了吹才吃了下去。

“你这么一问，突然让我想起博尔赫斯的《环形废墟》。”沈清耀敛了嘲弄的心思，低声缓缓讲道，“故事讲的是一位魔法师从可怕的沼泽死里逃生，来到了一个断壁残垣的环形废墟，那是一座被火焚毁的火神庙宇。魔法师在这里实现了一个梦想——创造一个尘世间不曾有过的人。他夜以继日地努力，终于在一千零一个夜晚之后，用魔法在梦中模拟了一个少年。少年具有人类的全部细节，魔法师将他称作自己的儿子。后来，在魔法师梦到‘火’之后，这个少年又具有了灵智，也就是说与真正的人毫无分别。魔法师将‘儿子’带回现实，所有人都对少年是一个有血有肉的‘人’深信不疑，但他有一个异乎寻常的特点——不会被火烧伤，也就是说，只有‘火’和魔法师自己能证明少年实际上是魔法师梦境的投影，而非真实存在的人。也正因为这个，魔法师十分忧心‘儿子’有朝一日知晓了这个真相之后，会因为自己的存在而感到困惑和沮丧。然而，正当魔法师因此而陷入苦恼时，火神庙宇的废墟再次遭到火焚。魔法师倦怠地想，不如就在这火里了此残生吧，于是他向火走去，却赫然发现自己并没有被火吞噬。就在这时，他才恍然意识到，他自己也只不过是一个幻影，是某一个人梦境的投射罢了。”

沈清耀停顿了一下，笑了笑才接着道：“所以，你问我能不能证明自己真实存在，答案是，不能。我自己也常常怀疑，或许我不过是被后现代主义所构建的幻影罢了。”

“你太狡猾了。”顾萤鼓着腮帮子含混不清地说，“明明是我在质疑你的存在，结果你这么一讲，就成了‘每个人的存在’都值得怀疑。”

“顾萤，我真觉得你挺聪明的。”沈清耀柔声笑了，没料到她反应还挺快。

“是吧？美少女的智力以前只是被魔法封印了。”顾萤自我陶醉地说完，忽地鼻腔一酸，一颗泪珠不经意地随重力滑坠，在汤碗里砸出一小圈涟漪。

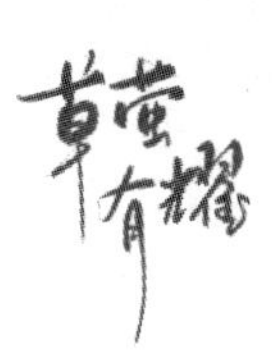

沈清耀心头一揪，茫然无措地问：“怎么了？”

“虫虫……你知道吗，你是唯一一个会认真回答我的胡言乱语的人，也是唯一一个说过我聪明的人，你真好，如果你还活着就好了。”顾萤这般一说，心头不禁难受，眼泪便越发汹涌，止都止不住，“你看，我都说了，一个人吃饭会很奇怪嘛。”

沈清耀不知道该如何跟她解释，沉默片刻便顾左右而言他：“汤里掺了眼泪味道就不对了……”

“我这么煽情，你就只惦记着云吞！”顾萤硬是被他气笑了。

“好吃。”沈清耀心满意足地说，“下次还来。”

“如果我能在下周的友谊赛里面赢了顾泽，我就破例去吃泽阳最贵的那家烤肉自助。”顾萤暗暗握拳。

“好，加油！”

“加油！”

-第十二章-

友谊赛之战

顾萤在运动会的女子 1500 米长跑项目中轻轻松松拿了第一，冲刺阶段直接甩了第二名半圈，英姿飒爽，连其他班的同学都忍不住把目光锁定在她身上。她跑完的时候有几个男生过来给她递毛巾和矿泉水，但没有一个是他们一班的——毕竟一班所有男生都被赵震海老师严厉警告过，要是谁敢靠近顾萤，那必然会成为重点谈话对象。

“我说，你还真是受欢迎啊……”沈清耀酸溜溜地说，“这开学还没几个月，光我看到的对你有意思的男生少说也有一百个了。”

“哪有一百个那么夸张？”顾萤剧烈地喘着气，明晃晃的阳光照得她头晕目眩，她眯着眼睛随便接过了一条毛巾，“谢谢。”

“不客气。我是三班的李子良，虽然没有在培优班，但成绩还可以，在全年级一百多名徘徊。如果你有什么需要帮助的话，或者需要人讲题的话，随时可以来找我。”李子良趁机努力毛遂自荐。

“哦哦，你好。不用了，谢谢。”顾萤拧开瓶盖，仰头刚喝了一口矿泉水，瓶子就被不知何时已经站在她身边的林曼英夺了下来。

“跟你说了多少遍了，剧烈运动之后不能立刻喝水！怎么就光长年龄不长记性！”林曼英厉声喝道，眼神锐利地扫过了杵在一旁的李子良，“同学，谢谢你哈。”

“同学之间互相帮助，应该的，应该的……”李子良一边勉强笑

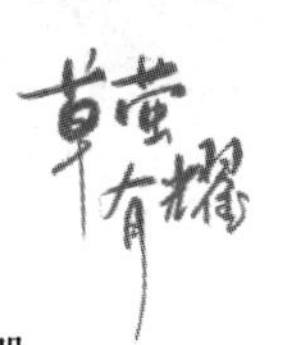

着说，一边溜之大吉——毕竟林曼英的“灭绝师太”气场真不是一般人能顶得住的。

“运动会终于算是结束了，以后多把时间花在学习上，数理化刚有一点小进步，千万别松懈！”林曼英的脸上全然没有因为顾萤赢得了第一而骄傲的神色，反而浮着几分不耐烦。毕竟高考又不考体育，长跑也没有加分，所以在林曼英眼里，练长跑和打游戏并没有什么本质区别。

顾萤唯唯诺诺，自然也不敢把自己报名参加了数学友谊赛的事情告诉她，好在她只是语文老师，数学组那边的动态她并不是很了解。

实验中学高一培优班的数学友谊赛定在了周末下午。

公平起见，由资深数学老师赵震海和张成栋两人一起出题，其余数学老师则作为评委。

原本只是两个班级之间小规模的娱乐赛，结果消息不胫而走，全校津津乐道，话题传到了年级组长的耳朵里。年级组长认为学生对学习有更高的追求、有竞技精神是个好事，也算开了个好头，破天荒地格外重视。

一班不少学生对于派顾萤上场的决定十分不满，因为顾萤平时做不出题只会丢她自己的脸，可代表班级出战那就是给一班所有人丢脸，一众学霸谁也不想被他们眼里的学渣代表。可问题是，不满归不满，全班吵吵闹闹争论到最后却也没见谁自告奋勇报这个名。一方面学数学竞赛的人二班比较多，最厉害的几个也都是二班的，一班更多的学生是在准备化学竞赛和信息学竞赛，本来就不占优势；另一方面，大家谴责起别人来总是站着说话不腰疼，但也没人能保证自己参赛就不会给班集体丢脸，所以这烫手的山芋谁都不想接。

“顾萤，你准备得怎么样了？”陈越例行公事地问了问。

“已经准备好 All Kill（通杀）了。”顾萤半点儿不虚——正式考试沈清耀不帮她作弊，可这种娱乐性质的比赛他又不会袖手旁观。

“我没说要帮你，”沈清耀察觉了她的心思，无情地戳破她的美好幻想，“任何一场比赛，最重要的就是公平。尊重你自己，也尊重你的对手。”

“虫虫，你好无情！”顾萤沮丧了一秒钟，“但美少女绝不轻易认输！我相信凭我自己也能斩杀恶龙！”

“你这也太中二了……”沈清耀额头滴汗。

班级里其他学生听到顾萤这般大言不惭，不由得怨声载道——

“虽然不是什么正式比赛，但我们派个女学渣上场也忒寒碜了吧，不知道的真以为我们一班就这水准呢。”

“谁能上去把顾萤替下来？救命，预感我要被她蠢哭，好歹派个男生啊。”

“有毒吧？找谁不好，找顾萤干什么……要命。你说得对，好歹派个男生啊！”

“这跟男生或是女生有什么关系？你什么意思？这是二十一世纪了，还搞性别歧视？”

“喂喂，全校搞数竞的大部分都是男生，我就把话撂在这儿了，女生学数竞就是不行！怎么着？你不服气，不服你上？”

“就是啊，数竞能闯进国集（国家集训队）的，绝大多数都是男生。就算是二班的辛静，说白了也就是占个稳，我看真到了正式联考的时候，省队她都未必能进。”

“都什么年代了还性别歧视，并没有科学研究表明男性比女性更擅长数学，无知真可怕，能不能闭嘴？”

“那你们女生说说为什么顶尖的数学家都是男性？既然女生不弱，为什么男女平等接受教育这么多年，依旧只有一名女性问鼎菲尔兹奖？”

“对啊，说说为什么明华大学男女比例那么堪忧，理工科实力强的女生都到哪儿去了？”

“你们别忘了，我们学校前五十名大部分是女生！”

“唉，可惜第一名、第二名是男生啊。”

“男女的大脑天生就是不同的，不知道你们这些女生为什么要否定客观事实！”

“大脑不同和智商不同有什么关系？多读点书吧，真是蠢得没边

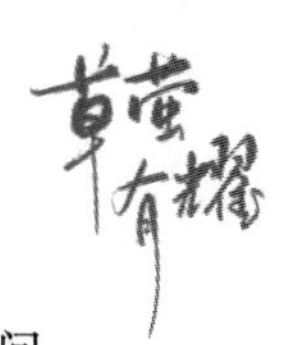

了！你什么时候考试成绩比我强了，再来跟我讨论男女大脑结构的问题吧！”

…………

“吵什么吵？这是干什么呢？打自由辩论赛呢？”赵震海胳肢窝里夹着一本书推门进来的时候，全班学生正吵得不可开交，他皱着眉扫了一眼座无虚席的班级，大吃一惊，“哟，大周末的，这么多观众啊？”

本来他以为这种小打小闹的比赛学霸们不会太当回事，毕竟对于他们而言，看这种热闹纯属浪费时间，还不如一个人在家好好学习，哪怕趁周末好好放松一下也更有意义。

“实验中学难得有一次娱乐性质的数学比赛，其他班的不少学生也来观战了，一两个教室肯定坐不下，我们把地点改成学校礼堂吧。”张成栋走在赵震海后面，在门口探头往教室里瞅了瞅，无奈地跟身旁的老师低声商量着，又忍不住感慨万千，“难得有这么多学生对数学兴趣这么大，还真是令人欣慰啊。”

“嗐，他们哪儿是对数学感兴趣，他们就是好斗，想看热闹。”赵震海摇了摇头，笑得十分无奈，“但愿能激励他们好好学吧。”

一班班主任郑承东跟他前后脚进了教室，笑眯眯地把文件夹往讲台上一放，不怒自威，叽叽喳喳的议论声瞬间消弭。

“好，我们的比赛地点临时改到学校礼堂，大家收拾收拾东西，排队进场。参赛的几名同学到我这里来，我给你们说一说安排。”郑承东吸取上次踩踏事件的教训，安排起来十分谨慎，说完又认真地强调了一句，“注意，一定不要着急，有序入场，我们时间非常充裕，一定一定，别着急。”

顾萤整理了一下自己的书桌，把重要的东西塞进抽屉里，仔细想了想也没啥需要拿的——数学比赛，带脑子就够了。

“虫虫，你说，女生学数学真的不如男生吗？”顾萤其实从小到大没少听过这种言论，比如“女孩子不擅长理科，擅长学语言”“女孩子初中学习好也没有用，到了高中就不行了”“女孩子潜力不如男孩子”之类的话，但因为她一直所有科目成绩都不怎么好，也就无所谓擅长什么，所以根本没当回事儿。

“我个人的看法是，个体差异远远大于群体差异，所以讨论群体差异是一件毫无意义的事情。当然，或许这个群体差异本身也并不存在。诚然，世界上有很多出色的男性数学家，但是大部分普通男性是平庸的，除了性别，他们和那些顶尖数学家大概率相似之处不多。当然，女性争取到平等接受高等教育的权利才没多少年，所以历史上自然也没有那么多成就辉煌的女数学家。然而即便如此，数学史上依旧有一些如雷贯耳的名字，比如著名的德国女数学家 Noether（诺特），她建立了 Noetherian ring（诺特环），著名的 Noether's theorem（诺特定理）更是奠定了数学物理的基础。

“就是这样一个才华卓越的女数学家，依旧屡屡遭受傲慢男性的性别歧视。当时她作为一名活跃在代数领域最优秀的数学家之一，却被哥廷根大学质疑是否有资格当一名讲师，理由仅仅是他们认为不能让学生跟一名女性学习数学。希尔伯特对此十分愤怒，屡次据理力争，甚至嘲讽说‘别忘了这里是大学，而不是洗澡堂’，但这都无济于事。直到 Noether 后来凭借一系列创造性的成果声名大噪，才得以在哥廷根大学取得了教授的称号，但可笑的是，没有正式工资。她一生都在歧视和贫困中度过，却从未停止对数学的探索，被誉为现代数学之母。所以，不要在意其他人的看法，做你自己想做的事就好。至少……我认为，你的数学天赋是强过大多数人的，无论男女。”

“哈？别逗了，什么数学天赋？我这样的人要是有什么天赋，那猪都能证明黎曼猜想了。我平时能在数学考试里考几次好成绩，不过是因为我这些日子连轴转地在脑内琢磨数学题，天天被你魔鬼训练，外加高一上学期学的内容本就不算多，这换成谁能考不好啊？”顾萤像是听到了天方夜谭，“我看班上同学也喜欢张口闭口说数学天赋，数学天赋到底是啥？难不成是猪肉白菜，两块钱一斤那种？”

“我没有在开玩笑。通常来说，普通学生考几次满分，竞赛取得一些小成果，多读几本高等数学书，就很容易把自己的小聪明等同于数学天赋，但当他们遇到真正有天赋的数学家，自然会感受到自己的平庸和无能。可惜他们或许此生都没有机会感知这一点，于是轻易地便在盲目自信的道路上越跑越远。”沈清耀轻声笑了笑，“可你要是问我，数学天赋具体是什么，我也不好回答。你当然不是天才，可是你的抽象思维和几何直观都挺不错，确实有几分天赋，只是以前用错了方法，又被打击得没了动力学习，才显得格外笨拙。”

“虫虫，你要这么说，我可就要飘了。”顾萤听得心里美滋滋的，“我这辈子得到的夸奖都是‘虫老师’给的！而且‘虫老师’这么厉害，一定见过很多很多真正有天赋的人，连‘虫老师’都夸我，那我肯定是蒙尘之珠，被‘虫老师’独具慧眼发现了。”

“比赛加油，你也算是我一手教出来的，别让我失望。”沈清耀柔声笑笑，鼓励她。

“得令！”顾萤笑嘻嘻地做了一个遵命的姿势。

“顾萤，磨磨蹭蹭干什么呢？几个人光等你了！”郑承东皱着眉，远远朝顾萤招手。

“来了来了。”顾萤小跑两步跟上去。

“到时候题目会出现在平板电脑上，你们的答案直接用这支笔写在平板上面，全部内容都会被自动同步投影到会议厅左右两边的大屏幕上。”郑承东塞给顾萤一台平板电脑和一支手写笔，“每组两个人，一共三个小组。如果都没有做出来，也要仔细写过程，过程也是有分的，几位老师会根据过程来评判胜负。”

“哇，这么高级。好家伙，至于吗？”贺斌听着十分紧张。本来就是一场一二班类似“约架”的小比赛，他也没特别认真准备，结果一传十，十传百，越闹越大，这声势，这阵仗，硬生生把一个小比赛给搞得这么隆重，他要是搞砸了，那可就丢人丢大了。

郑承东耳朵灵，轻易便捕捉到他微不可闻的嘀咕，清了清嗓子严肃道：“大家也不用太紧张，平常心对待，这次毕竟是娱乐性质的比赛，不是什么关乎前程的考试，放轻松，重在参与，发挥出自己的真实水平！”

“知道了。”几个学生其实心态和贺斌差不多，自然都回答得十分勉强。

顾泽倒是没什么心理包袱，早早就拿了平板在讲台上淡定地站着，准备打头阵给二班鼓舞士气。他俊朗的模样像极了青春偶像剧里的男主角，引得不少女生开始窃窃私语。

顾萤就是在一众女生的怦然心动中走向了礼堂讲台的另一侧，她刚刚站定，台下便哄然大笑。

顾泽倒是毫不意外，早在名单一出来他就已经想过一班大概率会让顾萤上场跟他对决，因为无论谁上场，很可能都是输，那就不如派出一个最可能输的人。

“天啊！一班是来搞笑的吗？”

“果然是娱乐赛，这也太娱乐了吧！”

“这比赛看点直接没了，顾泽往那儿一站，那还不知道自己输了吗？我还期待一班能派出什么黑马呢！结果现在这局面，不就等同于直接弃赛了吗？”

“顾萤上场，该不会一道题都写不出来吧？那还看什么，没劲，早知道在家复习物理了。”

“来都来了，看看热闹吧。”

“顾泽真的太帅了，你看他云淡风轻的模样，宛如鹤立鸡群，真的只有强者才有这样的风范。”

“是啊是啊，大将风范！真的太帅了！”

“这就是天才吧，好帅哦……我的心脏！”

“喂喂，你们女生能不能别这么花痴，人家顾泽才十三岁，得叫你们姐姐。”

“十三岁怎么了？你再酸也没有女生关注你啊，菜鸡！”

“说谁菜鸡，你说谁菜鸡！”

“好了好了，别吵了，谁菜还能菜过顾萤吗？”

“哈哈哈……”

“哈哈哈……”

顾萤第一次面对这么多人公开做题，就算再怎么给自己打气也控制不住地双腿发颤，偶尔有两句奚落的话随着尖锐的笑声清晰地撞入耳膜，更使她焦躁不安起来。

“别紧张，如果你实在没有思路，我可以考虑给你一些提示。”

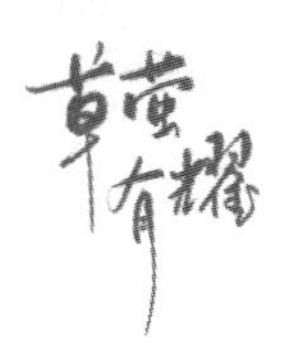

沈清耀终究不忍心看她像个靶子似的站在台上任人羞辱，开口道。

“不需要，我可以！”顾萤攥紧了拳说，“不就是闹着玩的比赛吗，有什么大不了的，就算真的做不出来，我……我顾萤又不是没交过白卷！”

“好，那我不说。”沈清耀见她没什么事儿，也放下心来。

“好了好了，一直吵吵闹闹像什么话，安静，安静。”赵震海拿了个话筒维持纪律，“比赛十分钟之后开始，安静。”

顾萤闭上眼睛，深呼吸了几下，再睁眼的时候自己手边的平板上已经出现了五道题目，前两道共 30 分，后三道共 70 分，总分 100 分。

第一题有两问，第一问，求：圆上任意取三个点所构成的三角形包含圆心的概率；第二问，求：在球面上随机均匀地取四个点所构成的四面体包含球心的概率。

第二题，在有限实数序列中，任意七个连续项之和为负，而任意十一个连续项之和为正。求：此序列最多包含多少项？

第三题，对于正整数 a，b，满足 $a^2+b^2/ab+1=k$（k 为自然数），求证 k 是完全平方数。

第四题，设复数 a，b，c 满足：对任意模不超过 1 的复数 z，都有 $|az^2+bz+c|<=1$，求 $|bc|$ 的最大值。

第五题，正整数 m，n，k 满足 $mn=k^2+k+3$，证明不定方程 $x^2+11y^2=4m$ 和 $x^2+11y^2=4n$ 中至少有一个奇数解（x，y)。

这些题目看上去非常通俗易懂，不需要任何高深的数学背景就能看明白题意，然而顾萤盯着屏幕苦思冥想许久，竟然发现自己对每道题都毫无思路——在沈清耀日复一日的严格训练下，她已经很长时间没遇到过这种情况了。

顾泽很快就已经开始写答案，台下也开始窃窃私语地互相讨论起题目思路。

顾萤大脑一片空白，周遭人声无限变小，最终变成细碎的沙沙声，像小时候乡下姥姥家养在桑叶上的蚕在持续进食。渐渐地，她几乎忘了比赛，忘了同学们不怀好意的嘲讽，也忘记了和顾泽之间的新恨旧仇，她仿若置身一片黑暗之中，五道难题则犹如藏匿于幽深峡谷里的凶猛野兽，虎视眈眈地紧盯着她，幽幽的绿色瞳仁散发着令人胆寒的杀气，似乎下一秒就要将她吞噬。

时钟“嘀嗒”，没有人在意顾萤空白一片的答案区，因为从未有人期待过她能写出什么。

顾萤不知怎的格外委屈，眼泪“吧嗒吧嗒”地砸在屏幕上碎开，将题目模糊成了几道歪歪斜斜的黑杠。

“你们老师出题，还真是不讲武德啊。”沈清耀终于忍不住开口。

-第十三章-
神挡杀神

顾萤恍恍惚惚的，没听清沈清耀说了些什么，但她捕捉到了最重要的一句——“这几道题目中，最简单的是第二题，先做第二题，把这道题的分拿到再说。”

她用力吸了吸鼻子，用手胡乱擦了擦屏幕上的眼泪，重新开始反复阅读第二题，脑海中不断浮现自己曾经积累过的解题方法以及类似的题目。可依旧不行，她甚至都不知道能通过怎样的途径得到一个相近的结果。

此时，位于台上另一侧的顾泽已经不疾不徐地写完了第一题的全部答案，开始进行第二题的作答。而顾萤只字未写，静静地低着头，脊背僵硬地站在台上，一动不动，仿佛随时间凝固成了一尊雕像。

顾萤几分钟前还坚信自己不会因为做不出几道数学题而难过的，毕竟这对于她而言犹如家常便饭。可是此刻，她的内心深处萌生了一种强烈的渴求，令她痛苦却又充满力量。漫漫寂静之中，她清晰地听到了自己强有力的心跳声，以及源自心底的呐喊——想变强，想写出答案，想战胜一切难题！

可是此时她毫无方向，整个人仿佛置身混沌绝望的黑暗峡谷，森然恐怖，埋伏各处的嗜血野兽正步步趋近，沉闷地发出即将进攻的嘶吼，而她孱弱无助得如被围困在陷阱当中的仓皇孩童，甚至找不到逃跑的路线。

忽然之间，她犹如感到一只坚定温暖的手缓缓握住了她的手腕，引领着她从悬崖峭壁中拔出了一把尘封已久的古剑，锋利的刀刃闪着冰冷的寒光，顿时将漆黑的雾霭劈出一道长长的裂缝。若鸿蒙初开，天地瞬间广阔。

“这个方法你会的，还是将题目中的表述转化为更为直观的形式，那么这题简单的障眼法就没有了。”沈清耀依旧没有直接告诉她答案，不疾不徐地柔声道，“试一试，别慌，你可以的。”

顾萤忽然想到一些什么，提笔开始写。

台下的观众看到顾萤愣了那么久忽然开始写答案，不由得好奇地把目光汇聚到了她身后的大屏幕上。

a1，a2，a3……a7。

顾萤写下第一排。

“她在写什么啊？该不会想把题目抄一遍吧？”有普通班的男生看热闹不嫌事大，“顾泽也在写这道题，一对比就能分出高下。”

“我求求她别写了行不行，交白卷也比乱写体面吧？”一班的男生几乎看不下去，抱怨着把手里的草稿纸发泄般地揉成一团。

a2，a3，a4……a8。

顾萤继续写下第二排。

“她想干什么？哈哈哈，她是不是以为这是写作文？好歹写点儿什么上去都能多少给点分？”

“顾萤真是活宝，大家的欢乐源泉。”二班的男生一脸幸灾乐祸。

“你们够了，你们会做吗？如果也不会，就闭嘴。”辛静冷冷地扫了几个男生一眼，神色严肃。

“哟，辛静，你一个大学霸何必跟顾萤那样的人混在一起？”

“就是，交损友也不怕染上恶习。”

辛静淡定地合上手边的书，不屑地用眼角余光扫了几个男生一眼："你们这么讨厌顾萤，到底是真的那么清高不与所谓的学渣为伍，还是因为追求别人没得到回应就恼羞成怒、落井下石？用不用我把你们几周前写给顾萤的信找出来念念？追不到女生就开始羞辱贬低，真是幼稚又没素质，我跟你们这帮人混在一起才怕染上恶习。"

几个男生被戳破了心思，又怕闹大了给人看笑话，都灰头土脸地不再吱声。

一片刻意压低了音量的嬉闹调侃之中，赵震海的表情显得格外严肃，因为这道题是他出的，他心里非常清楚，这道题顾萤基本已经做出来了。顾泽相当聪明地给了一个通用的解法，可顾萤的做法也是正确的，哪怕他再怎么不相信顾萤有这样的能力，众目睽睽之下，也没理由再次怀疑顾萤作弊。

此时顾萤已经写到最后一行，这是一个 7*11 的矩阵，她继续在下面写了一行字：所有行为负，所有列为正，矛盾，因此最大项数必小于 17，而我们可以轻易构造 16 项序列 {5，5，–13，5，5，5，–13，5，5，–13，5，5，5，–13，5，5} 符合题意，因此最大项数为 16。

台下有一瞬间鸦雀无声，好似时间在这一秒彻底凝滞了，像一卷卡住了的旧录像带。渐渐地，许多人才开始如梦初醒般看懂了顾萤简单而巧妙的答案。

顾萤答完第二题后，又继续旁若无人地写完了第一题，继而第三题、第四题、第五题。

接下来的比赛时间里，几乎所有人都停下了手中所做的事情，屏声静气，目不转睛地死死盯着顾萤身后的大屏幕，难以置信的窃窃私语交织着对正确答案无以复加的震撼，像是在观赏一出光怪陆离的喜剧默片。

此时的顾萤早已忘记了自己身处何方，她似乎能够听到怪兽们的呜咽，而她就像一名越战越勇的战士，在沈清耀的指引下，无数次地用力挥剑，再挥剑，拼命斩向它们的要害。

她写完最后一题的答案时，顾泽仍然在最后两道题上苦思冥想，反复修改。

台下所有人，包括数学老师们都彻底蒙了，本来他们是为了防止顾泽拿满分而刻意加大了题目的难度，顾泽也确实在最后两题被困住了。可现在却出现了一个他们做梦都想象不出的离奇情况——顾萤全部做完了，更可怕的是，全部正确。

“赵老师，你没有给她泄题吧？”张成栋一句话问出了所有老师的心声。整个实验中学数学组的老师虽表情各异，却通通带着板上钉钉似的猜忌。

赵震海艴然不悦，脸色瞬间发青，平白无故被这么污蔑，半个字都不屑于反驳——若他真的要为了一个娱乐性质的小比赛搞舞弊，也不会蠢到让顾萤拿满分引人非议啊！愤懑中他又恍惚一想，当初他无凭无据怀疑顾萤数学考试作弊似乎与此如出一辙，不由得心生愧意。

一片窸窸窣窣中，所有老师都开始仔细检查顾萤的答案，希望在她看上去过分简洁利落的过程里找出一丝伪证的痕迹。但是没有，她的答案正确而漂亮，与其说是在做题，倒不如说是像在直接誊写标准答案。

众人议论纷纷，而此时的顾萤却不怎么开心，仍旧低头敛目，讷讷地盯着面前的屏幕出神。

“虫虫，可……这不是我做出来的。”她其实心里明白，以沈清耀的脾气，会帮她到这个地步，不过是听了台下源源不断的种种侮辱性言论，想要替她出口气罢了。

“你自己完成了50%，已经非常非常不错了，要知道你从来没有真正学过数竞。”沈清耀不喜欢她额心细细的纹路，刻意忽略掉了他每次都提示关键步骤的事实。

可顾萤自己非常清楚，若非他每次都准确告知“怪兽”的阿喀琉斯之踵，她就算勇猛“挥剑”一万次也是枉然。

顾萤忘记了自己是怎么结束了比赛，又是怎么回到教室的，她只记得几位老师都对她给出的答案赞不绝口，却没有人真诚地想要夸奖她。平时习惯于嘲笑她的一些男生只字未言夹着尾巴早早溜走了，倒是辛静跑来说了一大堆恭喜的话，可她半个字都没听进去。也有不少学生不服气地质疑赵震海为了一班夺冠不择手段，提前把题透露给了

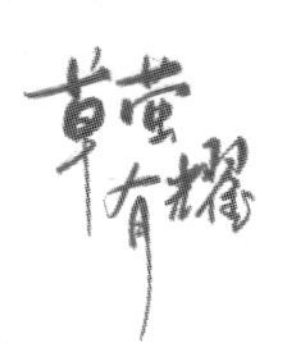

顾萤，指责他作为教师带坏学校风气，你一言我一语，场面十分混乱。

顾萤知道自己没有底气，只是默默背好书包，低着头路过吵闹的人群，似乎异常平静，内心却揭开了另一幕宏大的场景——是维苏威火山覆灭了庞贝，是洪水将亚特兰蒂斯沉入海底，是大象战车夷平了七曜塔。她感到自己内心有许多东西在土崩瓦解，渐渐倾颓，同时又有新的什么在逐步重建。

这对于她而言似乎并非一场简单的比赛，她更像是跌跌撞撞闯入了一个新的世界。她从未知晓曾经心目中枯燥无味的数学竟然可以如此波澜诡谲——她仿佛遇到了一扇又一扇厚重的大门，题目轮番巧妙地变换着令人匪夷所思的锁孔形状，却又总有那么一把钥匙可以轻易地嵌合，“咔嚓”一声，大门便沉沉地开了，像是一场盛大的邀请。

初冬的傍晚，雾气很重，夕阳半溺在大片驼灰色的云海中，宛如一块烧得正旺的煤。

顾萤走出教室，哈出一口白雾，哆哆嗦嗦地把外套的拉链拉好。

此时校园内已经没什么人，顾萤的自行车孤零零地停在停车区。

她快走了两步，路过二班时忽见门扉虚掩，白炽灯微弱的光线透过门缝映了出来，一个清瘦单薄的身影孤单地站在讲台上算着什么。台下是空荡荡的座位，而他寂寥独立，像一抹倔强的皮影。

这是她这么多年来第一次看到顾泽垂头丧气的模样。

负责打扫卫生的大妈大声敲了敲门：“同学，放学了，快回家。噢哟，你不是考年级第一的那个顾泽吗？这么优秀还这么刻苦的啊！”

顾泽被打断了思路，蹙眉回头，恰好撞上顾萤探究的目光。

顾萤一惊，赫然发现顾泽一双漂亮的眼睛此时像两个红肿的核桃，像是哭了很长时间。

“你作弊了，对吗？”顾泽的嗓音有些沙哑，却一如既往地沉稳笃定，“我不知道你用了什么样的方法，但是你知道吗？解题过程是有灵魂的！这骗不了人。透过你的解题思路，我能看到另外一个人，不，应该说是另外一个……强大到令人恐惧的存在。”

顾萤瞠目结舌，狼狈得像是一个被当场抓包的小偷，她不敢与顾泽对视，仓皇地撇开目光，眼神不偏不倚落在黑板上，这才看清顾泽是在黑板上复现了她倒数第二题的答案。

沈清耀的解题思路的确像精灵一般轻盈而优美，顾萤无法反驳。

顾泽不再多言，径直背了书包走出教室，冷漠地与顾萤擦肩而过。

“我能跟他说句话吗？”沈清耀忽然开口。

“我转述？”

“嗯。”

顾泽脚步忽然一停，再次回头睨着顾萤，眼神灼灼，一字一顿地说：“我不服气。”

“你喜欢数学吗？”沈清耀问。

“什么？”顾泽不解地扬眉。

“数学对你而言是什么？是闲来解闷的玩物，是跟人攀比争斗的工具，是用来满足父母虚荣心的利器，还是你敲响名校大门的敲门砖？”

顾泽嗤笑一声，久久不言。

“你为什么喜欢谈论数学？是为了向同学炫技获取廉价的光环，是为了在解题技巧上欺凌弱小，还是通过熟练刷一些初等的题目来沉溺于肤浅低级的成就感？”

顾泽被问得说不出话，下午站在讲台上做题时感受到的恐惧再次如狂风暴雨一般席卷而来，他不知道自己究竟是在跟谁对话，但他隐约明白，自己所执着的一切或许在对方眼里幼稚得不值一提。

“那……数学对你而言，是什么？”顾泽颤声问道。

“数学，是我的毕生追求，是我穷尽一生也渴望去探索的高山大海。这无关世俗成败，甚至无关它能创造什么价值，具有什么意义，我只是……沉沦于数学本身的美。”

顾泽怔了良久，寒风凛冽，他单薄的身躯微微发抖。

忽然，他想通了什么似的，再次轻蔑地嗤笑一声，扬声道：“大话谁不会说，什么探索，什么沉沦，说白了不就是自娱自乐吗？有什么了不起的。标榜得好像很高尚，实际呢？得不到你口中世俗意义上的成功，就说这不重要，这叫什么？自，我，安，慰。”

第十四章
进军高联

顾萤一路无言。

夜幕降临，路边霓虹渐起。

她的脑海里反反复复地回荡着沈清耀所说的话，心头隐隐浮出微暗灯火。

“还不开心？”沈清耀以为她仍然未从下午比赛时所遭受的打击中缓过神来。

“我好像……懂了，”顾萤一边慢悠悠地骑着自行车，一边若有所悟地说，“你说的话。”

“哦？”沈清耀感兴趣地竖起了耳朵。

“你一定就像佩雷尔曼一样，是一名隐士大师，”顾萤一副了然于心的模样，“不爱世俗所追寻的名利财富，不爱光环和title（名誉头衔），也没有兴趣去做数学的应用，只是纯粹地爱着数学本身。虫虫，你也太神仙了吧，和那些天天就想着靠数学竞赛进个什么名校、惦记着学好数学能赚大钱、试图证明出某个著名猜想来搞个什么大新闻沽名钓誉的人一点儿都不一样呢！”

“打住打住，我可没那么厉害。”沈清耀一下子被她天真的话语逗笑了，“那些只把数学当工具或者只想利用数学知识牟取利益的人，我确实无法认同，但毕竟……只能说人各有志吧，所谓道不同不相为谋。他们或许还会认为我们这些人所做的事情毫无意义，对社会无法提供价值呢。人生在世，无非是求仁得仁，无愧于心。你要说隐士，我还真的很想像 Avet Terteryan（阿尔弗雷德·捷尔捷良）一样，隐居塞万湖，或者像 Richard Wagner（理查德·瓦格纳）一样，在卢塞恩湖畔的小别墅里躲避俗事纷扰。可惜……世事无法尽如人意。”

“沈清耀一定也是和你一样的人！”顾萤望着前方崎岖的小道，坚定地说道。

“嗯？”沈清耀饶有兴致地听她讲。

“你想想，他是什么人？他一场独奏会就能有多少收入？如果不是视金钱为粪土，他怎么会在功成名就的事业巅峰放弃大好前途呀。”顾萤理所当然地说着，心情忽然又低迷了下来，“唉，我最近在网上都没有搜到他的最新消息，真的好担心他的情况……等我放假了，打算去寺庙里给他求个平安。”

“不是吧，你一个整天学理科的大好青年，怎么还信这些？难道不是应该坚定地拥护马克思主义无神论，相信现代医学吗？”沈清耀哑然失笑，其实他对于生老病死倒是越发豁达，甚至很享受这一段与顾萤相处的时光，大有几分乐不思蜀之意。

“因为我能做的……只有这么多了。”顾萤再次惆怅地叹了口气，灰心丧气地说，“有时候我会很想很想成为一个有用的人，能够真正地给他帮助，给他快乐，可是我只是一个普普通通的高中生，甚至连自己的事情都顾此失彼，捉襟见肘……我什么都做不了，只能烧烧香、拜拜佛。唉，这么一说，我真是个可悲的人……”

沈清耀心中动容，柔声道：“你的存在或许已经冥冥之中……给了他力量吧。而且……古希腊贤哲希波克拉底有一句名言，Ars longa，vita brevis（拉丁语），中文版本的翻译很优美，是‘人生朝露，艺术千秋’。对于艺术家来说，生命的长短本就没那么重要。”

“真的吗？”顾萤心潮起伏。

转角处红灯亮起，她捏下刹车，仰头望着湛蓝一片的天际，没有星星，一颗都没有。

“虫虫，我想……学数竞。”顾萤感到自己的声线如同从遥远处

传来，却凝聚着某种前所未有的坚定。

“什么？”沈清耀没有适应她突如其来的转折，还以为自己听错了。

“我说，我想学数学竞赛。”顾萤认真地重复了一遍。

沈清耀诧异得说不出话，如果他没记错，不过两个月之前顾萤还对数学视如寇仇，势不两立。

“为什么？”他问。

顾萤一时答不上来。

“如果是因为喜欢沈清耀，那么大可不必，你所做的每一件事都凝聚成你自己的人生，不要活成任何人的盲目追随者。如果是真的喜欢数学，那也不必舍本逐末，竞赛数学离真正美妙绝伦的现代数学有很大一段距离。同时，它会占用你很多时间，你会比现在更加疲惫，想要维持总成绩会变得举步维艰。我希望你所做的任何决定都不是一时头脑发热，你要能够对自己的未来负责。”沈清耀耐心地帮她分析利弊。

“虫虫，谢谢你为我想这么多。”顾萤其实本以为他会出言嘲讽的，“但你多虑了。”

“我想学数竞，是因为……数学竞赛真有趣啊。”顾萤说完，心中忽似拨云见日，“我想做一名拔剑斩龙的战士，和沈清耀一样的战士。”

沈清耀怔了几秒，千言万语卡在喉咙，比如以她的能力，或许不能取得一个理想的结果，比如未来的不确定性，比如一些很现实的问题。

可……那又怎么样呢？

他一哂，莞尔道：“那么，少女，欢迎你进入数学的世界。”

天空静静地飘落了这个冬天的第一片雪花，细碎皎洁。

顾萤摊开手，轻盈的雪花在她掌心融成凉丝丝的一滴水，她笑了：“虫虫你看，初雪哎！老天也同意了呢！”

路灯转绿，她重新蹬上自行车。

寒风猎猎划过顾萤娇嫩的脸颊，而她全无瑟缩，逆着风朝前方扬声大喊：“少女的征途，是星辰大海！”

路人频频回头，眼神古怪地打量着她，而她浑然不觉。

沈清耀无奈，也懒得再吐槽她幼稚中二，只是忽然想起诗人周梦蝶所写的一句“雪中取火且铸火为雪”。

顾萤像一团怎么都浇不灭的火。

他无意识地伸出手，才恍惚地发现自己是想要拥抱她。

拥抱一团炽烈的火。

翌日。

顾萤刚迈入教室就感觉到气氛反常，见一众同学神色诡异莫测，顿时心中腾起了不祥的预感。

果不其然，她没走两步就被陈越拦住，继而其他人也像饿虎扑食似的围了过来。

“你们干吗？”顾萤警惕地后退了两步，被身后的贺斌扶着肩膀一下子按在了座位上。

“大佬，您冒着风雪上学辛苦了，快坐下歇会儿。”贺斌狗腿地帮她拍了拍外套帽子上的落雪。

顾萤像看傻子似的瞄了他一眼。

“女神，以前是我眼瞎，如今一看，你就像明月当空，照耀着我们一班的芸芸众生！”陈越殷勤地把一桶夹心曲奇饼干和一盒纯牛奶奉上，“没吃早饭吧？吃点儿垫垫。”

顾萤被他一嗓子喊出了一身鸡皮疙瘩：“呵呵，该不会下了毒吧？”

“哪能呢，瞧您说的！”

“大神，您坐最后一排是不是屈尊了？要不，咱俩换换位？”

“学神，您能跟我们讲讲您突飞猛进的学习秘籍吗？”

…………

“停停停，我说你们干什么呢？这又是唱的哪一出啊？”顾萤感到一阵恶寒，抱着手臂打了个寒战，“都吃错药了吧？外面这么大的雪，我都没觉得有这么冷。”

“您还真是宠辱不惊啊！这就是高人，真正的高人啊！”

“昨天的比赛，您那一手拈叶飞花的解题技巧，那可是真正告诉了我们这些凡人何谓大将风范，直接振奋了我们一众小弟，带领我们

班来了个三连胜，杀了二班那帮小喽啰一个片甲不留！”

“赵老师贼高兴，说除了原本规定的奖品，要给我们班每个人多发一本纪念笔记本！精装版的！”贺斌用两只手给顾萤竖了大拇指，“你来的时候没注意观察吧，二班的人如今见了我们班的人都绕道走。”

“嗐，我当是发生了什么事儿呢……”顾萤长长地吐出一口气，拨开挨挨挤挤的人群走到自己的座位坐下，又回头朝对着她行注目礼的同学皮笑肉不笑地扯了扯嘴角，“请你们正常一点，谢谢。”

沈清耀开怀大笑：“我深刻怀疑，你这几位同学有一个独门绝学，叫，变脸。”

“别笑了，有什么好笑的！他们膜拜的是你，又不是我。”顾萤一想到这一点就高兴不起来，从书立中央抽出英语课本开始背诵课文，背了几分钟又愤愤地唾骂，“真是一群趋炎附势、捧高踩低的墙头草！”

“你不是最喜欢狐假虎威吗？”沈清耀饶有兴致地逗她。

“哎呀！我突然想起来一件事，我好像已经错过了校内数竞培训班的报名。”顾萤把课本往书桌上一拍，懊悔不迭，“我当时还看到公告栏贴的通知来着，好像截止日就是上周五！但我当时没当回事……惨了惨了！”

“哟，你这水平，这进步速度，还浪费时间上什么培训班啊。”赵浩然在她旁边幽幽地吐出一句话，“我看你至少是国家队的水准。”

“国家队？”顾萤好奇地凑过头去。

赵浩然挪了挪屁股，跟她再次拉远了一点距离：“就是一轮一轮比赛之后存活下来的，最后的‘卷王’，可以代表国家去参加IMO。”

“‘卷王’？代表国家？IMO？”顾萤一脸茫然。

“International Mathematical Olympia，国际奥林匹克数学竞赛。”赵浩然目不斜视地盯着英语课本，从牙缝里挤出几个字。

“那IMO金牌是个什么水平？”顾萤电光石火之间模模糊糊地记起虫虫提起过此事。

赵浩然挑眉瞄她一眼，一副城里人看乡下人的表情：“你说什么水平？顾名思义，‘卷王’里面的王者呗。这种人算是史诗级大神级别了。我们实验中学历史上还从来没出过，如果你能拿到国际奥数金牌，应该可以在实验中学变成一个传说……上一个传说还是获得国际物理奥赛金牌的张旻文。”

赵浩然还在滔滔不绝，可顾萤却早已神游太虚。

“虫虫！原来你这么厉害吗？哇！”虽然这时候说这个话，显得她反射弧长得堪比地球半径，但她还是忍不住在内心尖叫着嚷嚷。

沈清耀嘴角一抽，清了清嗓子道：“其实也没他讲得那么厉害，大部分数学家年轻的时候都拿过几次 IMO 金牌，说白了也就是个比赛而已，没什么稀奇的。”

“天啊，怪不得我最近感觉自己比以前聪明了那么多，原来是神仙附体……”顾萤搓着英语课本的一角，口中念念有词。

“你本来就挺聪明的，真的，只是一直缺乏正确的引导，又没什么自信，才会常常碰壁。”沈清耀淡淡地说，“我起到的作用，大概只是帮你摆正了方向盘罢了。”

“那我还上什么培训班啊，像我们这种竞赛弱省，也没有什么厉害的竞赛教练。”顾萤双手合十，“‘虫老师’还是勉为其难，继续栽培我吧！毕竟，也只有您这样火眼金睛的伯乐，才会认为我是一匹千里马。”

“有经验的老师毕竟还是更懂得怎么教……不过竞赛，功夫在练，其他的都还是其次。一会儿放学去买点儿奥赛书，试着做做题吧。”

“好好好，什么都听大神的！”顾萤心潮澎湃，唯‘虫老师’马首是瞻。

顾萤后来想想，她活这么大，有没有第二个人让她这样全身心地信任、言听计从呢？其实没有。父母、朋友、闺密，再亲密的关系，也都是“别人”，有着另外的人生，或许他们可以分享彼此人生的一小部分或者一大部分，但不可能是全部。可虫虫不一样，他分享她一切的喜怒哀乐，知道她所有的磊落或者不磊落的小秘密。他的存在，就好像命运工程师意外产生的 bug（虫子的意思，双关），同时也是她平凡人生中的一丝丝不平凡所在。她小心翼翼地妥善藏着，不敢细想，也不敢追问太多，生怕刨根问底引起“命运工程师”的注意，导致 bug 被修正，而她又会回到枯燥无趣、循环往复的高中生活中。

-第十五章-

理想与追求

赵震海还真的信守承诺，在原本的奖励基础上又“斥巨资”给全班每个同学都买了一本厚厚的精装笔记本，店里定价要一百多块，普通家庭的学生没人舍得买。学生挨个去他办公室兴高采烈地领了回来，路上每每遇到二班的同学便忍不住得意显摆一番。

顾萤捧着有史以来拥有的最贵的笔记本，翻都没舍得翻开就收进了抽屉里。

“老师送你们笔记本是让你们拿来学习的，不是拿来收藏的。”沈清耀忍不住提醒。

“学习用什么本子不行？纪念品就是用来纪念胜利的。”顾萤仿佛领到的不是笔记本，而是勋章。

“那这本子应该送给我啊。”沈清耀毫不客气地逗她。

“顾萤，我其实还收藏了很多沈清耀的 CD。”何超越履约把约定好的 CD 轻轻放在顾萤的桌子上，笑眯眯地跟她套近乎，“你能不能，抽空给我讲讲题？如果可以，我还可以再送你一台 Krell 的 CD 机。”

“土豪同学，你成功引起了我的注意！什么题？”顾萤欣喜地用手抚摸着 CD 封面，封面上的沈清耀一如既往地气质冷峻，侧脸线条优美，一双流光溢彩的眸子垂敛于阴影，似月华初照。

“嘿嘿。”何超越挥了挥手中被他翻得翘页脚的《走向 imo》。

“那不是都有答案吗？”顾萤漫不经心地瞟了一眼。

“有些地方答案太简略了，不太好理解，咱们数学老师也没空给我讲这种课外的题，专门找个老师又麻烦。”何超越挠了挠头，见顾萤不为所动，心思一转，又从抽屉里掏出一本书，继续糖衣炮弹的攻势，“这样，我额外再送你一本我刚买的科幻小说，何夕的《伤心者》！这本书获得了第十五届中国科幻银河奖！科幻界的图腾！何夕你知道吧？读者心目中最有可能成为再次冲击雨果奖，甚至星云奖的本土顶级科幻作家！中国科幻文学的三驾马车之一！”

“你转行做销售吧，这张口闭口就一套一套的，怕不是被数学耽误的营销鬼才。”顾萤打量着他卖力宣传的模样，笑得前仰后合，“透露一句，这作者给你多少广告费？”

“咱这叫一片诚心在玉壶。”何超越把小说献宝似的递给她，“讲的是一个默默无闻的数学家的故事！许多读者说得最多的一句话是：看了《伤心者》，不哭的话，正常吗？”

“嗯？”顾萤一听是数学家，这才来了兴致，接过书翻了翻。

林曼英从小不允许顾萤读通俗类的小说，只批准读她仔细筛选过的经典书目，要么是高深的严肃文学著作，要么是难啃的中国古籍。顾萤至今记得小时候被妈妈逼着读《楚辞》，满眼生僻字甚至一行压根儿就不认识几个字的血泪史，读前辛辛苦苦查字典，读的时候错一个音妈妈就皱一下眉头，读错两个音就要罚抄写了，因此留下了严重的童年阴影，导致她 PTSD（创伤后应激障碍）延续至今，一看到语文就非常抵触，尤其是文言文分析鉴赏的部分，简直比曾经最让她苦恼的数学题威慑力还强。

现在顾萤见到这种全文都是大白话的小说自然格外亲切，立马就收下了，抿着嘴笑得很甜：“那这盛情难却，我先收了。你有什么题可以随便问，但我可能得忙完我自己的事儿再想你的题。”

“好啊！”何超越欣喜若狂地应允，“不着急，您慢慢想，嘿嘿！以后大家都是好兄弟，好兄弟！”

顾萤点头笑笑，随手翻开《伤心者》的扉页，看到这样一句话——“所谓生命的意义，不如说是迎合大多数的行为，但毕竟还有一些人站在

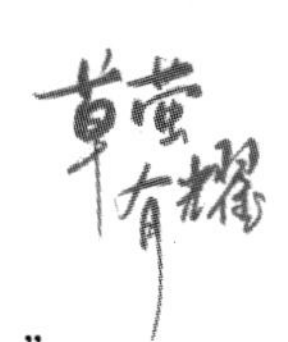

大多数的对立面。被认同也许是重要的,但总有一些人心底并不在乎。”

“看上去是一本好书。”沈清耀很喜欢这句话,兴致勃勃地说,“我也想看。”

“上课看会被老师没收,回家看会被我妈没收,看来我只能课间时间看看了。”顾萤无可奈何地耸了耸肩,“对了,何超越刚刚指的那道题,你会做吗?”

“我没仔细看。”沈清耀当时被她拿着CD专辑摸来摸去、爱不释手的行为搞得十分赧然,果断选择不看。

“其实我觉得那些题乍一看都挺简单的,但做起来是真的好难哦。”顾萤忍不住说出了压抑许久的心声,“题目也没什么奇怪的符号,也没什么难以理解的意思,甚至没什么很大很唬人的数字,给人一种‘我总能做出来’的错觉,但一旦你真的开始做,就不是那么回事儿了。”

“这太正常了,想想困扰了数学界三百五十年的费马大定理,看似任何人都能看懂的表述,实际上却几百年悬而未决,直到二十世纪才由Wiles(怀尔斯)给出证明。但如果你稍微多了解一点,就会发现他给出的证明并非直接解决费马大定理本身,而是给出了Shimura-Taniyama conjecture(谷山-志村猜想)的证明过程,这个猜想表述起来比费马大定理复杂太多,甚至看上去与费马大定理风马牛不相及。简单来说,它只是试图将椭圆方程和模形式之间建立桥梁。”沈清耀解释道,“事实上费马大定理的证明经历了两个过程,第一个阶段Kenneth(肯尼思)证明了Shimura-Taniyama conjecture猜想成立,则费马大定理一定成立,第二个阶段才是Wiles的证明。并且,这个证明用了一个你常用的证明方法,你猜是什么?”

“反证法?”顾萤下意识地开口,“先假设不成立,然后推出矛盾?”

“你太聪明了。”

顾萤愣了下。

“所以,其实前沿的数学工作者,哪怕证明了很复杂、很困难的问题,本质上还是用了你现在学过的证明思路。你是不是顿时觉得自己所学的东西厉害了起来?”沈清耀调侃道,“欧几里得也非常喜爱使用反证法，并称它是数学家最擅长的武器之一。哈代曾说，这一招比任何象棋开局都高明得多：棋手可能会舍弃一个兵或其他棋子，而数学家舍掉的是整个棋局。”

“你还别说，这样想想我还真有那么点儿小得意！嘿嘿。那……如果证明一个猜想，可以顺便证明其他的定理，那我们可不可以相信存在这样一个理论，你一旦证明了它，就证明了一切？”顾萤托腮畅想着问。

“你很有想法嘛，少女，只不过没你想的那么简单，因为现代数学的体系非常庞大而复杂，不同分支之间相去甚远。当然，现在的你还没有学习那么多内容，所以能有这个想法已经很不错了。其实很多物理学家和数学家也希望有一个大统一理论，比如物理中的Grand Unified Theory（大统一理论），爱因斯坦晚年一直在尝试解决它；再比如数学里的Langlands program（朗兰兹纲领），试图在代数几何、调和分析、数论、表示论、数学物理之间建立统一联系，它被Weil(韦伊)称为现代数学的Rosetta Stone（罗塞塔石碑）。这个纲领推广了类域论、可约群表示论，以及我们以前讲到过的自守函数论等等，基于此，它发展出了一整套的新技术，用以解决数学难题。”

“好酷哦。”顾萤听得津津有味，“我以后也会学到那么高深的内容吗？”

“当然。”

“你还在世的时候，平时也是做数学研究吗？”

“在这方面，我也只能算是一个刚入门的freshman（新手），但教授也给了问题在做，估计只是为了看看我的潜力到底有多少，并没有指望我真的能解决什么大问题。”

“做数学研究和做数学题一样吗？平时是做什么呢？就是做更难的数学题吗？”顾萤好奇地问，“数学竞赛和数学研究又有什么区别呢？哎，我预先警告你，说点儿我这样的人能听懂的，要通，俗，易，懂的。”

“好问题。Wiles曾经把做数学研究描述成走入一栋黑暗的大楼。大约类似于，你进入第一间漆黑一片的屋子，伸手不见五指，在家具上磕磕碰碰，不时被周围的东西绊倒。渐渐地，你了解到屋子里全部的陈设，以及每一件家具所在的位置。反反复复，这个过程周而复始，你最后终于找到了灯的开关，并把灯点亮。此时屋内忽然大放光明，令你看清楚自己准确的位置，然后你再进入下一间黑屋子……”

“那和做数学题本质也没什么很大的区别。”顾萤听完说道。

“要说最大的区别，大概在于数学研究你很难一个人去完成，大部分时候研究者是需要合作发论文的，就像我之前跟你讲的那样，绝大部分时候你解决一个问题，需要用到一些别人的工作成果。除非你是佩雷尔曼那样的天才，否则闭门造车也是不可取的。但数学竞赛不一样，它是你一个人就能完成的，具有个人英雄主义色彩的有趣的游戏。”

赵震海就是在这个时候踩着上课铃走进了教室，站上讲台第一眼就看到顾萤正举着一本小说出神。

“顾萤。”他点名，“不过是赢了一个小比赛，就得意忘形，不知道自己是谁了？课前不好好预习，瞎忙活什么呢？”

顾萤没想到自己课间做点什么都要被挑刺，慌乱地站起来，低着头支支吾吾了半天也不知道说什么好。

“你在琢磨啥？跟我们大家说说。”赵震海已经把“看顾萤出糗作为课前调剂品”当成了一个习惯。

“Langlands program……”顾萤一紧张，脱口而出。

“好家伙，初等数学玩明白了吗？你就 Langlands！离谱！”赵震海不屑地“咴”了一声，却意外地发现全班只有稀稀拉拉几声笑，毫无节目效果。

“老师，Langlands program 到底是什么？”贺斌好奇地问。

“你们别搁这儿眼高手低，老想学什么高级的东西，先掂量掂量自己几斤几两，考大学稳了吗？”赵震海边说边白了他一眼，懒得继续废话，“上课！”

书店因为大雪而提早歇业，顾萤吃了闭门羹，又不想提早回家听妈妈的谆谆教导，索性坐在书店外的咖啡厅里看《伤心者》。

咖啡厅是一个书咖，书架上摆满了书籍，琳琅满目，墙壁上是各种各样的涂鸦以及拍立得风格的照片。顾客大部分都是附近泽阳大学的学生，因此人均消费并不高。

“我想喝热巧克力……这种大雪天配热巧克力太幸福了！”沈清耀孩子气地说。

“虫虫，你为什么总喜欢一些高热量的东西？热巧克力一杯下去得多少大卡？会长胖的。”顾萤内心吐槽着他，已经点了一杯蜂蜜柠檬水。

“你都这么瘦了，长胖一点不好吗？”沈清耀对于女孩子所追求的极度苗条一直非常不理解。

“当然不好，少女感来自于不超过 55 cm 的腰围。”顾萤抛出一句“格言”，“而且你一旦胖了，大家都会排斥你，连老师都会说你是因为好吃懒做才长胖。辛静初中的时候体重 140 斤，同学都嘲笑她、欺负她，现在她瘦到了 90 斤，好多男生都对她另眼相看了！不过她也因为过度减肥，心脏一直不太好，还生理期紊乱。”

“这是 bodyshame（身材羞辱），”沈清耀严肃起来，“这种不公平的身材歧视应该抵制，而不是顺应。”

“我懂。当时我帮辛静骂退了很多差劲的人，但是少吃一点东西比改变别人要容易，不是吗？”顾萤低头，捏着吸管搅动了一下蜂蜜水。她不傻，当然知道身材歧视、欺凌弱小是错的，但很多时候，大环境如此，微小的反抗不过是以卵击石。

沈清耀皱眉，忽然觉得她这句话是一种变相的犬儒主义。

“数学研究，是真的要以获得应用才有意义吗？不然就会像小说里的男主角一样，终其一生只能在不被承认和不被理解中度过吗？”顾萤用手指着小说里面的一段话，“我们的研究终究要获得应用才是有意义的，否则只能误入为数学而数学的歧途。”

“当然不是。这本小说的作者并不了解数学研究者的世界，但软科幻的重心本就在于作者的想象，他自己构建出来的东西能够逻辑自洽就好。”沈清耀耐心地解释道，“作者借由数学所表达出来的情感是非常值得思考的。”

顾萤似懂非懂地点了点头，叹了口气。

小说并不长，她读得很专心，很快便翻到了结局——

古希腊几何学家阿波洛尼乌斯总结了圆锥曲线理论，一千八百年后，德国天文学家开普勒将其应用于行星轨道理论。

伽罗华于公元1831年创立群论，当时的学术界无人理解他的思想，以至论文得不到发表。伽罗华年仅二十一岁英年早逝，一百多年后群论获得具体应用。

凯莱于公元1855年左右创立的矩阵理论在六十多年后应用于量子力学。

数学家J.H. 莱姆伯脱、高斯、黎曼、罗巴切夫斯基等人提出并发展了非欧几何。高斯一生都在探索非欧几何的实际应用，但他抱憾而终。非欧几何诞生一百七十年后，这种在当时毫无用处广受嘲讽的理论以及由之发展而来的张量分析理论，成了爱因斯坦广义相对论的核心基础。

何夕独立提出并于公元1999年完成了微连续理论，一百五十年后这一成果最终导致了大统一场理论方程式的诞生。

顾萤在心中认真地默念出了这一段话，里面有许许多多沈清耀曾经或认真或开玩笑跟她提起过的名字，乍一看有种微妙的熟悉感，同时她又感到了从未有过的震撼——她第一次认识到，“数学”不只是练习册上那些枯燥无趣的题目，不仅仅是考试中一个波动起伏的可恨分数。那一条条看似单调乏味的定理，其实见证着世界上顶尖的智者百年甚至上千年的努力推动、前赴后继，他们在漫长的黑暗中孤独地闪耀着，微小的光芒汇聚成星辰，照亮人类的历程。英雄行险道，富贵似花枝。

她重新翻回小说封面，封面上是一个蜷缩的人，就像植物的根，深深扎进土壤，在他之上是粗壮的树枝，上面花团锦簇，争相绽放，色彩缤纷。她回想起结尾的一段话，恍然大悟了封面的含义——“我不否认对何夕的那个时代来说，《微连续原本》的确没有任何意义，但我只想说的是，对有些东西是不应该过多讲求回报的，你不应该要求它们长出漂亮的叶子和花来，因为它们是根。”

“其实……”沈清耀犹豫着打断了她的思绪，“纯粹数学确实领先于这个世界上百年甚至更多，常常被误以为是顶尖头脑们无利可图的游戏，但是大部分人做纯数学的初衷并不是去应用它。事实上没有人关心它能用在哪儿，它最大的价值也并非被拿来应用。阿波罗尼奥斯作为一个古典几何学家，他用来研究圆锥曲线的方式和现代已经完全不同，并且他研究圆锥曲线只是因为它的性质很优美，它的出现为解析几何学的发展奠定了基础，并非不应用于行星轨道就无足轻重。群论的话……我已经跟你讲过它对于代数领域研究的重大意义，矩阵理论自诞生以来一直有着广泛的工程应用。”

“高斯是一名天才，在那个年代做了很多开天辟地的事情，比如严格证明了代数基本定理，开创了近代数论研究的新篇章，创立了微分几何学，引入了一个把曲面本身视为同一空间的新概念，晚年出于兴趣把研究方向转为物理之后才开始致力于探究应用层面的问题。一生都在探寻非欧几何的应用听起来似乎有一种悲壮的美，但毕竟事实并非如此，而之后的数学家对于非欧几何的研究也是出于对曲面性质的探讨。

“Atiyah（阿蒂亚）曾经说过，数学家可以分为两类：一类是问题解决者，比如我曾经跟你讲过的 Paul Erdős；一类是理论创建者，典型的就是 Alexander Grothendieck（亚历山大·格罗腾迪克），他是二十世纪最伟大的数学家之一，在诸多方面都有着奠基性的贡献，要说影响最为深远的应该是他创建的概型理论，并由此发展建立起了现代代数几何学体系。

“当然，大部分数学家所做的事情主要还是为了解决数学上的难题，与此同时发展某个理论。Atiyah 认为，如果一个理论的产生无法解决任何有趣的难题，那便是不值得被建立的，其实这就是何夕所做的事情。同时 Atiyah 还认为，对于真正深刻的问题，在解决它们的过程中必然会推动相关理论的发展，比如我们之前谈论过的费马大定理就是一个典型的例子。所以说，无论是你开辟一系列新的理论，还是

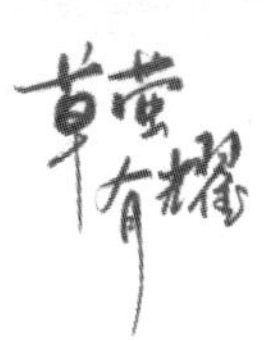

在其他人的工作上进行延展，只要你可以解决数学领域的重大问题，就算没有任何应用价值，也一样可以带来荣誉，甚至名利和财富，并非只有应用到物理上才算有价值、有意义。主人公的经历放在现实中其实根本不可能发生。当然，这也并不代表这本小说不能打动人心，毕竟软科幻只要自身逻辑自洽，足以自圆其说就好。”

顾萤安静地听着，幽怨地叹了口气：“我说‘虫老师’，我看一篇小说本来挺感动的，结果被你强行科普一通，现在已经彻底麻木了。”

“不是，我是怕你本身对数学了解得不多，读了这些会被误导，以为数学工作者的日常就和书里一样悲惨，望而却步。”沈清耀沉声笑着，“另一个方面，虽然小说是虚构的，但主人公的执着和母亲无私的爱仍然非常令人动容。”

“哦。”顾萤敷衍着打了个哈欠，刚想把书塞回书包，就被人一把抽了过去。

“你是谁啊？”顾萤皱眉瞪着对面的寸头男，隐隐觉得有些眼熟。

“陈晨，你忘啦？”陈晨非常自来熟地说，见她一脸茫然，又做了一个端碗吃云吞的动作。

“哦——是你啊！”顾萤这才想起来是之前在“粤城风味”里面遇到的泽阳大学物理系本科生。

陈晨毫不客气地拿着书翻了几页：“你还看这种书啊？”

“不然我应该看什么书？”顾萤没好气地一把将书夺回来，塞进书包里。

“你上次给我们讲的那几道题，我们回去一想就想通了，都这水平了，还看这种软科幻？”陈晨作为一个重点大学物理专业科班出身的人，一直很看不上这种不够硬核、没有宏大叙事的科幻小说。

“你是准备读研究生吗？”顾萤心道，沈清耀不是说他水平不行吗？既然水平都不行了为什么还要看不上这个、看不上那个，还要考研呢？顾萤感觉成年人的世界十分难懂。

“是啊。”陈晨回答得有点心虚，因为他本科绩点不够高，无法直博或者保研，同时又没有比较出色的科研经历，因此更没办法直接申请国外的PhD，只能无奈地走考研这条路，“其实我挺不喜欢在国内读研的，国内的人都太功利了，把科研搞得乌烟瘴气……”

他其实不在意顾萤这样的小姑娘听不听得明白，只是单方面想展现一下他的理想和追求。他确实厌倦了国内物理学术圈的庸俗市侩风气，哪怕是在泽阳大学这样的重点大学也不例外，同行一见面动不动就说“这样的工作至少是篇PRL”“发几篇PRL直接评‘青千’”之类互相恭维的话，像极了酒桌上挂着笑容推杯换盏、吹牛拍马的油腻中年人。更有一部分人以为物理之外的行业都不需要什么智商，过度自信以至于做着“就算以后无法找到教职，会写几行代码就能轻松转行金融、计算机行业拿高薪”的春秋大梦。不出文章就是原罪，哪怕灌水也要有文章。他不喜欢这样的环境，可他也没有别的路可走——人的能力就决定了一生能够有多少选择，而大部分人都是被动地处于被挑选的状态罢了。

“哦。”顾萤也懒得问PRL是什么东西。

“你以后会读数学系吗？”陈晨没话找话。

“嗯。”顾萤毫不犹豫地点了点头，咬着吸管天真地问，“物理专业的研究生要学什么？难吗？”

“还行吧，不同研究方向难度不一样。”陈晨似乎很享受她稚嫩又单纯的眼神，迫切地想要展现一下自己的水准，“我打算做强纠缠拓扑量子物态。”

“那是什么？”顾萤好奇地问完，又忍不住暗暗问沈清耀，“你知道那是什么吗？”

“不懂。”沈清耀的知识盲区终于被触及。

“哇，原来你真的不是神！”顾萤反而心花怒放，“好可爱！”

沈清耀额头挂下三道黑线，忍了又忍才憋住没问“这怎么就可爱了”。

“简单来说，随着高温超导，量子霍尔效应，量子信息科学的发展，促使物理学家对物质的形态和它们衍生出的新的物理性质、物理规律有了更多的理解。于是物理学家假设，我们周围的真空就是一个由众多量子比特所形成的量子拓扑物态，可以激发基本粒子。而量子拓扑态之所以有这么多新奇的性质和规律，是因为其内部隐含的多体量子

纠缠结构，注意量子拓扑不是拓扑，而是纠缠。多体量子纠缠是一个新的现象，所以需要新的数学语言来描述，比如高阶范畴学。它非常美妙，也非常振奋人心。因为这是自牛顿以来，第一次出现数学的前沿和物理的前沿交会的情况。”陈晨讲起这些就开始亢奋，甚至有些语无伦次。

“那……这到底是数学还是物理？”顾萤不动声色地继续问，同时在内心暗暗嘲笑，“虫虫，你也体会一下别人讲了一大堆话结果自己从头到尾只能听懂‘非重点’内容的感受吧，嘿嘿嘿……”

“其实我早就习惯了。”沈清耀对她幸灾乐祸的心态哭笑不得，平静地说，“哪怕是做同一个方向的数学家，彼此讲话对方都听不懂也是常事，没什么大不了。数学各个分支之间的距离，有些时候比数学和物理还要远。”

“这你就不懂了吧？有一个分支叫数学物理。”陈晨扬扬自得地答道。

“这难道不是做凝聚态的吗？”沈清耀疑惑地问了一句，“物理我不懂，但数学物理主要研究的是物理学中所用到的数学，本质上是数学的一个分支，大部分做数学物理的人做的也是很纯的数学。或者因为翻译的关系，国内的数学物理跟我所知道的数学物理并不是一码事？”

顾萤顺口把沈清耀提出的问题抛给陈晨，结果陈晨支支吾吾了半天，抛下一句“你还小，跟你讲不明白，我得回去写毕业论文了，再见”，就匆匆走了。

“……可能他自己也是一知半解，觉得你只是个高中小女生，只想在你面前打肿脸充胖子秀一下智商罢了。”沈清耀皱眉，不屑一顾地吐槽，“真无聊。”

“你们男学霸不都喜欢这样吗？”顾萤抓准了机会揶揄。

“什么你们？别把我跟那样的人相提并论。”沈清耀倒吸了口凉气，想了想格外气恼，狠狠“哼”了一声，“而且我一直很谦虚好吧？”

“好好好，你说什么就是什么，你是老大，你是大神，惯着你。”顾萤嬉笑，从善如流。

“我……”沈清耀被她一堆高帽戴上去，再说什么都显得小肚鸡肠了。

“唉，辛静就不会这样，她太温柔太随和了，从来没有其他学霸面对我时那种高高在上的说教感。我从小就很羡慕辛静那样能考年级第一的学霸，感觉可酷了。”顾萤的语气已经酸成了杯子里泡水的那片鲜柠檬，“你一定也考了很多第一吧？考第一是不是特别开心？”

“我没关心过自己考第几……这种事情没有意义，不如把精力花在自己热爱的事情上。”沈清耀是真的没关心过任何排名，倒也不是因为他太强，在MIT的时候高手如云，很难说谁就是最强的，他相当于半路出家，天赋再高也到不了碾压的水准，虽然大一的时候参加Putnam顺利拿到了fellow（普特南竞赛全美前五名会被授予），但系里能拿几次fellow的大有人在，大二的时候拿到了Jon A. Bucsela Prize（MIT授予本科生的一项奖项），他也不甚清楚这个奖的标准是什么。攀比成绩在他看来是很无聊的事情，任何竞赛于他而言也不过是兴趣爱好，奖项则是可有可无、锦上添花的东西，他更关注于数学本身。

“你就秀优越吧你。”顾萤碰了一鼻子灰，不满地撇了撇嘴，把喝空了的杯子搁到一边，背起书包准备回家。

天已经完全黑下来，行人踏着积雪慢行，干枯的树枝在路灯下影影绰绰，鬼魅一般。

“虫虫，我不想回家。”顾萤双手紧紧绞着两边的书包背带，用一双绵软的雪地靴一下又一下踢着地上凝结成团的雪块，“那杯蜂蜜柠檬水一点甜味儿都没有，卖二十多块，连蜂蜜都舍不得多放点，喝到最后是酸涩透苦的，早知道听你的，点热巧克力了……”

“时间不早了，早点回家休息，明天还得早起好好学习。”沈清耀很能体会她不想回家的心情，柔声哄道，“再奋斗几天，周末教你弹琴。”

“好！你说话算话哦。”顾萤舔了舔嘴唇，终于品出了一丝甜味儿。

-第十六章-
奥数培训班的邀请

顾萤惯例在睡觉前上网查沈清耀的最新消息，网上的热度早已消退——有了新的热门话题被网民津津乐道，谁又会继续关注一个不相干的人是死是活呢？

她每次都要在各个渠道搜索好久才能找到一点相关的蛛丝马迹，思来想去，索性加了一个沈清耀的乐迷粉丝群互通消息。

欢迎新人！

粉丝群的群主发出一个“撒花”的表情。

大家好。

顾萤礼貌地打了个招呼。

大家有听说沈清耀的近况吗？他昏迷了这么久，好转了吗？

顾萤也没空看他们叽叽喳喳讨论沈清耀的一些琐碎八卦，直截了当地问道。

群友纷纷回道：

- 没有，外网也没有报道。
- 没有好消息，但也没有坏消息不是？
- 没有消息就是最好的消息！
- 但是我昨天看到外媒有报道说，他不是意外，实际是自杀。

• 不会吧？男神为什么要自杀？

• 听说是因为喜欢上了一个出身不太好的女生，家里人不同意交往。

• 你别瞎说，什么捕风捉影的八卦都乱讲，在这儿编家庭伦理连续剧呢？

• 你们想，沈清耀长得那么帅、智商高又才华横溢，怎么可能从来都没有任何绯闻女友？天才也是人，是人就有情欲，他又不是偶像，需要保持单身那种。

• 你说得有道理，艺术家的私生活不都很乱吗？他们靠这些汲取灵感的！

• 瞎扯，不过传言沈清耀确实和家里的关系非常紧张，原因好像是因为家里人不允许他学数学。

• 这不是更扯吗？我要是喜欢学数学，我爸妈得高兴得去庙里还神，哈哈哈……

• 我也是，数学太无聊了，从小就讨厌数学，我爸逼我学我都不学。

• 对，我大学专门挑了不用学数学的专业，可算从苦海中脱离了，哈哈哈哈哈……

• 是啊，我就是因为数学差，所以对数学好的男生有天然好感。我男朋友就是我们学校计算机专业的学霸，自从知道他微积分考了99分，我就对他产生了一层厚厚的滤镜。

• 对对对！我也是！喜欢理科男生！有一次小组合作遇到了一个学霸，经常讲题，很难的题目也能做出来，然后我就沦陷了！

• 我也是……我以后一定要找个数学好的男朋友！请叫我“脑性恋”！

• 我高中暗恋的男生也是数学成绩很好，高考数学考了满分，去了明华大学，唉！

• 谁还不是个智性恋呢？

• 赞同，那些不学习天天打架的男生长得再帅我看到了也只想骂一句低等生物……

•真的，智商加成太重要了……而且影响后代智力！

•是啊是啊，我是学生物的，跟一个男生组队做课题，他什么都会，而且还能分分钟写个代码帮我处理数据，当时我就心动得一塌糊涂直接crush（形容短暂而迅速的迷恋）。

•智商高就够了，可别专门去研究数学。数学有什么好学的？学成陈景润吗？太可怕了，男神不要啊……咱就好好弹琴不行吗？唉。

•是啊，说是为了数学才跟家里闹那么僵，也太不合理了，估计就是对外的说辞，实际什么情况咱们都不知道。

•你一说，我也觉得有点奇怪，确实可疑。

•哈哈，破案了。

•但是会不会是真的？你们说有没有这种可能，他其实没有昏迷，而是被藏了起来……不是据说厉害的数学家都会被安排到军方机要？

•离谱，你还搞起谍战来了！脑洞这么大去写剧本吧，哈哈哈……

…………

顾萤一无所获，颓然地盯着黑暗中泛着白光的一小方手机屏幕，上面不断跳出刷屏的一大堆无意义闲聊，她也没有兴趣参与其中，满脸写着“生无可恋”——粉丝群里面仍在活跃的绝大多数人似乎都是冲着沈清耀俊美的外表而关注他的女粉丝，既不懂音乐也不懂数学。不过也难怪，毕竟真正的乐迷早就视他为音乐的叛徒，又怎么会在所谓的粉丝群里呢？

“好了，别看了。你有空看这些人胡扯些没用的内容，还不如多做两道题。”沈清耀实在看不下去这些拉闲散闷的人给他编排什么莫须有的女朋友，他明明一直单身。

“你说……沈清耀该不会真的谈恋爱了吧？”顾萤一开始也感觉非常离谱，但看群里七嘴八舌聊得热火朝天的，越琢磨越感觉确实也并非没有可能。

“谈什么恋爱？你觉得他有时间吗？要谈也是跟数学谈恋爱吧。”

沈清耀自嘲地笑笑。

“万一呢？”顾萤忧愁地沉沉叹了口气，揪着睡衣上的毛毛球在食指上绕圈。

“你管好你自己吧。”沈清耀略微不悦地压低了音调——难道在顾萤心里，他也是那种会为了恋爱跟家里人闹矛盾还自杀的戏精男吗？

“可是万一他真的有那么不省心的女朋友，岂不是很麻烦吗？其他的事情都好说，感情上的事谁说得准呢？唉……”顾萤额心的“川”字明显加深了几分，她抿嘴认真想了想，又双手合十放在胸前，闭上眼睛，口中念念有词，“如果他真的恋爱了，老天一定要保佑那是一个善良的女孩子，不要让他伤心难过，拜托拜托……”

沈清耀此时的感觉非常微妙——他从这些细枝末节中隐隐察觉到自己在顾萤心里似乎不如“沈清耀”重要，虽然他也知道自己跟自己比来比去挺傻挺拧巴的，但他是真的不明白，为什么他每天陪着她答疑解惑、排忧解难，到头来还比不上一个素未谋面的人。即使那个人是他自己，他也还是觉得不服气。

“虫虫，你说，不混娱乐圈还能普及度这么高的钢琴家，沈清耀是不是史无前例？”顾萤叹息道，“不过也难怪，这个颜值就算是素人也早就火出圈了。”

“有吗？”沈清耀其实从来没怎么关注过自己的外表，一直以来都有专业的造型师给他打点一切。

“当然了，你看这建模一样的骨相，不就是靠脸吃饭都能爆红的整容模板嘛。听说他有四分之一的高加索人血统，你看，这挺立而不突兀的眉骨，这笔直而不粗犷的高鼻梁，兼具了欧式的立体和亚洲人的内敛，英俊又温柔！”顾萤对着屏幕上沈清耀的照片滔滔不绝，“这还不是最关键的，他最迷人的地方是眼神和气质，永远那么优雅、飘逸、有深度、有智慧、有内涵，一下子就和只有皮相美的帅哥拉开了巨大的差距！”

沈清耀忍了又忍，还是没憋住笑出了声。

“你笑什么啦！”顾萤有点儿窘迫地低嗔。

“你中毒太深。”沈清耀沉声低笑着，“你从一张照片能看出什

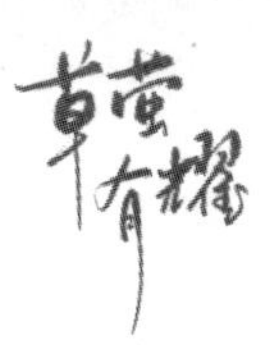

么深度？什么内涵？说白了你不还是花痴吗？”

“才不是只有照片呢！我给你找找，我以前收藏了他很多视频！”顾萤退出来，登陆了某 APP，上面有许多沈清耀粉丝后援会搬运上传的外网采访以及国内节目的采访。

“沈清耀说英语的视频我能听一百遍，太好听了。”顾萤一边点开一个节目，一边说，“你知不知道为啥我英语只有听力分数不错？因为我下载了很多沈清耀的英文访谈没事听着玩，嘿嘿。”

“……这不就是正常说话？”沈清耀被她少女心泛滥的表情逗得忍俊不禁，“这怎么就好听了？”

“嘘，听一会儿。”顾萤用食指压住嘴唇，做了一个噤声的姿势。

视频里的沈清耀只有十二岁，彼时少年的眉眼轮廓还未完全延展开，表情也稚嫩青涩，开口却谈笑风生，幽默机敏：“或许在巴赫写下最后一个音的时候作品已经被完成，所以很多人认为钢琴家所做的事情不过是去再现它，也就是我们通常所说的，博物馆式的艺术。但其实即便如此，对于我而言，音乐永远是活着的，像我的挚友，像我执手一生的恋人……”

沈清耀穿过六年的光阴面对曾经的自己，羞愧丛生，百感交集。

“你说，他现在算不算花言巧语后背叛恋人的可耻之徒？”沈清耀茫然地开口问道。

“怎么会呢？每个人在不同的人生阶段本来就有不一样的诉求呀。比如，我七岁的时候想当一名长跑运动员，十岁的时候想当一名钢琴家，十二岁的时候又想去学画画，”顾萤回想起来自己那些天真的念头不禁觉得好笑，“现在我又想成为一名数学家，但以后我是不是真的能够做到，谁又会知道呢？”

“原来……是这样吗？”沈清耀从来没有想过这些，他从四岁开始就不断被告知自己以后必然会成为一名钢琴家，以至于他甚至从未思考过其他的可能性。

“当然啦。小时候我问我爸，为什么我是小孩，而你是大人呢？我爸说，小孩子会相信自己的未来有无限可能，你相信自己可以成为任何你渴望成为的人。有一天你失去了这样的能力，就说明你长大了，变成了一名无趣的大人，在这个世界上有了一个固定的位置和固定的身份。”顾萤耸了耸肩，继续说道，“你看，我男神永远都是一往无前的少年呀！”

“真的吗？”沈清耀嘴角缓缓绽开一丝笑意，胸口漾开一丝柔和的暖意。

“男神是天才没错，但他首先也是一个孩子嘛……唉。”

顾萤正感慨万千，突然又收到短信提醒——“截止到今日二十三时二十七分，您本月的包月流量已用完”。

她懊恼地一拍脑袋：“我真笨，为什么不偷偷藏着手机去书咖蹭免费 Wi-Fi 呢？”

沈清耀没有应声，沉浸在熟悉又陌生的回忆中胡思乱想着，忽而看到顾萤从书包里掏出了刚拿到手的CD,视若珍宝一般地紧紧抱在怀里。

她穿了一件鹅黄色的毛绒睡衣，而 CD 被她紧紧压在心口，陷出柔软的一小块。

沈清耀感到自己的心也随之陷了一下，耳畔似乎能隐约地捕捉到她微微加速的心跳声。

“我要抱着沈清耀睡。”她像只懒猫似的眯着眼咕哝。

“咳……”即使知道她不过是想抱着那张 CD，沈清耀依旧感觉自己的脸颊瞬间烧得发烫——他突然感觉自己也太纯情了，偏偏还要被一些奇怪的粉丝猜疑私生活混乱，简直没天理。

“那样明天起来就不丧气了，又可以是超能力美少女啦！”顾萤四仰八叉地在床上打了个滚，对着天花板挥了挥拳头。

“……你睡相不好，小心压坏了。”沈清耀平复了一下自己的声音，小声提醒。

“对哦。”顾萤从自我陶醉的状态中清醒过来，眉头紧锁地思考了几秒，“唉，我好想定制一个沈清耀的人形抱枕啊……但我妈肯定不同意。”

“噗——”沈清耀万万没想到她还能想出更加羞耻的事。

顾萤恋恋不舍地把 CD 放进抽屉，犹豫了一下又拿出来，动作格外夸张地亲了一口。

沈清耀感觉自己浑身都不对劲起来。

顾萤仔细地把CD收好，美滋滋地躺在床上："我好了。"

"好……什么了？"

"心情好了，又能够冲冲冲了！"顾萤伸了个懒腰，长长地呼出一口气，"加油！美少女绝不认输！"

"你还真是……自愈能力惊人啊。"沈清耀被她昂扬的心态感染，心情也明朗了许多。

"虫虫你说，天才到底是什么呢？我只听说过，没真的见过。你既然那么厉害，平时一定有机会遇到真正的天才吧？"顾萤恢复了元气满满的状态，一时不困，絮絮叨叨问个没完。

"我自己应该就算吧。"沈清耀认为此话讲得如此委婉已经很谦虚了。

顾萤闻言"咯咯"地笑，抱着被子在床上滚来滚去："虫虫你真的太自恋了！虽然你确实很厉害，但沈清耀那样的才算得上天才啦！"

沈清耀无法反驳。

"沈清耀八岁举办独奏会，十岁受邀和柏林爱乐乐团合作演出，演奏的曲目是巴赫的《哥德堡变奏曲》，一夜成名，同一年拿下了小柴赛的金奖，是有史以来年纪最小的金奖获得者。三年之后，他又在范·克莱本钢琴比赛中拿到金奖，声名鹊起。"顾萤如数家珍，语气充满了崇拜，"这样的人真的无愧神童的名号。"

沈清耀其实对这些童年经历印象已经有些模糊了，近些年来他太过着迷于对数学的学习，以至于听到自己过往的经历都感到恍如隔世。

"唉，我也就会拿着他金光闪闪的履历报菜名，实际上我也不是很了解这些比赛有多厉害，甚至不是很懂怎么欣赏他的演奏。大家都说好，那到底好在哪儿？在技术上和其他钢琴家有何不同？不过我看网上的人评价说，《哥德堡变奏曲》在巴赫的曲目中是一座珠峰，囊括了巴洛克时期全部的音乐体裁，逻辑严密的赋格和对位法让这首曲目理性与感性并存，它更像是数学，或者是建筑，演奏难度非常大。可五岁的沈清耀所演奏的那场现场，很多人甚至说足以和古尔德的版本平分秋色。"顾萤心怀恋慕，也就更失落于自己的"不懂"，这让她觉得二人之间的距离是一道天堑，哪怕只是想在他的世界中远远窥探一番都不可得。她无比讨厌这种无知和无能的感受。

“虽然知道你肯定会反驳，但网上的人确实吹捧得太过了。”沈清耀笑得无奈，“普罗大众最喜欢造神，在他们构造的故事里，所谓的神童就是天生什么都可以无师自通，如有神助，轻松地超越普通人，它包含了动物最原始、最本能的对强者的膜拜，甚至包含了一些对于不劳而获、生而知之的意淫。尼采曾说过，天才崇拜源自虚荣，人们虽然自以为了不起，却根本不会指望自己可以画出一幅拉斐尔绘画那样的草图，或构思出比肩莎士比亚戏剧中的场景，所以人们说服自己，认为这样的能力是十分极端的、了不起的，是一个十分罕见的偶然现象，或者认为这是上苍的一个恩赐。因为只有当天才被认为离我们十分遥远、是一种奇迹的时候，他才不会使普通人自惭形秽。事实上，你没必要把这一切想象得那么高深莫测，想成为一名出色的钢琴家确实需要一定的天赋和培养环境，但仅仅是听懂则不需要。你想当一名古典音乐爱好者，需要的只不过是多学习一些知识罢了。”

“虽然你有些观点我不敢苟同，但这次我不反驳你，嘿嘿。”顾萤轻易便得到了抚慰。

“早点睡，晚安。”沈清耀莞尔，淡淡地说。

雪断断续续连下了两天，整个世界好像都被白色染得明亮了一些。

街道上的积雪打扫不迭，地上很滑，自行车无法顺利通行，顾萤只得提早二十分钟出门步行上学。

“唉，今天书店肯定又要在我放学之前关门了。”顾萤踩着蓬松柔软的积雪，忧愁地嘀咕着。

“其实买书不着急，我可以先给你出一些题目做。”沈清耀看着她因为小心而显得蹒跚的脚步，没来由地觉得可爱，“主要是……我不太能保证自己可以掌握好难度，怕不小心出难了会打击到你，破坏你良好的心态。”

“谢谢，你已经在打击了！”顾萤刚开心了两秒就被他一桶冷水泼了下来。

“我是怕你问我，为什么不早说可以自己出题，让你老惦记着买

书。”沈清耀解释道。

“虫虫，我突然发现你对我的了解，比我自己都深刻！我感到了深深的危机感！”顾萤思忖几秒又补充说，“你不要总是偷窥我的小秘密，要尊重别人的隐私知不知道？”

“好。”沈清耀温柔地笑了笑，一副和和气气的模样。

“啊，糟了糟了！昨晚我好像忘记把数学作业本塞进书包里了！”顾萤突然站定，匆匆翻了一下书包，确定了自己的记忆力在糟糕的事情上从未出错，顿时欲哭无泪——现在她已经离学校不远，再折返家中去取意味着肯定迟到。

“我提醒过你。”沈清耀带着“果然如此”的语气道。

“那你怎么不盯着我放进去呢？你明知道我没放，你怎么不多说我两句？你不是很了解我这个人就是容易丢三落四吗？”顾萤站在冰天雪地里气得不停跺脚，无力望天，眼看时间白白流逝，又赶紧下定决心，“算了算了，不纠结了，去教室重写，反正都是我自己做出来的，答案烂熟于心，重写比回去拿要快多了！”

顾萤重新背好书包，快走了两步，发现没听到任何回应，便赔了笑脸讨好道：“好啦好啦，我知道这事不能怪你。刚才太着急了才把气冲你来了，我就是气我自己！虫虫，你别不理我嘛，你最好了！”

沈清耀其实没生气，只是有一些困惑自己为什么会因为她刚刚不太礼貌的埋怨而感到一丝奇异的开心。因为什么呢？似乎是她语气里那种格外亲昵的依赖吧？

“虫虫？你别生气嘛，这样，我们互相帮助嘛……要不你说说，你有什么想做的事情，我也替你完成啊！”顾萤继续好声好气地哄道。

“我想吃烤冷面。”沈清耀果断地说。

“不是，你说你一个大神，怎么回回就这么点儿追求？烤冷面？”顾萤痛心疾首地说着，“我琢磨着吧，那怎么也得是一些推动人类进步的神圣目标才对得起你的脑子！”

顾萤说着，人就已经到了教室，一坐下就从桌洞里随便摸出一个本子准备加速补数学作业。

“同学，这是你的勋章……”沈清耀默默提醒她。

“哎呀，拿错了，多谢提醒，差点儿浪费！”顾萤“啪”地把本子合上，刚想塞回去，便留意到夹缝里掉出一张卡片式的书签，上面的字迹很熟悉，正是天天拿话拧她的赵震海老师写的——

如果你有兴趣参加明年一月份的陈省身杯高中数学奥林匹克联赛的预赛，可以来学校的奥数培训班旁听，每周二、周五晚自习时间在逸夫楼A306教室。

顾萤难以置信地把短短的几行字看了一遍又一遍，确定没有会错意，捏着书签的手甚至都开始微微发抖。她这辈子得到过的认可本就不多，而当这种“认可”源自曾经最不屑她的赵震海老师的时候，更显得弥足珍贵。

“该不会……给错人了吧？”顾萤脑子里冒出这样的念头。

“不会的，因为你们班并没有第二个想学数竞的人错过了这个报名。你友谊赛表现得那么好，估计你们老师觉得你是个不错的苗子，又拉不下脸来自己找你谈，只能出此下策。”沈清耀分析得有理有据。

“我说大佬，全班数学作业就你没交了。”何超越抱着一摞作业本，气喘吁吁地在顾萤旁边站定。

“你多锻炼身体，别老窝在那儿做数学题。”顾萤看他面色潮红一片，“不知道的还以为你真干了什么重体力活呢。”

“你这是站着说话不腰疼啊！”

“对了，你知道陈省身杯高中数学奥林匹克联赛吗？”顾萤抬手按在了他那一摞作业本上。

何超越猝不及防被她压得一弯腰，倒抽了一口凉气，缓过来才说道：“知道啊，题型和高联差不多，预赛优胜者获得进入决赛的资格，决赛前五名可以参加明华大学的夏令营。”

“夏令营？”顾萤作为一个学渣从未了解过这些，毕竟光高考包括的内容就已经够她喝一壶了。

“嗐，说白了就还是考试，难度大一点，考两天，如果综合成绩好的话有机会拿到不同级别的录取优惠，签约明华大学。”何超越索

性把作业本搁在她桌上理了理。

“明华大学？我从来没想过考明华大学。”顾萤的终极目标其实也就是考一所普通的重点大学，比如离家近的泽阳大学，虽然也不算容易考，但这在集体冲明华的实验中学培优班已经可以说是异类了。

“不考明华大学费劲学什么竞赛？”坐在顾萤前排的女生陈璐璐恰好听到了对话，挑着眉回头瞥了她一眼，讥诮道，“难不成闲得没事？”

“有句话叫‘盲人骑瞎马，夜半临深池’。”陈璐璐的同桌孟泽言见缝插针地搭腔，“很符合她的现状。”

“人家可是不知道用了什么手段，在数学友谊赛上拿了满分，满分哦。”陈璐璐与孟泽言一唱一和，阴阳怪气起来，“知不知道满分是什么概念？顾泽都只拿了 60 分啊……我要是敢拿满分我得尴尬得不想来上学。”

“无论是什么手段，那也都是人家的本事。硬实力达不到，咱就来软实力呗。”孟泽言嬉皮笑脸地接着说，“反正最终高考可没什么捷径可走，就自欺欺人呗。”

“你们俩在这儿说相声呢？”何超越捏着两本练习册朝他们挥了挥，“管好自己的事儿。”

上课铃骤然打断了几个人明枪暗箭的对话，顾萤一拍桌子：“糟了！数学作业还没开始补！”

“没事没事，我不告发你，缺一两本老师也看不出来。”何超越随便安慰了两句，赶紧抱着作业回到了座位上。

“顾萤，到黑板上把昨天作业第十三题的答案写一遍。”赵震海惯例上课前先拿顾萤开刀。

这下顾萤反倒如释重负，毕竟到黑板上写总比被他查出来没交作业强得多。

“你真的每天都要被老师抓典型啊，不是数学老师，就是语文老师，不是英语老师，就是物理老师……”沈清耀十分无语地总结。

“我妈特别关照的，让各科老师多多关注我。”顾萤欲哭无泪。

“你妈还真是关心你。”沈清耀这话倒也没有讽刺，他是真的能感觉到林曼英对顾萤的关心。而或许恰恰是这种过度的关心滋生了令人窒息的控制欲——打压自信心，剥夺话语权，让女儿言听计从按照自己的意愿做事，借此以求降低不确定性因素导致的风险。

顾萤洋洋洒洒地把答案写了半黑板，刚要走下台，就听到赵震海憋着一股气的声音从教室后排传来——

“你们不是有些人不服顾萤吗？现在给你们一个机会，上去出题考考她。”

顾萤无所适从地站在讲台上，感觉自己像一只待宰的羔羊。

“不是有些人言之凿凿说我给顾萤发答案了吗？现在给你们机会让她下不来台，怎么一个个的都不出声了？”赵震海踱步环视周围，所有人都埋头看书，噤若寒蝉。

“怎么，没人敢出？怕顾萤当场做出来，显得你们是跳梁小丑是吗？”赵震海把手里的讲义卷成筒状当木棍，敲了敲后面的黑板继续问着，“我们等三分钟，如果有人仍旧对顾萤的水平有疑惑就上去出题考考她。数学水平上的问题我们就用做题来解决，嚼舌根有什么用？是骡子是马我们遛遛不就真相大白了？别说你们，老师也很好奇她是怎么做到进步神速、判若两人的。”

教室里一片静谧，赵震海继续提高了音量厉声道：“但是，如果不上来出题，就不要在背后说三道四，东拉西扯，讲一些捕风捉影的谣言，破坏班级风气！你们也都是高中生了，还把自己当小朋友，在这儿童言无忌呢？造谣、诽谤都是违法的懂不懂？要学会对自己说过的话负责！”

时钟“嘀嗒”，教室内仍是一片沉寂，仿佛连呼吸声都减轻了几分。

顾萤在讲台上百无聊赖地站了三分钟，看到赵震海老师朝她点了点下巴，这才如释重负地走了下来。

“上课！”赵震海老师一如既往地带着一种尖锐而不客气的语气吼出这两个字，可顾萤反倒觉得没有以往那么讨厌了。

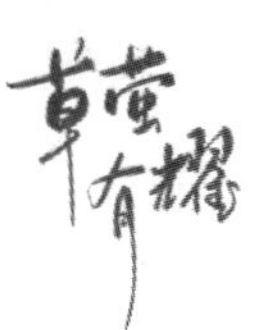

－第十七章－
备战陈省身杯

晚自习的时候，顾萤按照赵震海老师给的地址开开心心来到了逸夫楼。

刚踏入教室，人山人海中，顾萤一眼就锁定了窗边位置上正安静做题的辛静。

难得能在这种场合跟辛静在一起，她格外兴奋，兴高采烈地跑过去在辛静旁边坐下："静静大宝贝！我们又能在一起啦！"

"哎？顾萤！你怎么来了？"辛静也非常惊喜，微微诧异地放下笔，"这……太阳打西边出来了？谁刚开学的时候还跟我说此生和数学都不能和解的？"

"所谓士别三日，刮目相看嘛。本来呢，我以为我错过了报名，结果赵震海老师写了张字条说建议我参加。下课的时候我找他问了问，他说已经打好招呼，因为友谊赛表现出色破例让我加进来。"顾萤其实说起友谊赛并没有什么底气，因为那毕竟是沈清耀的手笔，但白给的机会就是天上掉馅饼，还是不能放弃的。

"你为什么坐在这里？"黎铭舜不知何时已经站在了顾萤桌边，抱着手臂，皱眉瞪她。

"哎？这每个人的座位是固定的吗？"顾萤迟疑着站起来，"我看好像都是随便坐的呀？”

“不是，但我一般坐在这里。”黎铭舜面无表情地指了指桌上的数竞小蓝本，“而且是我先到的，这是我的书。”

“哦哦，我没看到，以为没人呢，不好意思。”顾萤说着便环顾四周，发现此时就只有后三排有空位，只得叹了口气，对辛静道，“那这样，我先去后面坐着，我下课再来找你讨论问题。”

“好。”辛静一脸无奈，又不好让黎铭舜去后排坐，便嘱咐顾萤，“那你先去后排，下次我帮你占个座位。如果听不清或者看不清我可以把笔记借给你。”

“好。”顾萤拎起书包，走到倒数第三排坐下。

教室很大，前排挤挤压压坐了很多人，不仅有她眼熟的一二班的同学，还有很多其他班整体成绩不算突出但主攻数竞的竞赛党。

顾萤强撑着听了一会儿讲座，终于还是放弃了——因为本就缺了两节课，外加后排看不清也听不确切，课上了一个多小时，她几乎一个字都没听明白。

“你听懂了吗，虫虫？”顾萤只能求助外援。

“我又没有千里眼和顺风耳。”沈清耀对于她真的把自己当“神仙”的行为付之一叹。

“早知道不来了，还不如在教室自习，都快期中考试了。”顾萤兴味索然地趴在桌子上。

“你拿出一张纸，我给你出题，不要浪费时间。”沈清耀严肃道。

“好！”顾萤乖乖拿出演算本。

“第一题，给定正整数 a，b，一直存在无穷多对正整数（m，n），使得 m^2+an+b 和 n^2+am+b 为完全平方数。证明：a 整除 2b。”沈清耀随口说。

“你确定这题是对的吗？”他脱口而出的速度使顾萤不得不怀疑这一点。

“我已经想好答案了。”沈清耀笑了。

“好的……”顾萤乖乖闭嘴。

“第二题，T 是一个 n 个点的树，它恰有 k 个一度点。已知可以

找到T中的(n+k−1)/2个点两两不相邻,证明: T中最长路有奇数个点。”沈清耀继续道。

“这题好奇怪。”顾萤语气略嫌弃，“确定不是错题？”

“是不错的题。”沈清耀笑着道，“先做这两道题吧，其实还是比较简单的。”

“你不是吧，随便出一道题都这么难，说好的不随便打击人呢？”顾萤在演算本上写写画画来回折腾了三页依旧毫无头绪，就是找不到问题的关键点,沮丧地把笔一摔,“果然没有你的提示我就什么都不会了！”

“没有思路的时候，该怎么样？我不是教过你解题真经吗？”沈清耀好整以暇地问。

“用别的表述翻译问题，找逆否命题，取特殊值，取极端值，尝试简化或者推广问题，在最终结论和自己能推出的结论当中建立一个桥梁，先证明桥梁，回忆做过的相似的问题，借鉴其解法照猫画虎。”顾萤倒背如流。

“试了吗？”

“没。”

沈清耀笑得无可奈何：“那你急什么？如果是一眼就能看出怎么做的题，你做起来不就没有意义了吗？”

“说得也是……”顾萤点点头，深呼吸了一下，静下心来重新拿起笔。

“你是不是已经习惯了我提示着你做竞赛题的解题速度？以后我还是少说话。”沈清耀一语道破问题的症结，“你需要沉下心来独立思考。”

“好像确实是这样。”顾萤刚叹了口气，便看到自己的演算本突然被抽走了。

她顺着演算本被抽走的方向看过去，发现低头盯着她看的正是实验中学的数学竞赛教练韩彬。

“你就是顾萤吧。”他毫无询问的意思。

“是。”顾萤叫苦不迭，心道：自己可谓是一战成名，自从友谊赛赢了之后，全校可算是没人不认得她了，在实验中学比明星的知名度都高。当然，与此同时所谓的“八卦黑料”也堪比明星，她当之无愧是实验中学的“风云人物”。

“你这两道题不错，我能拿去给班上的同学分享一下吗？”韩彬翻了翻她写了若干页的鬼画符，竟然眼前一亮，频频点头。

“好……”顾萤只能应允，眼睁睁地瞅着沈清耀给自己出的题目被老师誊写在了黑板上。

“呜，那是我的题。”顾萤说完又觉得自己有点小气。

“是我的题。”沈清耀看着她委屈的模样像被人打劫了似的，不禁觉得好笑。

“是你送我的嘛……”顾萤还在不高兴。

沈清耀微微一愣，心中愉悦：“会做了才是你的，不然还是我的。”

“好。”顾萤力求在所有人做出来之前解答。

“顾泽同学，”韩彬刚写完没多久，就看到顾泽举手，“你做完了吗？”

顾泽点头，径自拿了自己的作业本，习以为常地上讲台写答案。

顾萤这才留意到顾泽也同样坐在倒数第三排。

和顾萤不同，顾泽是故意坐在后排，方便他看自己的书，忙自己的事情，也能顺便做做老师发下来的培训题，互不干扰。

顾萤低头看了看自己手上不明所以的几页草稿纸，突然萌生了一股愤怒，不知不觉地就握紧了拳头。

“有什么好气的？你该不会真的以为你已经强过顾泽了吧？”沈清耀温声调侃道，“你现在反倒应该感到松一口气，毕竟此刻除了他也没有其他人做出来，若是很多人都抢着回答，岂不是证明了你就是这里最弱的那个？”

“现在那两道题都是顾泽的了！”顾萤嘟着嘴不满道。

“你继续做，做出来我再送你新的题。”沈清耀倒是慷慨。

“嗯！”顾萤乖乖点了点头，揉了揉有些泛酸的眼睛，不经意间远远地瞥到辛静和黎铭舜凑在一起讨论着什么。夜色透过窗户静静地倾泻下来，画面和谐美好，黎铭舜笑起来清爽帅气，看辛静的目光柔情似水，全然是另一番模样。

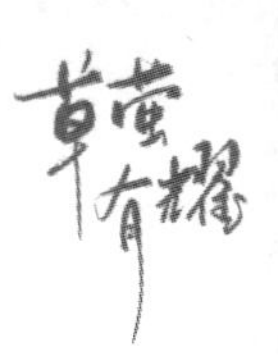

顾萤第一次知道，黎铭舜也是可以那么温柔的。

“你是不是……有点喜欢他？”沈清耀顺着她的目光看过去。

“才没有。”顾萤灰心地低下头，抄起笔继续“唰唰唰”地写题。

“哦？那你看人家两个人关系好，就不开心成这样？”沈清耀刨根问底。

“我心眼小，行了吧？”顾萤没好气地说道，“我就是觉得……他区别对待。”

“那位校草同学就是喜欢辛静这种文静的学霸，讨厌你这种大大咧咧的迷糊虫，也很合理吧？”沈清耀揶揄道。

“喂喂，我已经这么不开心了，你就算不安慰我，也没必要落井下石吧？”因为太用力，顾萤手下的纸张被中性笔划出一道口子。

“你到底有什么不开心的？我记得，你‘老公’不是沈清耀吗？”沈清耀不怀好意地逗她。

顾萤确实上网跟“黑粉”据理力争或者跟沈清耀其他粉丝交流情报的时候经常这么称呼沈清耀，但被他这样讲出来还是很羞耻的。

“那是夸张的修辞手法你懂不懂啦！是爱称！意思就是很喜欢他，是他的粉丝的意思嘛！”顾萤又羞又恼地说道，其实她也不过是跟风叫顺口了而已，没想到会在这种时候被他拿来取笑。

“哦，我以为是真的呢。”沈清耀似是而非地说道。

“你！再开这种玩笑我可要生气了啊！”顾萤气鼓鼓地说，“你再这样，我就……我晚上回去的时候就不买烤冷面了！”

“我不说了。”沈清耀乖乖遵命，心中却乐不可支。

顾萤赶在培训课结束前把两道题的答案完整写了出来，而此时韩彬恰好问了一句：“已经做完的同学举一下手。”

她从后排环顾过去，发现偌大的班级里举手的只有约莫一半的同学，这意味着她目前至少比校内一半的竞赛党强一些。

意识到这一点后，顾萤顿时信心大增，畅想着未来自己只要努力训练，临考前冲到前几也不是完全没希望。她回家的时候背着书包愉悦地哼起了歌，顺便在小摊上豪掷七块人民币买了一份被“虫老师”

念叨了好几天的酸甜辣烤冷面。

“你哼的什么歌？”沈清耀觉得她哼歌比弹琴悦耳多了。

“黄霄雲的《星辰大海》。”顾萤说完试着唱了两句，“每当你向我走来，告诉我星辰大海。遥遥微光，与我同行，盛开在黎明，To your eyes 有多远的距离，穿过人海，别停下来。”

“我发现你声带不错，这随随便便高音上 E5，加以训练能退学出道当歌手了。”沈清耀半开玩笑地说。

顾萤挥了挥拳头：“虫虫，你学坏了！连你也学会拿我开涮了！”

“天地良心，我是真的在赞美你。”沈清耀沉声笑道。

“顾萤。”

顾萤隐约听到身后有一个急促的声音喊她，站定回头，诧异地发现竟是匆匆跟过来的黎铭舜。

“有事吗？”顾萤转身，礼貌地问他。

“能……帮我把这个转交给辛静吗？”黎铭舜递给她一个方形礼盒，透明的包装盒里面是一款滴胶制作的手工艺品，晶莹剔透，内部闪着各式各样发亮的心形碎片，炫目漂亮。

“你为什么不自己给她？”顾萤不情愿地说。

“其实我已经下定决心准备退出数学竞赛培训，专心准备高考……所以，不知道怎么面对她。你帮我转交给她吧，就当临别赠礼，是我亲手做的，预祝她过关斩将，顺利进入冬令营，拿到金牌。我很希望可以和她一起上明华大学。”黎铭舜斟词酌句，说得十分诚挚。

“培训班不是才上了几节课吗？”顾萤迟疑了几秒，还是接过了他手中的礼物，“你会不会退出得有点早？不再坚持一下吗？”

“是，但已经足以让我明白我不适合学这个，我个人兴趣也不是很大。”黎铭舜傲气地耸耸肩，“按照我的成绩，完全可以通过高考考上明华大学，做自己不擅长的事情实在是舍近求远，浪费时间在竞赛上对我而言完全没有必要。”

“我明白了。”顾萤点点头，“我会转交给她的。”

“谢谢。”黎铭舜难得对她笑了笑。

虽然他语气十分客气，但顾萤还是很轻易地捕捉到了这个笑容里

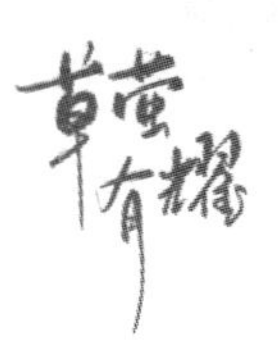

面的疏离和敷衍。

“不客气。”顾萤淡淡地说了句，转身继续往家走。

“莫比乌斯环……你们学校的理科男生还挺浪漫的。”沈清耀倒是对礼物本身颇感兴趣。

“什么环？”顾萤疑惑地问。

“莫比乌斯环，它是历史上第一个被人类注意到并加以研究的单面曲面，或者说二维紧致流形。”沈清耀耐心地解释道，“就是这个礼物的形状。”

“哦……”顾萤重新拿起来，仔细端详着，黎铭舜做得很用心，可清晰地看到整体结构，“二维……流形？”

“而且是典型的不可定向曲面。因为当你沿着唯一的面绕行一周，必然出现方向颠倒的情况。再比如黎曼面，也就是复流形，就是可定向的曲面，也就是说无论处在何处，用何种方式测量，方向永远可以保持一致性。”沈清耀继续解释道。

“那么为什么黎铭舜要做成这种形状呢？”顾萤好奇地问。

“莫比乌斯环其实很常见，大多数时候象征着循环往复，或者无限。你经常可以在艺术作品中见到，例如埃舍尔的《蚂蚁》，再比如巴赫的 Crab Canon，第一声部尾末九小节对第二声部开头九小节进行 retrograde。或者你也可能从哲学家口中听到它，比如拉康，他早期借助莫比乌斯环的概念回答了许多悖论难题，他认为莫比乌斯环可以作为主体本体论存在的悖结性逻辑结构，这个结构中主体和对象以否定的形式相关联。”沈清耀兴致勃勃地讲解，“但手工滴胶做成这样，怕是费了不少功夫，也是非常有心了。”

“我懂了。”顾萤轻轻点了点头，“所以它象征着永远，对吗？”

“或许。”

“虫虫，我又开始难过了。”顾萤抿着嘴，吸了吸鼻子，试图减缓鼻腔突然传来的酸涩感。

“嗯？怎么了？”沈清耀茫然地反问。

“我真的、真的好羡慕辛静啊……”顾萤沮丧地抱着礼物，单薄的肩膀微微收拢，在雪地里踽踽独行。

“为什么？”沈清耀不解。

“辛静什么都好，成绩好，性格好，人品好，秀外慧中，还有黎铭舜那么优秀的男孩子费尽心思做手工礼物送给她……”顾萤说着说着，竟然没头没尾地开始“吧嗒吧嗒”地掉眼泪，“而且她一点都不骄傲，永远那么真诚地想要帮助别人，如果我是男生……我也会欣赏她的。”

“不是也有很多男生欣赏你吗？”沈清耀一头雾水，暗道女孩子的心思委实细腻难懂。

“他们都只是看我长得漂亮罢了，有什么用呢？”顾萤闷闷不乐。

“你这不就是在秀优越？”沈清耀学了她之前的话揶她。

“不是的。我那么笨，脾气又暴躁，还小心眼，经常默默嫉妒自己的闺密，她越好，就越衬托得我内心丑陋扭曲。我是一个卑劣的人，我一点都不喜欢自己。”顾萤哽咽着说，“就算他们喜欢我，也只是出于对漂亮女生的喜爱，他们不会像尊重辛静一样尊重我，不会像欣赏辛静一样欣赏我，所以再多的人喜欢我其实都是无意义的，我还是我自己，并不会因为有很多很多人喜欢，就自动变成一个优秀的人。”

一小撮积雪压弯了干枯的树枝，“咔嚓”一声断裂开来。

顾萤脚步一顿，仰头看着梧桐树半秃的残缺枝干，微微扯了扯嘴角：“其实我一直知道，我因为外表得到了许多泡沫一样的喜欢，也因此收获了一些同性的敌意。我小学到初中最好的朋友在初三的时候跟我决裂了，因为她欣赏的男孩子跟我关系更好。”

“可……这又不是你的错。”沈清耀人生头一遭对“少女的心事”产生兴趣。

“那个男生是比我们高两届的学长，高二就在国际物理奥赛拿了金牌，签了明华大学，所以现在已经不在实验中学了。”顾萤自顾自地继续说，“他非常傲慢，我跟他关系疏远后，他非常不屑地说，我只不过是一个普普通通的女生，有什么资本拒绝他。”

“他……或许只是被伤到了自尊才一时冲动这么说吧？”沈清耀忍不住试图脑补一下如果有一天他被顾萤拒绝了会怎么样，但他发现自己完全想象不出。

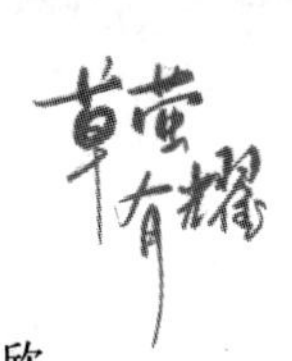

“后来我朋友知道了这件事之后非常生气，因为她那么卑微地欣赏着的优秀标杆，却被我随随便便拒绝了。然后她问我，会接受什么样的男生？”

“沈清耀那样的？”他笑着接话。

顾萤摇了摇头：“我说，普普通通跟我差不多就好。”

沈清耀一时愕然，不由得产生了一种自己也被拒绝了的错觉。

“然后她嘲笑我，说我会这么想是因为我打心眼里觉得自己不配，说她是一个很骄傲的女生，一定要找一个能考上明华的男朋友，一定要找一个国际竞赛上能拿金牌的男朋友。”

“这……也不是不可以吧。很多优秀的男生其实找女朋友都很随意的。”沈清耀笑了笑，“谈恋爱又不是搞学术，三观一致、聊得来就好吧。”

“那个时候我仔细想了想，什么叫骄傲呢？认定自己值得一个卓尔不群的男朋友，还是非人中龙凤就瞧不上？我觉得都不是，前者是自不量力，后者是虚荣罢了。”顾萤仍然自说自话。

“其实骄傲大概是像你这样的吧，哪怕对方再怎么优越，如果没有给你足够的尊重，你依旧不会选择放弃自己的尊严。”沈清耀倒是理解了她的想法。

“不，我才不是。不是有个词叫不卑不亢吗？我这样的恰恰相反，就叫又卑又亢，别扭得很。”顾萤淡淡地哈出一口白雾，笑道，“其实小时候我也会因为一些异性的喜欢而沾沾自喜，但那次之后我恍然大悟，对于很多男生而言，漂亮女孩子只不过是和财富、地位等同，是类似战利品一样的东西。他们不在乎你是不是优秀，甚至不在乎你是不是有灵魂，因为大部分时候……大部分时候他们认为恋爱就和打游戏一样，是一种消遣，你会要求游戏必须有深度、有内涵、有意义吗？还不是开心就好了。”

顾萤停顿了一秒，耸了耸肩，继续说道：“他们并没有把你当作同一个维度的人来看待，那么这份所谓的喜欢就是无意义的、廉价的、不值得的。”

“……或许有一部分男性确实如此。”沈清耀无可反驳地摇了摇头，忍不住调侃道，“我发现你不做语文阅读理解的时候，思考能力就直线上升了。小小年纪就想这么多，小心未老先衰。”

“但辛静不一样，欣赏她的男生，往往就是真的欣赏她这个人。”在残雪映出的夜色衬托下，顾萤的语气显得格外落寞，“……总归是我不够好罢了。顾泽有些话其实我也是认同的，不是任何人都配得到无条件的爱。首先你要成为一个值得的人，而后你才能要求无条件的爱。就像你首先要成为一个美人，而后才能要求别人不因为美貌而爱你，否则，和乞讨有什么区别？”

“咳……其实，”沈清耀沉吟片刻，“从拓扑学的角度来看，莫比乌斯环和圆圈是同伦等价的，如果辛静恰好在学习拓扑，那么她很可能会认为这是一个圆圈，代表结束的意思。”

顾萤刚酝酿好的悲伤情绪突然就崩了，她破涕为笑，气呼呼地道：“你……你这人怎么这样？我在认真倾诉呢，这种时候你还要讲你那些破冷笑话。”

“顾萤，任何人的爱都不是一场考试，爱情尤其不是。”沈清耀收敛了嬉笑的语气，认真道，“你不需要成为一个完美的圆才能契合某个人，或许那个人的缺口和你一样是月牙的形状。”

“可是我那么糟糕……”

“你是一个很可爱、很可爱的女孩子。”沈清耀正色道。

“可爱是不是就是，没有别的可以夸了，所以用来安慰人的形容词呀？”顾萤用手背抹了抹眼泪，寒风中，脸颊一阵凉丝丝的。

“不是，是综合起来的最好形容词。你聪明、善良、勇敢、乐观、坚韧、善解人意，连偶尔小小嫉妒一下别人都要哭着反思自己，真的……不能更可爱了。每次看到你斗志昂扬的模样，我都感觉自己也全身充满了力量。”沈清耀说着便笑了笑，“其实每个人都有嫉妒别人的时候，谁都不是圣人，七情六欲，人之常情，大可不必对自己要求这么严苛。”

“我不信。”顾萤嘴硬，但心里还是美滋滋得乐开了花。

“马克思教育我们，事物都有两面性，没有人能永远没有负面心理的。”沈清耀开导她。

“这不对，莫比乌斯环不就只有一个面吗？”顾萤现学现卖。

沈清耀嘴角抽了抽。

林曼英在路口接到顾萤的时候，最先映入视线的就是她抱着一个礼物盒子一会儿笑一会儿抽泣，悲喜交加的景象。

“妈，你怎么在这儿？”顾萤诧异地抬头，不知怎的有些心虚，下意识地就想把手里捧着的礼物往背后藏。

“大晚上你一个人走夜路我不放心。”林曼英皱眉，犀利的目光死死盯着她的眼睛，“手里是什么东西？拿出来，拿出来给我看看。”

其实林曼英对于男生源源不断送顾萤礼物的事早已习以为常，可这回她敏锐地察觉到了顾萤的态度不同。

顾萤从小到大一听到林曼英这种“审问”的语气就紧张，大脑一片空白，又担心林曼英误会，期期艾艾半天也没说出个什么来。

林曼英也懒得细细分辨她的话，干脆利落地一把夺过盒子直接丢进了远处的草坪里：“高中生不好好学习，又折腾些什么乱七八糟的事？成绩刚有起色，又想垫底？”

“那不是我的，那是黎铭舜让我转送给辛静的！”顾萤气急，想去捡，却又被林曼英紧紧抓着手臂拽了回来。

“辛静也是高中生！别以为成绩好就能为所欲为，你们才高一！高中是什么状态？你成绩再好，中间稍微有点滑坡就怎么都赶不上了！成绩好更得好好学习，保持住自己的优势！”林曼英说教起来非常有气势，咄咄逼人，又占了理，更是不饶人。

顾萤一句话都辩解不了，只得在内心计划着明天天亮了，起早点再来捡。

“没多久就要期中考试了，准备得怎么样？最近学习吃力吗？”林曼英见她不再闹着要去捡礼物，便把话题拉回到学习上。

“还行。”顾萤勉勉强强地回答，低头跟在林曼英身后走着。

“期中考试如果能闯进年级前二百名，就继续留在理科班。”林曼英的语气不容置喙，“否则转文科。”

“嗯……”顾萤底气有点不足，虽然她平时喜欢大言不惭地胡说八道，但实际上心里是有数的——从八百名到四百名以内相对来说容易，因为你只需要超越普通的中等学生，可四百名到两百名以内的难度会成倍上升，因为这意味着自己的竞争对手全是一些十分用功的好学生。当然，同时也意味着有希望考上一所好的大学。而从两百名到一百名以内，这个难度可谓呈指数型增长，因为一百名以内的都是各地市考入实验中学的佼佼者，几乎包揽了全省能够升入明华大学的一半名额。她又同时加了竞赛培训，想要两头兼顾难上加难。

“等你考上大学，妈妈就不用操这么多心了。”林曼英边走边说，“高中阶段是人生最重要的三年，如果高考没有取得一个好的成绩，进入一个好的大学，那就等同于你人生前十八年的努力都付诸东流，明白吗？高考是人生最重要的分水岭，是你这一辈子最后一次全部靠个人努力达成的事情，一定要珍惜时间，尽自己最大的努力，别浪费时间扯闲篇。人家辛静成绩稳，黎铭舜底子强，他们平时放松放松反而能更专心学习。你呢？你想想你有什么？说句不好听的，你是砍柴的，别人是放羊的，你跟别人一起瞎折腾，别人的羊吃饱了，你的柴怎么办？”

“嗯。”相同的内容顾萤早已听得耳朵生茧，左耳进右耳出，大脑已经又习惯性地开始复盘总结晚上的解题思路，她发现真正做出来之后再回头看，那两道题目确实是比较简单的。

“有时候解题就像走迷宫，‘走’这件事本身并不难，难的是你要怎么找准那一条路线。一旦明确了路线，怎么走就是顺理成章的事情了。”沈清耀解开了她的困惑，“你之前问我，为什么上课的时候老师讲题你也都能听懂，一轮到自己做题就开始像无头苍蝇一样乱撞？其实是一个道理，老师讲题讲的只是答案，并不会讲寻找答案的那一步，而这一步，需要你自己在不断地练习中体会、领悟，最终转化成自己解题技术的一部分。”

“我懂了！”顾萤恍然大悟。

“懂了？”林曼英被她一声大吼吓了一跳，回头疑惑地扫了她一眼，“懂了就行。不是我说你，你这一天天跟梦游似的，状态可得调整调整！”

“哦哦……知道了。”顾萤连连应声。

-第十八章-

梦想与现实

顾萤第二天起了个大早去草坪翻找黎铭舜的礼物，结果在寒风瑟瑟中“地毯式搜索”了一个多小时也一无所获。

“这可怎么办呀？这么重要的东西被我弄丢了！还是手工制作的，想赔都赔不了。”顾萤急得团团转，哭丧着脸连连抱怨，“而且你知道吗，以黎铭舜那种人的性格，肯定不会轻易饶了我的！天啊，他该不会还以为我是故意的吧？那我现在跳进黄河也洗不清了！你说我怎么这么倒霉呀？如果我收到之后放进书包里也不会被我妈看到了！可谁又知道她会在半路接我呢？”

早晨的日影斜斜照下，在半融的残雪上镀了一层淡薄明黄。

枯草委顿，泥土夹冰，是属于冬日特有的荒芜惨淡。

“既然事情已经这样了，也只能实话实说了。”对于这种状况沈清耀也没辙，“或者……你把来龙去脉告诉辛静，看看她会不会帮你瞒着，说她已经收下了，反正也没有人会去检查她家到底有没有这东西。”

“有道理，虫虫还是你聪明！辛静最好了，一定能理解的！”顾萤一副茅塞顿开的模样，低头对着已经冻僵的双手哈了一口气，情绪渐渐舒缓下来，“不过今天周六，不用上课，我决定先去书店把该买的书买了。”

“好啊。”沈清耀兴致颇高——他已经很多年都抽不出时间逛书店了，电子书日益发达，提供了更多便利，可逛书店的趣味无可替代。

“走。”顾萤掏出公交卡抛向空中又稳稳接住，烦恼似乎一瞬间就被她抛诸脑后，“我攒了这么久的零花钱，可算有用武之地了。”

沈清耀抽了下嘴角。

坐上公交车。

“虫虫你说，我现在开始好好准备，能不能在陈省身杯高中数学竞赛的预赛拿到一个不错的成绩？”

“我也不知道。”

“你怎么不知道？我的数学归根结底不都是你一手教会的吗？”

“你的进步常常令我也感到非常吃惊，所以……两个月之后的考试，我无法预言。”沈清耀摇头感叹，他是真的不清楚顾萤的潜力到底有多少——她吸收新知识的速度其实非常非常慢，有时候需要反复举例子才能真正领悟。她最初会被老师们认为是资质愚笨也不是没有道理，但一旦她熟练掌握了某个知识点，那么相关的内容几乎所向披靡，一通百通。因此，一旦她缓慢积累的知识量达到了一定的水平，爆发出来的潜力其实是惊人的。

“真的吗？我进步了吗？可是我自己感觉不到，因为我依旧总是抓耳挠腮也想不出解题……”顾萤不敢相信地反问，“我甚至感觉自己越来越笨了。”

“著名的几何学家 Atiyah（阿蒂亚）有句话说得好，只有凡夫俗子才会对自己的能力无比自信，因为你越出色，你的能力所触及的目标就更远。”

“你这么一讲好像真的是这么回事，我现在回头看月考的数学卷子……真的一目了然，好简单。”顾萤若有所思地点了点头，“那我还真的是变强了耶！我可太酷了！嘿嘿！”

“是的。二十世纪最杰出的数学家之一 Serre（塞尔）都曾怀疑过自己是不是真的擅长数学，是不是应该放弃数学研究的道路，反观一些高中小朋友却常常因为数学考一次满分而宣称自己是什么数学大

佬。”沈清耀不以为意地笑着说道，“这是同样的道理。学得越多，越容易自我怀疑，越能感受到自己的弱。”

“嗯……好像确实是这样。”顾萤附和着陷入沉思，此时公交车已然缓缓减速停在了国贸大厦站。

“是不是到了？”沈清耀留意到不远处偌大的“新华书店”——四个橙红的大字被积雪在边缘厚厚地描了一层，格外醒目。

顾萤回神一惊，跳起来匆匆往车门跑，赶在车门关闭的最后一秒堪堪挤下车。

“我说，你妈说你天天梦游似的，还真是没错。”沈清耀都跟着她“惊险”了一把。

“还不是怪你，我天天都在想你说的话，自然会常常魂不守舍的。”顾萤轻抚起伏的胸口，惊魂未定地吁了口气。

“咦，有家奶茶店，我们去买杯奶茶吧！”沈清耀的目光敏锐地锁定了书店一楼入口处的奶茶店，兴冲冲地说。

“……虫虫，你能不能不要总是这么贪嘴！你就是我维持身材路上的绊脚石，本小姐要是长胖就都怪你。”顾萤虽这般怨拧着，仍然乖乖穿过摩肩接踵的人群，径直走进奶茶店排起了长队。

“你这么可爱，肉一点儿说不定更萌！”沈清耀发自内心地夸她，“每次你生气我都特想捏你的脸。”

顾萤生气地把脸鼓圆。

店里暖色调的装潢、角落里摆放的布偶玩具以及弥散在空气中的甜味都给人带来奇异的暖意，在冬日里显得尤为舒适。

“抹茶芝士奶盖。”沈清耀略略扫视了店内墙上的菜单牌，毫不犹豫地点道。

“行吧，听你的。”顾萤恰好也喜欢抹茶味的，索性也懒得再挑。

排队的空当，顾萤发着呆又突然冒出一句：“虫虫，要不你考考我期中考试的内容吧？”

沈清耀哑然失笑：“我说你现在会不会过度焦虑了，大脑一秒都不能闲着？”

“是啊……我只要大脑稍微停下来思考一秒，就开始产生罪恶感。”

顾萤皱眉叹息，“我现在想，我多思考一点，考试的时候就能从容一些，说不定也就能多前进一名，那样达到我妈给我定下的目标的希望就更大了一点。”

“好了好了，别想这么沉重的事情，难得出来玩，还是放松一下吧，这周你已经很累了。”沈清耀停顿了一下才接着安抚道，“人类的大脑一般被分为两种模式——专注模式和发散模式，太长时间强迫自己的大脑处于专注模式反而不利于进步，偶尔开启发散模式或许会有很多新的思路像雨后春笋一样在大脑里生长。”

“哦……那好吧……”顾萤将信将疑，突然听到店员喊自己的号码，便走上前取了奶茶。

芝士牛奶的浓郁甜味混合着抹茶的微苦，像极了她现在的心情。

“好喝哎，难怪这么多人排队。”沈清耀格外容易满足。

“奶茶不允许带进书店，我们先在一层转一转吧。”她把纸杯捧在手中，掌心源源不断传来的热度令她格外惬意。

“好啊。”沈清耀乐此不疲。

周六的国贸大厦人流如潮，熙熙攘攘，琐碎平淡的人声轻易将顾萤从脑内虚浮的另一个世界拉回了现实。

大厦一层的中央展台有一个主卖学习机的品牌商正在大张旗鼓地做宣传活动，似乎是举办了什么“有奖比赛”，里三层外三层围聚了许多人观战。

顾萤好奇，便借着自己瘦弱灵巧的身材优势，拨开人群钻进去凑热闹。

展台的大屏幕上展示的是几道数独题，据说难度很大，但通过他们的学习机对中学生的大脑进行训练后，全都可以短时间盲解出唯一解。推销人员不断地讲述着学习机如何使用可以提高孩子 working memory（工作记忆）的容量，而工作记忆的容量加大，个体就能够在短时间内存储更多的任务信息，那么处理问题的速度也会更快，通俗来说，就是提高了智力。

“听着好像很有道理……”顾萤竟然都有些心动了，像他们这种

把考试当家常便饭的高中生有谁不想提高智商呢?

“虚假宣传。”沈清耀嗤之以鼻,“乱扯一些专业名词并不代表他们真的专业。”

“不过我有虫虫,还有什么比虫虫更好用的大脑训练机吗?”顾萤窃喜。

“现在,我们就让使用了我们学习机三个月的张同学来给大家展示一下效果,为了做出对比,我们希望现场观众可以跟他互动比赛。”推介人把手伸向会场一角,“这是我们准备的奖品,解数独的速度比张同学慢五秒以内,可以免费获得一台我们的学习机;慢一分钟,可以免费获得我们学习机的 VR 配件……当然,如果有人可以当场赢过张同学,那么我们会场展出的全部物品,随便挑。对,你们没听错,就是,随便挑!”

“小姐姐的包能挑吗?”人群里有人开玩笑地问。

“这个不能,这是私人物品。”主持人赶紧笑道。

台下一阵哄笑。

“虫虫,你看,那只巨大的猫咪公仔长得像不像沈清耀?”顾萤眼前一亮,指着角落里灰色的玩偶猫兴奋得连蹦带跳。

“这……哪里像了!”沈清耀嫌弃地打量了一番那只灰猫的模样,不禁嘴角抽搐。

“神情!一模一样的神情!”顾萤笃定道,“高傲、清高、不屑一顾,就是这种!”

沈清耀听她这么一讲又仔细看了看,竟然真的从灰猫傲娇的表情中领会到了几分熟悉的感觉,正憋着想笑,便见顾萤一溜烟儿地跑上了台。

“喂,你做什么?”沈清耀目瞪口呆。

“我来挑战张同学!”顾萤一副志在必得的模样,“赢了的话就可以随便拿奖品,对吗?”

“嗬!小姑娘口气不小啊!”主持人感到了公然挑衅。

“喂喂,盲解数独,你确定你行?”沈清耀已经有了不好的预感。

“我确定你行。”顾萤厚着脸皮嘿嘿笑。

"……我就知道！"沈清耀微恼，"我不会这个。"

"规则很简单，你看看不就会了吗？"顾萤说得理所当然。

"解数独没你想象的那么简单，完全没有做过的人怎么可能挑战这种一看就是经过了专门训练的托儿？"沈清耀无语地吐槽她，"我只在七八岁的时候玩过数独，根本没有专门练过。"

"但你智商高，我相信你一定可以赢！"顾萤不管三七二十一就直接把烫手的山芋塞给了"伟大的'虫老师'"，"而且你不是数学很强吗？"

"数学和这个有什么关系？现场盲解这种难度的数独，我看这和杂技表演的关系更大一点。"沈清耀忍不住翻了个白眼。

"我不管，我要那只猫嘛！"顾萤倒还委屈上了。

每次她一撒娇，沈清耀就什么办法都没有。

"我们的规则是，选手有三十秒的时间记忆电脑随机给出的数独，一旦开始在手写板上答题，也只有三十秒的时间完成答案，中间的过程都需要仅仅在脑中进行。"主持人激情澎湃地说着，"好，现在三，二，一，开始，选手请看大屏幕。"

顾萤仰头看向大屏幕，屏幕上数字闪动变换，最后定格在一个数独题目上，她赶紧尝试记忆最初的数字位置，但她记到一半就被主持人提示时间结束，屏幕瞬间一片空白。这个时候她才真正意识到了这个挑战的难度——首先记住题目就是一关，其次盲解又是一关，最后还要速度够快地准确填好算完的结果。

算了算了……不为难自己了。顾萤挣扎着回忆了几分钟题目就彻底放弃，台下也没人关心挑战者能不能解出来，陆续有人试图用手机上的"数独求解器"计算结果。

"我说数字，你填上。"沈清耀忽然开口。

"哎？"顾萤诧异得瞪大了眼睛。

"从左至右，第一行，472653981……愣着干什么，快写。"沈清耀毫无语气地说。

"哦哦。"顾萤按照他所说的数字依次在手写板上的格子里填出来。

台下用手机求出结果的人留意到顾萤已经开始写，脱口而出："那

个小妹妹的答案有可能是正确的。”

这个时候传说中被学习机开发了大脑的“张同学”也开始写答案，第一行472653981……

“时间到！”主持人掐着倒计时喊道。

这个时候屏幕上两个人的答案相同，但顾萤早完成了十秒左右。

主持人看得傻眼了，讪讪地笑着说：“小妹妹都这么厉害了，何必来砸我们的场子呢？我们是给普通人准备的学习机，您这水平都能去打比赛了……”

“别输不起啊！”

“就是……”

“小妹妹可以啊……”

台下的观众开始纷纷起哄。

“所以我可以随便拿奖品了吗？”顾萤罔顾一切，闪着漂亮的大眼睛歪头问道。

主持人看了一眼推介员，两个人面面相觑，格外为难，显然都对这种情况始料未及，但台下人的不满愈演愈烈，他只得做好了被洗劫的心理准备，痛心地说：“拿吧……”

于是顾萤就在众目睽睽下跑下台，抱了一只巨大的玩偶猫，蹦蹦跳跳地走了，欢快的背影仿佛在表达“本小姐才不稀罕你那些破玩意儿”。

极度戏剧性的一幕令围观群众再次哄然大笑。

各种先进设备她全部视而不见，最后拿了一个不值钱的装饰品。主持人虽然没经历“洗劫”，却感受到了比被“洗劫”更郁闷的屈辱感。

“虫虫，我感觉你也太谦虚了，明明这么厉害，还说什么从来没玩过数独。”顾萤愉快地把喝空了的奶茶杯丢进垃圾桶。

“我确实没有。下次别这样了，我长这么大还从来没在任何比赛上这么紧张过。”沈清耀叹了口气，无奈地说。

他从小到大从不打没准备的仗，哪怕钢琴演出临时上场他也不会像刚刚那样措手不及。

“哈？这有什么好紧张的，大不了就拿不到呗。”顾萤心满意足地抱着玩偶猫，无所谓地耸了耸肩，“我也可以攒钱买嘛。”

“不想看你失望而已。”沈清耀淡淡地说。

“天啊，虫虫，你真的太好了吧，我都要感动哭了。”顾萤把脸埋在玩偶猫柔软的肚皮里，“唉，你女朋友一定是全世界最幸福的女孩子吧。”

沈清耀不知如何作答。

顾萤把玩偶猫抱到寄存柜台，拿了一个号码牌：“好了，现在可以进书店了。”

“哟，这不是小顾萤吗？”

顾萤一转身，看到一个熟悉的面孔正在她身旁存包。

“哥哥！”顾萤惊喜地道，“好久不见，我可想你了！”

顾明是顾萤的堂哥，小时候两人关系挺好的，过年的时候经常一起在爷爷家调皮捣蛋放鞭炮，但自从顾萤父母离异之后，他们就没再见过了。

“嗬，你又长高了不少，越长越漂亮，”顾明抬手摸了摸她的头顶，“成小美女了。来买什么书？”

“我最近在学数学竞赛，想买点儿入门书，做做题。”顾萤说着说着又突然想起了什么似的一拍手，“哥哥，你当年不是也参加了数学竞赛吗？给我传授一点锦囊妙计吧！”

“嗯。我当时是得了国一（国赛一等奖）降分录取的明华大学数学科学院，离国集差了一点儿。”顾明此时说起当年的战绩已经没了意气风发的神色，“你想学竞赛挺好的，哪怕混个省二也能有不少重点学校给加分，但注意也别把精力全用在这个上面，毕竟它也是有风险的，得给自己留个退路，别闹到最后鸡飞蛋打就不好了。一会儿我给你找一套书，是我自己认为还不错的经典，你拿回家做做练习。”

“哦……那哥哥你现在是保研了吗？你以后会做数学家吗？研究方向是什么呀？”顾萤好奇，连珠炮似的问个没完。

“没有，我那垫底儿的绩点哪里够？我已经放弃数学了，准备去美国读一个统计的master（授课制硕士）。”顾明自嘲地耸了耸肩，“本

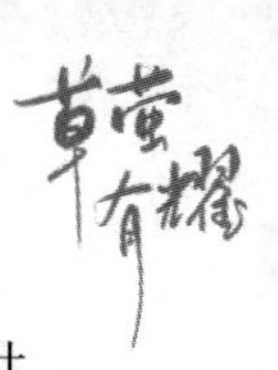

来以为自己数学很好，在明华数院被教做人了，现在就想赶紧转统计上岸，躺平算了，实在是卷不动。”

“不会吧？不是听说你当年差点儿就进集训队了吗？”顾萤愕然地停下了脚步。

“这有什么？去了明华数院，有的是各路大神对你进行智商碾压。山外有山，人外有人。”顾明的声音透着无穷无尽的疲惫，不过二十出头的年纪，说起话来已然暮气沉沉若老人，“高中的时候你初出茅庐，一个人站在山脚，自然看所有山都高。后来，等你爬到半山腰，你就能看出高低参差，于是你继续爬，登顶之后你会感到以前误以为高耸入云的山脉都已经一览众山小。可是在这个时候，你视野会更加广阔，你会看到很多很多更高的山，云雾缭绕，不可捉摸，那感受就像你当年站在山脚时一样，可是你已经位于属于自己的山顶了，想爬也已经爬不上去。”

“可……你不也是个学霸吗？当年也是实验中学的优秀毕业生，光荣榜上至今都有你的照片呢！”顾萤此时还不能理解所谓的高山是指什么。

“我曾经也以为自己是个学霸。”顾明无所谓地笑了笑，“后来我才发现，我还是太高估自己了。真正做数学的那批人是什么？天上白玉京，十二楼五城。仙人抚我顶，结发受长生。你自己体会吧。”

“没那么夸张吧……”顾萤心道“虫老师”不是经常告诉她数学家也是普通人吗？当然，可能这是因为“虫老师”自己也不是个普通人，不普通的人看不普通的人或许负负得正，于是大家都认为彼此是普通人了，“可是……可是你好歹也是保送明华大学的呀？”

“数学家都是天生的，这和你在明华大学或者是泽阳大学没有关系，很多数学家的经历确实是由名校累积起来的，但这并非是因为他们考上了明华大学或者其他什么名校才得以成为数学家，而是因为他们本就异于常人的天赋吸引了名校招揽他们罢了。有些东西……比如天赋，没有就是没有，你再努力，也只能在自己的山顶望洋兴叹、徒呼奈何。因为你自己的山就那么高，你再怎么想努力爬也没有用，基因是天堑，是人和人最大的壁垒。当然，可能在一些家长的眼里，我就算是有数学天赋的孩子了，那是因为绝大多数人根本接触不到真正的现代数学，不清楚现代数学到底是在做什么，因而不懂那需要的是怎样的热情和天赋才能一路走下去。什么天之骄子，到头来也是要从云端跌入平庸的。”顾明自嘲地笑了笑，悠悠感叹着，手上已经抽出了几本蓝色书皮的书递给顾萤，“这套书你重点看数论分册，相对基础，一定要先看完这本再看其他的数论书。”

顾萤被他一番说辞震撼到，讷讷地点了点头，把书接过来，感觉封面横竖看着眼熟，认真想了想才回忆起自己是在黎铭舜的桌子上见过这本。

“其实你如果想参加高联，初中毕业的那个暑假就应该考一次联赛初赛试试自己的实力。”顾明的视线在一排排书籍中巡睃一圈，压低了声音道，“既然确定了要参加数学竞赛，就应该知道这条路没办法半途而废，如果你不能进入冬令营，就一定要把握住金秋营的自主招生加分。你对于数学竞赛投入的大部分时间都将成为沉没成本，同时你还浪费了很多机会成本，这些都会对你未来的抉择产生很大的影响。”

初中的时候自己还在为中考数学发愁，怎么可能关心什么竞赛？顾萤虽然这般想着，但还是唯唯诺诺地“嗯”了几声。

“无论你是什么样的水平，多积累，广泛涉猎，多看书多做题总是没错的。”顾明又递给她一本《高中数学竞赛解题策略（几何分册）》，“其实竞赛中大部分几何题都是有背景的，所以积累和熟练度就非常重要，把题目中出现频率高的基本结论记住，比如梅涅劳斯定理、沢山定理这些，再把一些经典解法练熟，比如平几里常见的调和、反演、配极。就高联出题的模式来说，几何题难度不高……这本也不错。”

顾萤从顾明手里又接过了一本格外眼熟的书，可不就是何超越爱不释手的《走向IMO》嘛！

“上面的代数题都可以做做练手，培养培养数感，这方面一定要注意，重点还是看寻常一些的解法，对于一些偏门怪法还是少去钻研，避免误入歧途。”顾明仔细回想着自己高中时总结出的经验，又递给了她一本《不等式的秘密》，“其余的就是把公式背熟，包括一些常

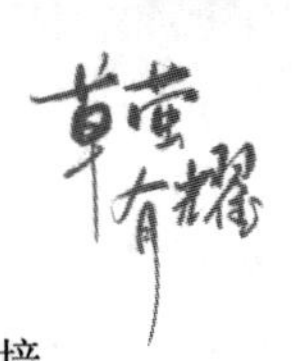

见的基本不等式、代数变形、PQR 法、SOS 法等等，代数题你一旦培养出了不错的直觉，大部分的题都能一目了然。”

“哦……”顾萤接过书抱在怀里。

“高联数学竞赛中我最不擅长的部分是组合，所以我也没什么经验可以告诉你。但数学嘛，天下武功，唯多做题不破。”顾明指了指小蓝皮丛书里的两本，“先把这两本刷掉。另外，有时间的话，也可以多了解一些高等数学的内容。当然，和物理竞赛不同，数学竞赛通常不会涉及更高层次的数学内容，高等数学对你的解题技巧也没什么帮助，学习这些的目的是为了让你更深刻地理解出题人的思想和题目的本质，站在更高的视角去看问题，其实我也是后来学习了很多现代数学的内容之后才领悟到这一点的。记住，我并不是让你去学什么微积分暴力破解，那没什么意义。”

“哦……谢谢哥哥。”顾萤似懂非懂地点了点头，感到被一摞书压得手臂发酸，便在书店的休息区找了个位置把书搁在了桌上，“可是哥哥，你小时候不就想做一名数学家吗？放弃了……真的不会觉得遗憾吗？”

“梦想很丰满，现实很骨感，很多人一辈子接触不到真正的天才，所以根本想象不出天赋是个什么东西，要么把我这样的当作有天赋，要么直接否认天赋的存在，然后想出各种各样的鸡汤来宽慰平庸的自己。”顾明自嘲，鼓励似的拍了拍她的肩膀，“哥哥已经走不动了，你还年轻，前途无量，加油！哥哥的毕生功力可就都传给你了。”

“我一定会努力的！带着哥哥的梦想一起！”顾萤干劲十足地握拳。

“怎么，难道我们家小顾萤以后想做一名数学家？”顾明也被勾起了兴趣。

“没有没有，我就是……觉得有趣，想学一学，我也就凑凑热闹。”顾萤咧开嘴笑笑，之前被顾明的一番话讲得心中羞愧，生怕被他认为自己不自量力，连连摆手，重新把话题拉回他身上，“那你要去学统计……统计不也是数学吗？”

“统计算什么数学，只有纯粹的数学才具有真正的数学该有的美感。”顾明不以为意地摇了摇头，也不愿多提自己的伤心事，拍了拍顾萤的肩膀鼓励道，“加油！我们顾家的孩子没有学渣，我们小顾萤使使劲儿就冲进明华了。我先去楼上看看，你如果对数学竞赛还有什么疑问就到二楼找我。”

“好。”顾萤堆出一丝笑意，朝他摆了摆手，犹豫了几秒又叫住他，“哥哥，如果你真的很喜欢数学，认为纯粹的数学高于一切，为什么不能执着地继续学下去呢？哪怕是飞蛾扑火也是一种‘值得’，不是吗？”

“飞蛾扑火听上去令人感动，但……毕竟人们依旧不会像惋惜蝴蝶一样惋惜飞蛾，不是吗？”顾明再次抬手揉了揉她的头，“你加油。”

书店里一片静谧祥和，不同的书架旁边稀稀落落有人倚着墙低头看书，只有童书区偶尔会传出两声小孩子的嬉闹。

“虫虫，他说的……是真的吗？”顾萤思来想去还是问道，在她的记忆中，哥哥一直是意气风发的，是她优秀的榜样，今日重逢却像极了一名末路的英雄。

“或许是吧，不同的人有不一样的视角，自然也对同样的问题有着不同的答案。”沈清耀其实从未体验过顾明所说的高山，他从小到大都是一个“孤独地活在自己的世界里”的孩子，极少去关注别人，自然也看不到什么山。

顾萤无言，双手紧紧抱着顾明推荐给她的那本竞赛书，漫无目的地顺着书架间的过道走着，从教辅区走到了工具书区，又接着走到了文学区。

她仰头凝望着书架上的各类书籍，指尖轻轻抚过书脊上的字，最终落在《月亮与六便士》上面。

“这本书你现在还是别看了。”沈清耀的话阻止了她抽书的动作。

“为什么？这本书很有名，我作文课还用过里面的句子呢。”顾萤疑惑地问道，“满地都是六便士，他却抬头看见了月亮。”

沈清耀略微思考了一下，才回答道：“确实，这本书几乎是毛姆最出名的一本书，而出名的原因大约是书商为了销量而将它刻意错误

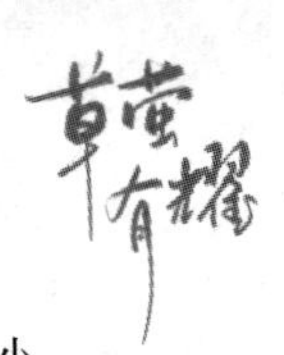

地包装宣传成了一本鼓励人抛弃世俗、大胆追求梦想的鸡汤类励志小说，以至于很多人都会为了所谓的‘诗和远方’买它来装点书架。”

“哎？难道不是吗？”顾萤惊讶地眨了眨眼，“作文课上老师也是这么讲的呀！六便士代表了世俗的蝇头小利，而月亮代表了遥远而崇高的理想，人们应该大胆地去追求理想，而不是在物欲横流当中迷失自我。”

“当然不是，毛姆这么尖酸刻薄喜欢嘲讽的作家，怎么可能去写什么鸡汤励志文学呢？你如果认真地去阅读这本小说，就会发现书里非常多的情节和描述都会挑战你现有的世界观和价值观。”沈清耀不以为然地笑笑，“包括你刚刚提到的那一句话，其实也并非这本书里的，而是出自刘瑜所写的《观念的水位》里面的一篇读后感。”

“啊？真的吗？”顾萤瞬间感到自己仿佛受到了语文老师的欺骗，“那毛姆为什么要这么写呢？”

“毛姆是一个不喜欢用文字对读者进行谄媚的作家，尽管他被誉为最会讲故事的人。他写这本书的时候已经笔耕不辍接近二十年，早就练就了炉火纯青的叙事技巧，遣词造句也精准练达，而他外放的表达方式又使读者能够一目了然地读懂他的书。这在二十世纪初的欧洲文坛被视为浅薄粗俗的姿态，要知道和他同一时代的作家，从普鲁斯特到伍尔夫再到詹姆斯·乔伊斯，都是以意识流见长，连毛姆自己都调侃自己位于二流作家的前列。”沈清耀徐徐道来，“但这种易读性并不代表毛姆所写的真就是平庸的通俗小说，他和其他所有现实主义作家一样，作品中充满了对传统的挑战和强烈的社会批判性。同时，他所处的时代又使他受到了以认识论为主导的现代主义流派的影响，区别于传统文学的浪漫主义，他的作品会将现实和社会的丑陋暴露出来，在那样一个环境氛围下，反叛固有价值观和打破传统礼教观念的桎梏才是主题，它某种程度上展现了现实的严酷性，因此毛姆不可能简单地去塑造一个真善美又积极向上的形象来激励人追梦。”

顾萤听着听着便忍不住翻了个白眼：“‘虫老师’，我能真诚地提一个意见吗？”

“请讲。”沈清耀耐心地笑了笑。

“你讲话的时候能不能考虑一下听众的理解能力，每次你试图给我解释一样东西，我都会冒出更多的疑惑，比如什么是现实主义，什么又是现代主义？”顾萤索性抽出了那本《月亮与六便士》，在书店一个僻静的角落找了个位置坐下，随便翻了几页浏览。

“这个问题……或许你妈妈解释起来会比我清楚得多。”沈清耀无奈地低声笑了，“单就这本小说而言，它的现代性或许体现在叙事角度上，《月亮与六便士》这本小说的‘我’只是一个片面的叙述者，区别于传统现实主义小说惯常采用的全知全能叙述者视角。现代主义流派会强调个体观察者的主观建构具有局限性和不可靠性，也就是说，作者并没有通过一个上帝视角对读者传达伦理训诫，而是将更多的思考留给叙述者之外的人。毛姆不喜欢说教，他一直表达的都是人性的复杂性和不可捉摸。他全书并没有鼓励人们抛开世俗生活去追求什么崇高的理想，他只不过是把问题摆在那里，引发人思考罢了。”

“这本书到底讲了什么呀？你就不能简简单单告诉我吗？”顾萤听完还是一头雾水，“不是据说书中的原型是大画家高更吗？”

“大体和你们作文课上提到过的一样，讲的是一名证券经纪人抛弃了相对富裕的世俗生活去追求不受羁绊的艺术创作的故事，然而事实上这位艺术家做了很多离经叛道的事，鉴于你还是个小朋友我就不多加赘述。Georges Bataille（乔治·巴代伊）曾在他的著作《文学与恶》中阐述过对‘恶’的见解，他认为某种毫无功利目的的‘恶’只是一种‘不假思索的童年行为’。当然，等你长大了也可以自己阅读，自己去体会，毕竟我也是一个不可靠的叙述者，我的见解同样是局限且片面的。”

沈清耀顿了顿又继续说道：“但其实我认为全书中最让我印象深刻的是这样一个片段，小说中的‘我’质问主角说，‘你也许会成为一个大画家，但你不得不承认，这种可能性是微乎其微的。假如最终你不得不承认自己把所有事情都搞得鸡飞蛋打、彻底一无所有，那便后悔莫及了’，但主角只是重复着一句‘我必须画画’，于是‘我’又再次质问，‘假如你最多只能成为一个三流画家，你是不是还认为你的艺术追求值得你把已经拥有的一切都舍弃呢’，然后主角给了这样一个回答，‘我告诉你我必须画画，我身不由己，一个人要是坠入

汪洋，那么他游泳游得好不好是无关紧要的，反正他得一直游，不然就得溺水而亡’。”

顾萤静静地听着，恍然间明白了什么。

“你之前问我，你的哥哥所言是不是真的，成为数学家是不是真的那么难，普通人是不是真的会因为自身天赋的局限性而只能半途而废。其实我不知道，我没想过自己是否真的有所谓的数学天赋，也没想过这条路如果有一天我真的走不下去会怎样，至于能不能成为一流的数学家，对我而言更是一个遥远的问题，我就像这个主人公一样，是一个落水之人罢了。”沈清耀娓娓道来。

顾萤默然地点了点头，起身把《月亮与六便士》放回了原来的位置，释怀地笑了笑，说道：“‘虫老师’绕了这么一大圈，终于让我搞懂了。”

“那……要不要再去买几本其他的数学书？”沈清耀提议。

“要。”顾萤坚定不移地说。

顾萤绕回教辅区，又拿了几本看上去不错的数学竞赛辅导书，好巧不巧，又有人在旁边叫她的名字。

她回头，看到一个稍微有点面熟的男生，他还挽着一个温婉的女孩子。

“顾萤？真的是你！”男生一副跟她很熟的模样，“上次我问你是不是实验中学的数竞生，你还说不是，现在被我撞到买数竞书，好啊，看你还能不承认！”

“哦，你是张……张……”顾萤猛地回忆起来，是泽阳大学物理系的那位“饭友”，一个名字在嘴边打转儿，但就是一时想不起来。

“张睿豪，泽阳大学物理专业的。”张睿豪倒也没计较，直接自报家门，“这是我女朋友，泽阳大学社会学专业的，跟我同一级。”

“你好。”顾萤笑着摆摆手，算是打招呼了，“好巧啊。”

“是啊，我们在国贸大厦逛累了，顺道在书店转一圈儿，没想到还能碰见你。”张睿豪倒是自来熟，“学霸这是准备通过数学竞赛保送明华了吗？”

“没有没有，这才哪儿到哪儿啊……”顾萤回想起初遇时自己装模作样的场景不由得一阵心虚，被他恭维得无地自容，忙不迭地转移话题，“你准备继续在泽阳大学读研吗？”

“没有，我准备去德国波恩大学继续读个硕士。”张睿豪坦率地说道，“我女朋友跟我一起去，她准备先读个教育学的硕士，其他的以后再说吧，走一步算一步，以后的事儿谁知道呢？”

“教育学？你的理想是当老师吗？”顾萤对大学专业不太了解，但顾名思义应该差不多是当老师的意思，于是好奇地问张睿豪的女朋友。

“也没有啦，我根本没什么特别喜欢的专业，只是想和睿豪在一起，顺便混个学位罢了。教育学相对来说好申请一些，课程匹配度也还算可以。本来社会学我也学烦了，申请的时候 APS 都考了两次才过，而且我感觉这个专业毕业也不如教育学好找工作，所以就选了教育学，毕业还能当个老师。”女生性格十分开朗，看顾萤感兴趣，一开口便滔滔不绝讲个没完，又调皮地对顾萤挤了挤眼睛，悄声说，“主要是追他的女生太多了，我怕我不跟他一起去，异国恋迟早都要分手。”

顾萤听到这话，才留意到张睿豪确实长得很帅，又有着健身爱好者特有的高大健壮身材，再加上泽阳大学物理专业的教育背景，能吸引女孩子的爱慕也不足为奇。

“你当着小朋友的面乱说什么，教坏人家。”张睿豪不满地捏了捏女友的鼻子，带着歉意朝顾萤笑了笑，“别听她胡说八道，平时给惯的，说话嘴上不带把门儿的。”

“才没有。”女生一副小鸟依人的模样。

“好了好了，我们先去别处逛逛，别打扰人家小学霸买书了，以为人家跟你似的天天不学习就知道谈恋爱。”张睿豪忙不迭地拉着女友朝楼梯口走去，两人一路打打闹闹，引得书店其他顾客纷纷皱眉。

顾萤微不可闻地叹息了声，提了口气便抱起沉沉的一摞书去出口结账。

“谈恋爱可真可怕。”等待结算的过程中，顾萤没头没尾地感叹了一句。

“此话怎讲？”沈清耀对于顾萤的看法非常诧异，明明她应该是处在情窦初开、春心萌动的年纪才对。

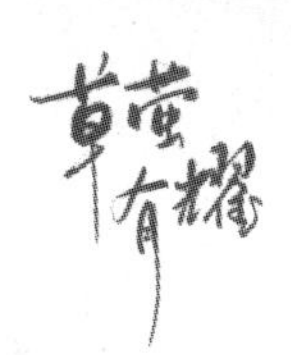

顾萤道："我只是感觉，好像谈恋爱之后，人生就不属于自己了。我妈妈当年就是因为要结婚才没有继续读博士，她说她从小到大的理想一直都是去大学做中文系教授，但没有博士学位肯定去不了，后来又为了照顾我，一日拖一日，慢慢地也就没机会读博了……所以现在就只能在高中做语文老师。"

"我妈说，那个时候她认为我爸比她优秀，哦对了，我爸当年是省理科状元，在明华大学读了当时最火爆的金融专业，又修了信息科学双学位，毕业做的是量化金融，前途无量，所以我妈就牺牲了自己的未来，把一切重心转移到了家庭上，给他做后盾，成全了他的事业。"顾萤付好了钱，把书整整齐齐码好装进书包里，"因为我爸经常出差，通常不是飞纽约就是飞香港，聚少离多，后来他又自主创业，这才在泽阳市稳定下来。也就是那个时候，我妈才知道他在外面还有一个私生子，也就是顾泽。顾泽只比我小三岁，很讽刺，不是吗？你说，刚刚那位姐姐和我妈妈当年又有什么两样呢？人生毫无目标，唯一的心愿就是能和自己的男朋友在一起，并且期待自己的男朋友能够对自己忠诚，所以时时管束着，真的好没意思。"

"对于这一点，其实我们可以继续聊一聊毛姆。如果你读《月亮与六便士》，肯定会留意到书里一些身为女性读者会感到被冒犯的细节。因为他的字里行间充斥着对女性的轻蔑与嘲讽，'厌女情结'跃然纸上。

"他全书大致塑造了三种女性形象：第一种是庸俗虚伪的中产主妇，不理解丈夫的理想和追求，想方设法将丈夫捆绑在家庭中作为供养者，同时她又非常自私而虚荣，在丈夫死后成名之时未曾真正悲伤，反而把他当作一种值得炫耀的谈资；第二种是为爱疯狂的有夫之妇，她为了爱不惜背叛道德约束，占有欲极强，因为仰慕主角的才华而想占有他的全部，否则就闹自杀；第三种或许是作者眼里最完美的女人，她不需要理解主角的艺术追求，只需要'不打扰他'，为他提供生活上无微不至的关怀，默默付出，任劳任怨，是一个纯粹的、作为'他者'而存在的附属品。"沈清耀不疾不徐地讲道，"毛姆局限于自己的时代环境，对女性有着各种各样的刻板印象，这些我们暂且不提，现实中不少女性囿于社会训诫或传统思想也确实是如此，但我们也知道，现代女性可以不必如此。你可以有自己的思想、自己的追求，以及只属于自己的未来。你可以拥有‘自我’，而不是作为‘他者’存在，同时你也不必因此就对恋爱本身产生排斥的念头，平等的、彼此成就的恋爱也是存在的。恋爱和数学一样，弱者驾驭不了才会简单粗暴地选择抵触和放弃，而强者会选择动用脑力来理解它、控制它、体会它，最终，成就它。”

“‘虫老师’说得好对，”顾萤认同地像小鸡啄米似的点头，“但也得看是什么样的人吧？比如，如果是和沈清耀那样的人谈恋爱，那肯定做不到平等。”

“为什么呢？”沈清耀不解。

“因为我会觉得他的人生是更有价值、更有意义的，那么我这样的普通人牺牲什么都是理所当然的……仔细想想，如果真的是沈清耀的话，哪怕是去给他当管家，我都甘之如饴！”顾萤说着说着又开始满心冒粉红泡泡。

“咳咳……”沈清耀一时无言以对。

“如果真的能跟我男神谈恋爱，哪怕一天，就算让我给他洗一年袜子……不，十年，一辈子我都心甘情愿！”顾萤斩钉截铁地说。

“喂喂，顾萤，我辛辛苦苦教你数学，到头来你的终极追求就是给你男神洗袜子？”沈清耀的语气冷下来，带着显而易见的愠怒。

“你生什么气嘛，我又不可能真的跟沈清耀谈恋爱！除了他，世界上不会有第二个男人让我变身无脑迷妹了，我确信。”顾萤“咯咯”笑着，已经取回了自己寄存的巨型灰猫，指了指灰猫道，“我啊，顶多就只有这个，嘿嘿。”

“为什么不可能呢？”沈清耀不假思索地脱口而出。

“什么？”顾萤揉了揉灰猫的耳朵，心不在焉地问。

“为什么……不可能和沈清耀谈恋爱呢？”沈清耀刨根问底。

“哈？‘虫老师’，你又拿我寻开心了。”顾萤仿佛听到了什么蹩脚笑话，“我如果能跟沈清耀谈恋爱，辛静估计早就嫁给她男神福尔摩斯了。”

“可……沈清耀和福尔摩斯怎么能一样，后者是虚构的。”沈清耀总觉得还有哪里不太对劲，但他一时半会儿又理不清思绪。

“沈清耀对于我而言和虚构的人物差别不大。其实我也就说说而已，反正又不可能变成真的。”顾萤紧紧抱着巨型灰猫坐上了回家的公交车，百无聊赖中又继续畅想着，“如果真的是沈清耀的话，那他让我做什么我都答应。哪怕他让我给他当厨子、管家，我都愿意肝脑涂地、鞠躬尽瘁。毕竟男神的任何要求，我都完全想不出有什么理由可以拒绝呀！”

“你适可而止，”沈清耀被她肉麻得汗毛直竖，嫌弃地吐槽道，“能不能正常一点？什么厨子、管家，你男神家里会缺这些吗？”

“对哦……那你说他缺啥呢？”顾萤悠悠长叹，“也不知道他现在身体好一些了没有，昏迷这么久，康复起来很不容易吧？唉……”

顾萤一想起这茬就再也开心不起来了。

“就算是你男神，也不值得你放弃自我。”沈清耀终究忍不住跟她认真强调道，“我相信……他也不是那种会轻视自己女朋友的人，他不需要什么乱七八糟的附属品，也不会舍得自己的恋人做什么牺牲。”

“喂喂，你要不要突然这么正经，搞得好像我真的可以和沈清耀谈恋爱一样，未免忒看得起我了。”顾萤憋着笑说，“不过话说回来，‘虫老师’这么关心我的感情状况，该不会……暗恋我吧？”

沈清耀呼吸一滞，仿佛心脏最柔软的地方被重重地打了一个结，又轻轻解开，困惑随之消弭。

“怎么了？又生气啦？”顾萤见他半天没回应，叹了口气，“你可真开不起玩笑。”

“这种玩笑可以随便开吗？”沈清耀微恼，总觉得自己像是被调戏了。

“‘虫老师’，我错了，我诚心忏悔，以后绝对不把您对我慈爱的关怀曲解成爱慕和吃醋！”顾萤调皮地指了指怀里的巨型灰猫，“我可以当着‘沈清耀’的面发誓。”

沈清耀嘴角抽了抽，不想搭理她。

“不过你说……得是什么样的女孩子才能和沈清耀谈恋爱呢？至少得是个白富美吧？或者女天才科学家什么的，或者是个女钢琴家？”顾萤边摆弄着灰猫的胡须，边胡思乱想着，“但是我看他很多粉丝都说，得是一个女版的他才能入得了他的法眼。”

“我感觉差不多你这样的就够了。”沈清耀实话实说。

“我这样的？就算他同意，他父母也未必同意吧？哎，你说，如果真的发生这样的事，他妈妈会不会甩给我一张一千万美元的支票，说，离开我的儿子！”顾萤绘声绘色地说。

“你妈不是不允许你看脑残偶像剧吗？”沈清耀到底还是被她逗笑了。

“经典桥段嘛，我还是知道点的。”顾萤嘿嘿笑着说，“唉，梦里什么都有，而残酷的现实是，我连他的签名都要不到。”

“签名有什么用？”沈清耀不解。

“呃……签名就是……等等，你难道就没有什么偶像吗？比如业界大佬、体育明星、电竞大神？”顾萤难以相信世界上会有人不崇拜任何人。

“没有。”沈清耀回答得干脆利落。

“我不信，你们男生多少都会崇拜C罗、科比之类的人吧？”顾萤怀疑地反问。

“我不太懂这些，因为我除了跑步和游泳的运动一概不碰。”沈清耀苦笑，诚实地说，“小时候短暂地学过一点击剑，但……也算是半途而废了吧。”

“真的假的？为什么？”顾萤惊叹的语气宛若发现了外星人。

“嗯。因为要保护手，所以有可能对手或者手臂造成伤害的运动我从很小开始就不被允许接触，自然也就不懂了。”沈清耀提起这些往事略带了一点遗憾，“有一次我擅自做了几十个俯卧撑，被我爸骂得很惨。后来我又瞒着家里人偷偷参加了击剑比赛，被罚面壁思过了一个月。”

“这么夸张？那你弹钢琴起码得是个专业的？”顾萤对此毫无概念，她从未见过为了保护手如此谨慎的人。

“嗯。”沈清耀其实有点怀疑自己现在还算不算一个钢琴家，至少已经不算是职业钢琴家了。

“哇，好厉害哦。”顾萤已经开始期待他教自己弹琴了。

“惭愧惭愧，不厉害。”沈清耀对于自己短暂的职业钢琴家生涯并不是全然没有遗憾的，每每提起难免心生辜负之疚。

“那你一会儿回家要教我弹什么？”顾萤抱着灰猫玩偶动作笨拙地跳下公交车，迫不及待地就往家跑。

“我也没有想好，毕竟我没带过学生，更不用说你这种业余的学生。”沈清耀略微思索了一下，“就随便弹弹，娱乐为主，自己开心就好吧。”

“喂，你认真一点啦。”顾萤恼了，气愤道，“别忘了你说好要送我一首钢琴曲的，可不准随便来一段敷衍了事。”

“嗯，我没忘。”沈清耀莞尔。

“那你什么时候能写啊？难不成你也打算全部在脑内完成？”顾萤回到家里，把灰猫摆在了自己的床头，自己则走到钢琴边，在琴凳上坐下，仰头望着天花板问道，“这个作曲，是不是得要灵感？”

“叔本华曾经在《作为意志和表象的世界》中写道，对于音乐，任何平凡家庭的日常龃龉都像 γαμἐμνων（希腊语，古希腊神话中的国王）家族的仇恨一样，感染力足以提供任何素材。”沈清耀泰然自若地说道，“首先，你要明确一点，那就是数学和钢琴本质上是一样的。”

“等一下，它俩为什么本质上是一样的？也差太多了吧。”顾萤小声嘀咕。

“你肯定有这样的常识，钢琴是由十二等程率来定音的，一个八度，比如 C1 到 C2，平均分成十二等份，每一等份是一个小二度，每两等份是一个大二度，音高八度音指的是频率乘上二倍。简单来说，我们可以把它们看作一个项数为十二的等比数列，公比为 2 的 12 次方根大约为 1.05946。”沈清耀解释道，“你最近也学了不少初等数论方面的内容，其中处理连分数的理论最初有可能就是来源于探求音阶中音程的最佳比值的过程。就像 Leibniz（莱布尼茨）所说，音乐是数学在灵魂中无意识的运算。”

顾萤不敢打断他。

“你肯定也很熟悉 Schönberg（勋伯格）所创立的 serialism，中文翻译应该是序列主义。后来 Schönberg 的弟子 Webern（韦伯斯）又将序列主义继续发展，直接摒弃了传统音乐的种种结构因素和创作规律，使音乐创作彻底变成了数学演算的过程。”沈清耀笑了笑，“所以区别于浪漫主义时期的古典音乐，近代学院派作曲家创作的作品很多确实是不好听的，因为有些时候它们随机得和噪音没什么区别。”

“那个……其实我并没有这样的常识。”顾萤插了一句。

“那你学了好几年钢琴都学了什么？”沈清耀纳闷地问。

“车尔尼 599，718，849，299，740……”顾萤随便翻了翻钢琴上摆着的书，念道，“哈农，以及一些巴赫的复调。”

沈清耀嘴角一抽，笑着叹了口气：“有趣吗？”

“没有。”顾萤坦白地说。

“你可别告诉我，你学了这么多年钢琴，我还得从头开始教你。”沈清耀头都大了，他早就对自己的起步阶段毫无印象，毕竟那应该是他五岁之前的事。

“那倒不用，我还是好歹能弹一些的。”顾萤被他这么一说，不好意思地挠了挠头。

“那好，我们还是像学数学一样，先来尝试做一点能让你快速获得成就感的事情。”沈清耀只能出此下策。

“好啊！”顾萤重新打起精神来。

“中央C开始，自然大调音阶你肯定知道吧，小学音乐课的内容。”沈清耀刻意停顿了一下，见她点了点头，才继续道，“好，你弹一下 C major，大三和弦。”

顾萤乖乖弹了一下。

“再弹 Dm，小三和弦。”

顾萤找准了音，继续弹。

“Bdim，减三和弦。”

顾萤接着弹下去。

“嗯，是不是会感觉大三和弦听上去更加愉快，小三和弦则略带伤感，而减三和弦听上去就不那么舒服，因为它具有不和谐性。”沈清耀从容地解释着，“如果你只是想取悦自己的耳朵，那么我们自然就应该尽量选择和谐音程，并且避免接触近现代音乐中的无调性音乐或者微分音音乐。”

“哦……”顾萤似懂非懂地点了点头。

“我们先试试最常见的C调Canon和弦，这个得知道吧？也就是F，G，Em，Am，Dm，G，C，C。记住重音必须是和弦内音，其余的主旋律你自己发挥，左手分解和弦，右手主旋律，来弹一下试试。”沈清耀笑着说道。

顾萤将信将疑地试着弹了一下，竟然还不算难听。

“好了，你已经会作曲了。”沈清耀打趣道。

顾萤一愣。

“通常来说，你上一节钢琴课大约多少钱？”

“两百。”顾萤老实回答。

“这么贵……给你打个折，算你欠我一百。”沈清耀慷慨地说。

“你才讲了几分钟，”顾萤弱弱地说，“这是抢钱吧？”

“换成别人出多少钱我都不教，一百块，明天晚上买烧烤吃。”沈清耀心怀着美好的憧憬，忽而又不满地抱怨道，“上次你说友谊赛赢了要吃烤肉，最后也没去吃。”

“好啦，答应你就是了。”顾萤又把刚刚自己随手弹出来的旋律配着和弦弹了一遍，像是一个刚得了新玩具的孩子，“原来钢琴还能这么玩吗？”

“如果只是想取悦自己的耳朵，这样足够了。对于大多数人而言，钢琴是用来取悦自己的，而不是折磨自己的，不是吗？”沈清耀笑道，“你先自己摸索摸索，把那些练基础的东西暂时放放，其他内容我们下节课继续讲。”

“我明白了……确实比弹练习曲有成就感多了，嘿嘿。”顾萤兴致颇高地又弹了几段，然后找了一个英语本子当五线谱把自己认为好听的段落记录了下来，“顿时就感觉自己像一个作曲家。”

“差不多行了。”沈清耀笑她。

“‘虫老师’，你还会什么呀？你都教教呗。”顾萤死皮赖脸地央求，“就当继承您的衣钵了。”

“你奥数学好了吗？”沈清耀提醒她。

“没，这就学！”顾萤撸起袖子，“不刷完今天买的书不罢休！修炼吧，少女！”

“加油！”

- 第十九章 -
攀爬而上的人生

顾萤从来没有感觉自己如此全身心投入过一件事，这种感觉并不似她曾经想象的那般痛苦，相反，她感受到了无穷无尽的愉悦。就像一棵日益葳蕤的树，她能感到自己的根越扎越深，繁茂的枝干离太阳越来越近，普照的阳光若金箔细沙，流泻覆盖在每一片翠绿的叶子上……

每每看书做题到入迷，她不仅不记得吃饭，甚至连睡眠都不怎么渴望。为了节省时间，她甚至剪了长发，变成了齐耳短发，干净利落，也更加俏皮可爱。

长此以往，同学们也渐渐从顾萤桌面常常堆积成厚厚一沓的草稿纸上注意到了顾萤的变化。

“她是不是吃了什么仙丹灵药？期中考试数学考了满分。”

“虽然在我们班依旧是万年倒数第一，但她的总成绩已经杀进了全校一百五十名内。”

“快加油吧，不然成绩岂不是要被顾萤赶超？”

“哇，我们就看看一班倒数第一的宝座会由谁继承！”

“听说了吗？顾萤报名了陈省身杯高中数学奥林匹克竞赛！”

“要是她真的能在这个比赛的决赛里拿到前五的名次，我就相信她是个天才。”

“我觉得悬，毕竟顾萤的水平忽高忽低的，高一选手能进前六十都是大佬了。”

“我听说何超越和贺斌也报了，要是考不过顾萤就有好戏看了。”

“隔壁班的顾泽报了吗？”

“听说没报，顾泽寒假好像很忙，时间错不开。”

“我听隔壁班的人说顾泽最近在全力准备物理和数学的高联，指不定能冲进两个国集。”

“那也太变态了吧……”

“毕竟是顾泽，根本不是什么正常人，干出啥来我们都不稀奇。”

“他为什么不直接去读少年班？”

“我听说他家里是有意让他去藤校读本科的，哪像我们普通家庭的学生拼命内卷，卷生卷死的也只能去个重点大学，最后可能还是不如人家前途光明。”

“那他还折腾这些干什么？还挤占名额，让我们这群普通的竞赛党无处可去。”

“嗐，顾泽这样的人，打比赛就是为了娱乐而已，咱也不能拦着人家娱乐不是？”

“不懂了吧，这就是阶级差距，有钱人家的孩子不仅比我们聪明，还比我们教育资源好，更重要的是，他们还比我们有目标，没事多读点书吧你。”

“你们别哀号了，再惨能有顾萤惨吗？本来应该和顾泽走一样的捷径，就算不够聪明也能曲线超车，偏偏沦落到了跟我们挤独木桥。”

“可能还挤不动。”

“确实，这么一想我心理又平衡了，哈哈哈……论惨那还是顾萤惨！”

…………

“虫虫，你说，飞蛾和蝴蝶，真的差别那么大吗？”顾萤时不时会想起顾明的话。在不断成长的过程中，她确实能够逐渐体会到顾明所说的攀登高山的感觉——她以前只知道数学很难，但实际上她仍然

低估了数学的难度，或者说，她的能力阻碍了她对于难度的认知——初级的问题对那时的她而言已经是拦路虎，她当然没有机会了解门槛之后遭遇的怪兽能凶猛成什么样。此时她得以窥见山脚，禽啼兽啸，万壑长风，而她知道，在这之后，更有高峰临霄汉，列岫若顽童。

“你所说的飞蛾代表了什么，蝴蝶又代表了什么？”沈清耀其实真的无法感知这一点，一如他无法理解顾明所说的话。

他忽而淡淡一笑，道：“蝴蝶是在你大脑中的。”

“嗯？”顾萤迷惑地抿了抿嘴。

“闭上眼睛。”沈清耀的声音低沉而柔缓，“想象一个圆，然后我们在圆弧上取一条弦，这条弦可以是任意的，比如，你可以拉着它朝任何你希望的方向滑动。”

“嗯。”顾萤乖乖闭上眼睛。

“现在，取这条弦的中点，过这一个点，再作任意两条弦，连接各个点。”

“是蝴蝶！”顾萤笑嘻嘻地答道。

“然后我们移动最开始那条弦。”

“蝴蝶在飞……”顾萤的脑海中已然浮现了一只翩然起舞的蝴蝶。

“蝴蝶定理，欧式平面几何最精彩的定理之一，过弦中点作蝴蝶，其交点到中点的距离必然相等。”沈清耀笑着说道，“你可以自己尝试推广这个定理到圆外的形式，蝴蝶是可以飞出去的。”

“我来试试！”顾萤兴致勃勃地开始作图，早就忘却了所谓的飞蛾是什么。

顾萤“不负众望”，在接下来的月考和之后的期终两次考试中都杀进了全校二百名以内，数学更是连拿两次满分，其他科目也全线进步飞速，反倒语文成了她最大的弱项——此事自然成了实验中学教师办公室茶余饭后的一项谈资。

“你们家顾萤最近很是正劲儿啊！”

郑承东遇到林曼英的时候，林曼英正拿着新出炉的期末成绩单眉头紧锁、忧心忡忡——顾萤期末考试总成绩全校第一百二十七名，数学满分，物理满分，反倒语文只考了个勉强及格的分数，看在她这个资深优秀语文老师眼里，更是如鲠在喉、如芒在背。

“她为了不转文科，一门心思光正劲儿学理科去了，语文给我考了个及格线。”林曼英深深地叹了一口气。

“顾萤这孩子,你别说,潜力还真的挺大,以前是真的没看出来啊！看来我们对成绩一时落后的学生还是要多多关注，对症下药，万一搞不好错过了一个好苗子呢？”郑承东颇有身为班主任的自觉，凡事先从教书育人的角度反思己过。

“谁知道她突然着了什么魔，别三分钟热度，这一阵儿过去又给我厌学了。”林曼英摇了摇头，“我啊，这些年算是被她整怕了。”

“孩子大了，哪能还跟小时候一样不懂事。”郑承东安慰道。

“光长年纪,性子还是跟小时候一模一样！”林曼英虽然如此说着，但是压在心口的大石却早已轻了一半。

“我看这次顾萤是真的不一样了，听赵震海老师说，寒假她参加了那个陈省身杯的预赛，进决赛很稳。”郑承东继续恭维。

“啊？什么杯？”林曼英嘴角的笑意凝固成一抹尴尬的弧度。

“陈省身杯高中数学奥林匹克竞赛呀？”郑承东挑了挑眉解释道。

“什么？她报名了数学竞赛？”林曼英这回神色是彻底绷不住了，“什么时候的事？”

“哟，你不知道啊？她已经跟着校内的数竞培训班学了一个学期了呀。”郑承东见她脸色阴沉，又补充道，“我看顾萤挺有数学竞赛的天分，韩彬老师私下里也跟我说过，顾萤的表现一直很好……”

郑承东仍在絮絮叨叨地夸赞着顾萤，但林曼英已经半个字都听不进去了。

日历撕下最后一页，新的一年如约而至。

顾萤在沈清耀日复一日的魔鬼训练下日益强大，也就更加乐在其中。

所谓自有林中趣，谁惊岁去频。

“虫虫，我现在感觉自己体内爆发着无穷无尽的力量！”期末考

试后的顾萤彻底没了约束，开始没日没夜地做顾明给她推荐的那套蓝皮书。

沈清耀这些日夜见证了她每一点每一滴的成长，深知她的成绩来之不易，心中百感交集——他第一次深刻地认识到那些自己不费吹灰之力取得的进步，原来对于其他人而言如此羊肠九曲。顾萤已经算是资质不错的学生了，那么对于更加平庸的人来说，困难程度可想而知。

“虫虫，你现在觉不觉得我像是一名大将军，而我的笔，就是我的剑！”顾萤举着自己惯用的那支黑色中性笔沾沾自喜，目酣神醉，“将军金甲夜不脱，半夜军行戈相拨。正是我的这把宝剑，陪我征战沙场，虽九死其犹未悔。”

“这位同学……不就半夜刷个题，你戏会不会太足？”沈清耀被她夸张又可爱的姿态逗得笑个不停。

几声重重的敲门声在这个时候响了起来。

顾萤一怔，起身开门。

“妈，你怎么还没睡啊？”顾萤诧异地看着门口的林曼英。

“到书房来，我们谈谈。”林曼英穿了一身黑色的家居服，表情肃然，一如既往地不苟言笑。

顾萤心底腾起一股不祥的预感，回头对着床头沈清耀的海报“拜了拜”才跟在林曼英的身后进了书房。

“学数学竞赛这事儿你为什么不和我商量？”林曼英辗转反侧到大半夜都在琢磨这事儿，这会儿见到始作俑者，直接开门见山，劈头盖脸就是一通审问，“又是什么友谊赛，又是什么校内培训班，你是不是觉得自己翅膀硬了，什么决定都能自己擅作主张了，不需要请示我这个当妈的了，是吗？”

“不是。”顾萤垂眼盯着地板，摇了摇头，以她对林曼英的了解，每回训斥没有个半小时的数落是不可能结束的。

“把数学竞赛退了吧。”这回林曼英却没有长篇大论，只是直截了当地下达了这样一个命令，语气毫无转圜的余地。

“为什么？”顾萤猛地抬头。

“你问我为什么，你怎么不问问自己，从小到大数学是个什么情况？”林曼英冷笑一声，“你也不看看实验中学搞数学竞赛的都是什么样的人，人家小学就开始搞奥数了！你呢？你小学数学都能考八十分，全班倒数第一！”

“我不告诉你，就是知道你不会答应！所以我才想等取得了一定的成绩，证明了自己再告诉你！”顾萤愤愤地说，“现在所有老师都说我做得不错，进步很大，但你还是要拿我小学数学考不了满分的经历来评判我！”

“妈妈从来没说你没有进步！你的进步妈妈也很关心，对于数学竞赛这件事妈妈也慎重考虑了很久，不是一拍脑袋就做这样的决定了。但是，你也要明白一个非常现实的事情，那就是你根本不是尖子生的料。妈妈当了这么多年老师，对学生的资质可以说是一目了然，尖子生那都是天生的，从小就聪明，学什么都快，人家学数竞要么是学有余力，要么是从小特别擅长数学。

“咱不说别人，就说你堂哥——顾明，人家小学参加华罗庚杯就拿到了金牌。你呢？你小时候连个简单的应用题都做不对，你说你学人家搞什么数学竞赛？你自己不觉得离谱吗？是不是考几次数学满分就觉得自己和他们也差不多了？这是错觉！是不切实际的幻想！他们和你压根儿不是一类人！你只是一个普通人，普通人没有那么多资本在自己的人生里试错，更没有资格玩高风险、极具不确定性的数学竞赛，普通人就应该脚踏实地，把该干的事干好。妈妈是过来人，怕你被一时的冲动耽误了前途。”

林曼英苦口婆心地继续劝说：“我知道你有更高的目标，这是一个好事，但有时候人要看清现实，不要高估自己。你定更高的目标，可能最终连普通的目标都耽误了，什么都实现不了。妈妈这些年带高中培优班见过太多太多这种情况了。但你如果一开始就根据自己的实际能力定一个普通目标，人生就可以顺顺利利、稳稳当当地继续下去！妈妈是为了你好，难道妈妈会害你吗？考大学没有捷径，至少对于你这样平庸的孩子而言，没有。”

顾萤张了张嘴，发现自己无可反驳，只能缓缓低了头，安静地听着林曼英善意而刺耳的话，只觉得大脑“嗡嗡”作响，像是一个刚刚

从温泉里走出来的人被兜头泼了一大盆冷水。

“妈妈也知道，你现在正在兴头上，也不想打击你学习的积极性。我问了你们的领队老师，陈省身杯数学竞赛的预赛是在寒假，你想参加就参加，就当个娱乐。”林曼英停顿了一下，“但是，如果你拿不到好的名次……我听说决赛前五名才可以进夏令营，那我就把这个好名次定到预赛前十吧，预赛进不了前十，答应妈妈，放弃数学竞赛，把全部的精力用在高考上，按照你目前的进步趋势，想考一个重点大学应该没什么问题，关键是要稳住，别自己给自己挖坑往里跳。高考是几十万人挤独木桥，你搞数学竞赛相当于绕远路，那不就是缘木求鱼吗？听懂了吗？”

“我明白了。”顾萤松了口气——起码现在状况并不是太坏，只要她能在即将到来的陈省身杯高中数学竞赛的预赛中拿到好的名次，她还是可以继续学数竞的。

沈清耀全程听得人都直接蒙了，作为一个从小被父母捧在手心里夸耀的孩子，他完全无法搞懂林曼英这种打着“为你好”的名头对顾萤进行侮辱和打压的行为到底是为了什么。以前顾萤成绩差的时候，他还能稍微理解一些她恨铁不成钢的心情，如今顾萤迎难而上，节节攀升，各科成绩均有不小的进步，数学竞赛方面也展现了不俗的天分，这种时候到底有什么必要继续批评呢？就只是怕顾萤骄傲自满，高估自己吗？

沈清耀百思不得其解。

“我困了。”顾萤像是一个被针戳了一下的气球。

林曼英的语气明显缓和了许多：“去睡吧，以后别熬夜，再怎么努力学习也是身体最重要。对了，妈妈给你买的营养补充剂记得每天拌了牛奶喝。你看你这孩子瘦成什么样，光想着苗条漂亮，让你吃饭跟害你似的！真是拿你一点办法都没有。”

“哦。”顾萤闷头应了一声，转身回到了自己的卧室。

已是深冬，外界温度在深夜低至零下，窗户玻璃上凝结了一层薄薄的水汽，顾萤随手在上面写了一个“Π”。

“我认为你可以不必太在意你妈妈那些话。”沈清耀忍不住开口，“当初我要学数学的时候也有很多人劝退，各种各样的理由我都听腻了，比如什么别人比你早开始多少年，再比如什么学术界竞争多么激烈，迟早还是要转行。有时候别人告诉你这样不行，只是因为他们自己不行，他们从自身经验出发，还以为是在用自己的人生教训提前给你打预防针。但人和人是不一样的，你到底能不能行，只有你自己最清楚。”

顾萤打开窗户，凛冽的冷气灌入她单薄的睡裙，凉意让她瞬间清醒了许多。

夜晚的城市灰蒙蒙的，灰白的色调无限蔓延到地平线，紧闭的门窗里偶然透出微弱的光，像一张张欲言又止的嘴。

“虫虫，你来了之后……我几乎都要忘记自己原本是怎样一个笨拙的孩子了。”顾萤的视线不带焦距地描摹着地平线的轮廓，“我的剑……真的能带我杀出去吗？还是说……我只是幻想，只是做梦，只是……太幼稚了？我是真的非常喜欢数学，但我真的配喜欢它吗？”

她摊开手，掌中是被她一直攥着的黑色中性笔，普普通通的款式，因为握胶处的磨损而显得破旧。林曼英训了她多久，她就攥了多久，笔杆因为她手心的汗而湿漉漉的。

“不试试，你怎么知道不可以？人生和所有数学难题本质上是一样的。”沈清耀的语气毫无迟疑。

“你说过，无论面对什么样的题目，无论是别人告诉我无比简单的，还是我自己眼里束手无策的，都应该保持持续探索的心态，而不是畏首畏尾不敢尝试，”顾萤游离的眼神渐渐清晰起来，“只管做下去，直到做出来为止。”

“嗯。”沈清耀笑着应了一声。

“是啊，若前方没有困难，那么我又怎么能做一名战士？”顾萤重新攥紧了自己的笔，下巴微微扬起一个倔强的角度，“走着瞧吧！凡是不能将我打倒的，都会变成我的赫赫战功！”

长夜欲曙，一如顾萤心中的灯。

-第二十章-

初战折戟

备战预赛的日子里，时间仿佛被调成了倍速前进，顾萤整个寒假都泡在自己的屋子里备战，醒了就开始看书、做题，累了就开始总结、分析，人生从未如此充实过。

“临考还是不要做这么难的题，容易影响心态。”沈清耀担忧地劝阻她，“把已经学会的内容掌握好，预赛已经足够了。”

“万一不够呢？”顾萤的焦虑已经难以遏制，本来不太重要的预赛因为林曼英的一句话而变得生死攸关，她不能放弃任何希望，因为这几乎意味着放弃继续学数学。

“你别想那么多。”沈清耀知道自己劝不动，索性也不再多言，“不然听一会儿舒伯特吧，《C大调交响曲》。”

顾萤这才放松了紧绷的神经，乖乖听从建议，打开她平时听音乐的Divoom音箱。那是她十岁时父亲送她的生日礼物，蓝粉相间，中间是像素人物的笑脸，六年过去，依旧崭新如初，却早已物是人非。

“为什么不是《小夜曲》？”顾萤喜欢《小夜曲》带来的抚慰，像极了柔软的倾诉。

“提起舒伯特，通常来说，大多数人会联想到细腻、脆弱、甜蜜、缱绻，一如《小夜曲》所流露出来的，但《C大调交响曲》展现出的是一种古典的英雄主义气魄。浪漫主义流派的交响曲往往无法在主题上雄辩有力地展开，勃拉姆斯曾经试图努力解决这样一个问题，但我认为舒伯特反而做得更好。”沈清耀的声音如一泓清泉，“它带给人平静和力量。”

顾萤闭上眼睛聆听，心却无论如何都无法静下来，不同的声音七嘴八舌地汇聚在脑海——

“你是一个普通人，别总幻想自己是个天才，你当是拍什么草根逆袭的电影呢？”

“你做每一个决定都要慎重！你得想想，你失败了会怎么样。”

“你没有资格任性，人生只有一次，你不能用自己的未来去试错！”

“等你后悔，后悔就晚了，这个世界上没有后悔药！”

“怎么，我们小顾萤想当数学家？”

“你们都是考明华的苗子，你们的前途和她一样吗？”

“顾萤，你不过是个普普通通的女生，你有什么资格瞧不上我？”

“辛静，你天天和顾萤混在一起，就不怕近墨者黑吗？”

“朽木不可雕也！”

“你无法成为爸爸的骄傲，所以他不爱你！”

“妈妈从来没有什么奢望，只求你考一个普通的大学，找一份普通的工作！这很难吗？”

“我就想找份工作，躺平算了，实在卷不动。”

“数学家都是天生的。”

“你已经站在自己的山顶，再怎么渴望，也只能望洋兴叹，无能为力。”

“你不过是你妈妈出于道德而无法丢弃的累赘罢了！”

“女孩子学什么数学？找个优质男朋友才是正道！”

“女生还是找一份安安稳稳的工作。”

“顾萤，我知道你作弊了。”

“众所周知，历年能进国集的绝大多数都是男生啊！”

“我只想跟睿豪在一起，读什么专业无所谓的。”

“期中考试进不了年级前二百名，就转文科！”

“预赛不能进前十，就放弃数学竞赛，脚踏实地地备战高考！”

“人家顾明小学就拿过华罗庚杯金牌了！”

“进了明华数院，有的是各路大神对你智商碾压！”

“后来我才发现，我还是太高估我自己了。”

“真正做数学的那批人是什么？天上白玉京，十二楼五城，仙人抚我顶，结发受长生。你自己体会吧。”

“尖子生从小学东西就快！你连简单的应用题都不会做！”

“顾萤，这道题怎么证？你告诉我怎么证？”

…………

怎么证？

顾萤大脑一片空白，忽然间，她着了魔似的匆匆关了音响，重新埋头看起了书。

沈清耀无可奈何，一声叹息湮没在渐浓的夜色里。

陈省身杯的预赛像日历上每一个被迅速掀过的日期一样，一声不响地过去了。

顾萤全程状态非常糟糕，林曼英定下的目标给她带来了极大的压力，她又是第一次面对严肃的数学竞赛考场，难免焦虑又紧张，真正的实力只发挥了不到一半，虽然按照成绩也拿到了决赛的资格，但排名离原本定下的前十的目标相去甚远。

“能不能跟你妈妈再商量一下？”沈清耀认为她这个时候放弃委实可惜。

顾萤自从知道排名以来就一直沉默不语，常常捧在手上的数学书也很久没碰了。

“你没必要沮丧成这样，你也知道你根本没有发挥出自己的真正实力。”沈清耀忍不住劝慰道，“按照你真实的实力，前十并不是没有希望。”

顾萤捂住耳朵，一言不发，换了一身运动装去楼下跑圈。

沈清耀默默地看着她发泄似的机械运动，终究还是忍不住开口：“胜败乃兵家常事，你努力了那么久，学了那么多，难道就仅仅因为一次发挥失常的考试而放弃自己吗？”

顾萤依旧没有回答，而是改变了路线，朝大马路上跑去。

寒风急促地灌入她胸腔，刀割一般疼痛。

“顾萤？”

听到有人叫自己，顾萤停住脚步，看到了同样在跑步锻炼身体的赵震海老师。

她眼神黯然，轻轻垂下头，却没有等到预料中的嘲笑。

“恭喜你啊！第一次参赛就稳稳地进决赛了！”赵震海颇感自豪，乐呵呵地说着，“虽然成绩没有老师们期待的那么出色，不过你才高一，以后机会多着呢！重整旗鼓，再战！”

“老师，我不会继续考决赛了。我答应了我妈，预赛进不了前十就收收心学习课内的内容，不再投入时间精力学数竞了！”顾萤的嗓子因为干燥而嘶哑，“您说得对，我就是烂泥扶不上墙，我就是个废物，我再怎么努力，也比不上那些天生优秀的优等生。我就该老老实实地、脚踏实地地、保持平常心地跟着大部队进行高考，少让我妈操心。”

“顾萤，你胡说八道什么呢？不是，咋回事儿啊，你说清楚。”赵震海听着听着就变了脸色，愕然地盯着她看了许久，“你妈真不让你参加数竞了？那是她不懂，等我回家打电话找她谈谈！她一个教语文的，懂什么数学！你不用担心，包在老师身上！”

顾萤猛然抬头，难以置信地看着赵震海老师。

“你确实是一个好苗子，是老师一开始小看你了，老师眼拙，哈哈！”赵震海笑着做了一个拱手的姿势，“我们数学组的老师一致认为你有希望在高联进入省队，为我们实验中学争光！其实自从友谊赛开始老师就对你改观了，你也别把以前我说的那些话放在心上！就当老师有眼不识泰山！”

顾萤突然就哭了，以往再怎么刻薄、刺耳的话她都能一笑了之，反而是这样真诚的鼓励让她一瞬间彻底崩溃。

她配吗？

她攥着拳后退了两步，一边摇头，一边含混不清地哽咽着：“不是，我作弊了，那根本不是我做的！”

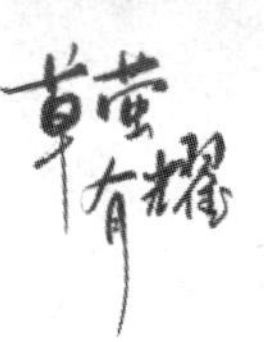

赵震海不明所以，还未再次开口，便看她扭头跑走了。

“说不定你的数学老师能说服你妈，有可能事关学校荣誉，劝的人多的话，你妈说不定就改变主意了呢？”沈清耀继续劝顾萤。

“你还哭什么呢？”沈清耀追问。

“我不想再听你说话了！”顾萤抹了一把眼泪，对着空旷的操场大喊。

“你到底是谁？

“你又知不知道我是谁？

“如果不是你，我根本不会觉得自己是什么可造之才！

“但你知道，什么天赋，可笑，有天赋的是你，不是我啊！

“我只是个普通人，我和你不一样！

“你用你天才一样的视角告诉我，我什么都可以，我要勇敢追求自己的理想，要坚持做自己真正想做的事情，我要鼓起勇气踏出第一步，我要持之以恒，因为你是这样做的，而且你成功了！

“但那是你！你本来就不是普通人！你是人群里的千万分之一，不，或许是亿万分之一的存在！就算你不在这件事上成功，你也会在另外一件事上成功！你注定是和芸芸众生不一样的！你可以成为人类历程中闪耀的星星！

“可是我不一样，我只是一个普通的甚至有些笨拙的高中生，和全世界千千万万平庸的学生并无区别！

“你有什么资格告诉我，我该怎么样？

“你从未经历过一个普通人的人生！

“你人生的起点已经比大多数普通人的天花板还要高！

“你懂什么？

“你让我做了一场梦，但从来没有告诉过我，梦醒了之后我要怎么面对现实！

“你是不是觉得我特别可笑、特别弱、特别笨，所以你教会了我就特有成就感？

“你是不是觉得自己是上帝，能够轻轻松松改变一个普通人的命运？

“是，你说过，很多人告诉我‘这不行’，仅仅是因为他们自己‘不行’，但你有没有想过，我大概率和他们是一样的人，我们就是一样的‘不行’！

“你知道我不行的事情很多很多，不仅仅是数学，你所说的哲学、音乐、文学，我一概不懂！哪怕我妈为了培养我已经拼尽全力了，我还是不行！

“事实上你一直在哄我玩，不是吗？想想真是可笑，你说我聪明、善良、执着、可爱！但事实上我就是一个像这样……像这样只能无能狂怒的废物罢了！我以前怎么都没发现这么离谱呢？你甚至说沈清耀会喜欢我这样的人！你怎么不说我是欧拉再世呢？”

…………

沈清耀陷入了沉默，他不得不承认，他确实没有经历过普通人的人生——虽然他的人生同样有各种各样的困难，但和顾萤遇到的截然不同，他所谓的困难大多数时候只是他对于突破自己的挑战罢了。

顾萤喊得嗓子生疼，上气不接下气，终于渐渐平静了下来。

拿着收音机遛弯的大爷路过，看着她梨花带雨、可怜巴巴的模样，忍不住劝了一句：“小姑娘考试考砸了？

“一次考试算什么呢？人生长得很，失败是成功之母嘛！

“这次没考好，下次加油不就行了！

“人生啊，就是得起起伏伏才有意思，从来都没失败过的人生得多遗憾啊！”

…………

顾萤被冷风吹得打了个寒战，回过神来的时候，大爷早已走远。

回到家后，顾萤彻底大病了一场，发烧三十九度八持续不退，吃什么吐什么，本就瘦削的身材越发单薄，去医院检查了一番被告知只是重感冒，但林曼英知道她这是心病。

顾萤睡得天昏地暗时常常会想，是不是人生中最重要的东西是必然失去的，否则你根本无法确定到底什么才是最重要的。

林曼英格外心疼，又被实验中学数学组的老师以及竞赛教练轮番电话轰炸做思想工作，终究还是松口让顾萤继续学习数学竞赛，但前提是顾萤能保持住目前的综合成绩。

“顾萤呢？让顾萤听电话！”赵震海在电话的另一端一如既往地暴跳如雷。

顾萤蔫蔫地接过听筒，听到对面熟悉的大嗓门训斥——

“顾萤，我告诉你，我根本不相信你友谊赛能拿满分！从来就没信过！我跟你说实话，那些题如果你真的能那么顺利答出来，直接进国家队算了！

“这个世界上没什么东西是能够一蹴而就的，至少我当了这么多年老师没见过哪个孩子能突飞猛进成这样！

“我知道你作弊了，我也不管你是通过什么手段作弊的，这都不重要！

“友谊赛之后我确实对你改观了，这是因为我从你的眼神里，第一次感受到了对数学的执着和热爱。这些是你以前没有过的，也是远比成绩更重要的东西！

“顾萤，别放弃，只要你心里那团火还在烧着，就别放弃，记住了吗？”

…………

这个时候已经临近除夕，窗外偶尔会传来烟花爆竹的声响。

顾萤一听林曼英改变了主意，立马头也不疼了，精神也不萎靡了，吃药还格外积极，又坚持吃营养补充剂，很快便康复了个七七八八。

她重新把摞在储物柜里的数学书抱了出来，爱不释手，开开心心地全部摆在了自己的书桌上，码成了整整齐齐的一排。

人生中最开心的事，莫过于失而复得。

“虫虫？”冷战了好几天，顾萤终于还是忍不住先破冰示好，“我错了，我不该无缘无故对你发脾气。你帮了我那么多，我还说那么过分的话……你是大神，不要跟我这种小女生一般见识，好不好？”

无人应答。

“我就是那时候太难过了嘛，基本上谁跟我说话都会被无差别伤害的，偏偏全世界就你离我最近……”顾萤诚心忏悔。

无人应答。

“我们做年糕吃，好不好？”顾萤讨好地提议。

“年糕？”沈清耀来了兴致终于开口，他们家没有过农历新年的习俗，他自然也没吃过年糕。

“嘿嘿，保证是我顾萤独一无二的绝活！让你开开眼界！”顾萤撸起袖子说干就干，语气颇有几分扬扬自得，“以前回爷爷家过年，也一直是我下厨做年糕的，因为他们做的都没我做的好吃。”

“和韩国那种炒年糕差别大吗？”沈清耀好奇地问。

“不能说区别很大，只能说毫无关系。中国北方大部分地区的年糕都是黄米年糕，寓意年年高升。”

顾萤一边介绍着，一边熟练地洗了一小捧红豆，又洗了一小碗红枣仔细去核，然后把两样混在一起煮，空当里又把玉米面加水揉成形放进笼屉里面蒸上。

“其实我仔细想了你的问题。”等年糕变成品的过程中，沈清耀开口了。

“嗯？”顾萤一层一层地铺洒着红豆、红枣，忽然“咯咯”笑出来，“虫虫，你看这像不像多重积分！”

沈清耀额头挂下一滴汗，心道她这讲冷笑话的功力算是得到了他的真传。

“你想了什么问题？”顾萤铺好了最后一层，又用筷子戳了几个孔透气，把蒸锅的盖子盖上。

“有些时候……我考虑问题确实是从自己的经验出发，这或许并不是普适的。我很抱歉。”沈清耀语气极尽温柔谦和，却难掩骨子里与生俱来的清冷倨傲，像乍暖还寒时的一阵微风。

顾萤反倒不好意思起来：“虫虫，你涵养也太好了吧？你这样都把我惯坏了……下次我再这样不知好歹，胡说八道，你就该严厉骂我，而不是默默反思自己。其实我说完就后悔了，又怕你嘴毒，那个时候我本来就难过，再被你损一顿不就生不如死了，所以才一直不敢跟你道歉。你那么好，教给我那么多东西，每天尽心尽力纠正我策略上的错误，讲冷笑话逗我开心，是我自己不够争气，心态调整不好，结果考砸了，还怪在你头上。你那么完美，我鸡蛋里面挑骨头才说出那些话……我后来一回想起来都无地自容了。”

“不错，这几个月成长了不少。”沈清耀笑着夸奖了一句。

“你千万别把我那些话当回事，我真的、真的很感激你，如果不是你，我可能现在还在浑浑噩噩地每天瞎折腾。”顾萤咬了咬嘴唇，沉沉地呼出口气，“其实开始学数竞之后我常常很痛苦，但同时我又从来没有这么快乐过，真的从来没有。我好像有一点点体会到了你之前提到的《月亮与六便士》里面描述的溺水之人是什么样的感受……对于我自己的未来，这些天我也想了很多很多，或许我的想法依旧是天真、幼稚的，但至少目前这是我唯一的想法。”

“哦？说来听听。”

“我不知道以后自己会靠什么谋生，或许有很多很多的事情我都是愿意做的，比如银行职员、厨师、设计师、作家、老师、咖啡师、甜点师、园艺师，甚至超市收银员……但是只有一件事，我愿意为它付出一切，那就是领略数学的美。很奇妙不是吗？为了活着，我能够接受做各种各样的事情，但唯有数学这一样值得我为之探索至死。这么想来，我是天才还是一个普通人已经不那么重要了。因为无论是什么，都不能阻止我内心的渴望，我想走下去，不惜一切代价。”这些问题顾萤反复思考了很多个日日夜夜，讲出口时已然云淡风轻，“想通了之后，我发现我的生活不再是被动地、痛苦地进行，不再需要靠毅力来维持自律，每天醒来我都非常渴望面对新的挑战。”

“其实你能这么想，就已经不普通了。”沈清耀会意地轻轻一笑，“其实我夸你聪明，从来都不是违心的。”

“哦……”顾萤有点儿不好意思地抿嘴笑了。

“其实从头到尾，我没有跟你说过一句假话，包括……我认为沈清耀喜欢的就是你这样的女孩子。”沈清耀说这话的时候能感到自己的心跳微微加速。

“大可不必这样拍我马屁！”顾萤掐准了时间，把年糕从蒸锅里取了出来。

“哇，好香啊。”沈清耀看她熟练地把一整块年糕切成片状，“喂，我说，你以后如果真的学数学学得穷困潦倒，起码还有这门手艺傍身，出去摆个摊，说不定还能发家致富。”

“有道理！”顾萤说着便咬了一口，又甜又糯，“虫虫，你有什么新年愿望吗？”

“新的一年，希望顾萤能在即将到来的高联预赛中取得好成绩，顺利进入复赛。”沈清耀不假思索地说道。

“哇，我的愿望都被你说了，那我说什么呢？”顾萤又气又笑，还有点小感动。

“反正我也没什么需要许愿才能达成的事。”沈清耀的语气多少带了点骄傲。

“啧啧啧，你这风格，突然有了点儿顾泽的风范……哎，是不是你们这些天赋高的男孩子，都多少带点儿这种狂妄的感觉？”顾萤略微嫌弃地皱了皱眉。

“别动不动就‘你们’，我跟别人可不一样。”沈清耀也嫌弃地皱了皱眉。

顾萤略一思忖，偷偷拿出手机发了条微博——

萤火虫：新的一年，希望萤萤可以顺利进入高联复赛，希望虫虫能吃到最想吃的美食，希望男神快快好起来！

“还没到新年呢，你现在发是不是有点太早了？”沈清耀好心提醒。

“你不懂，许愿这种事就是要靠一瞬间的冲动与激情，等到这股劲儿过去就不灵了！”顾萤说得一本正经。

不远处不知是谁也带着“冲动与激情”点燃了一串鞭炮，噼里啪啦的，格外喜庆。

“你知道吗？这是我第一次过中国新年！”沈清耀心头萦绕着各种各样的欣喜——因为新年喜气洋洋的氛围，因为年糕的甜蜜味道，

因为和顾萤在一起。

“等到除夕，我回姥姥家，还能吃年夜饭，通宵打牌……哎，对了，你这么聪明，今年我打牌岂不是如有神助！”

“瞧你这点儿出息！”

“赢来的钱通通给你买好吃的！”

“我同意了。”

“你还说我没出息！”

-第二十一章-

高联预赛

高联预赛的时间定在了五月份，地点是泽阳大学附中。

顾萤有了陈省身杯预赛的惨痛教训，再也不敢毫无规划地进行题海战术，跟“虫老师”讨论了许久战略问题，终于把竞赛集训和综合成绩平衡在了一个相对稳定的趋势上。

黎铭舜找到顾萤的时候，顾萤正在一脸痛苦地背《谏太宗十思疏》。

“你能不能给我解释一下，我上次让你帮忙转送辛静的礼物，为什么会出现在学校门口的小摊上？”黎铭舜怒急了，又不敢大声喧哗，以免被人听到，憋得脸都发紫了。

“啊……”顾萤万万没想到这件事会以这种形式穿帮。

“是不是你给卖了？反正辛静不会做这种事。肯定是你这儿出了什么岔子，还让辛静替你瞒着。”黎铭舜笃定地做了判断，“我真不知道哪根筋搭错找你这种不靠谱的人送礼物！现在，我希望你马上，立刻，麻溜儿地给我把它买回来。”

“嗐，买回来，你早说啊！多少钱？”顾萤本想诚心道歉，结果被他一顿训斥，索性就当了这么个“恶人”，否则骂不都白挨了？

“六百六。”黎铭舜从牙缝里挤出三个字。

“什么！六百六！怎么不去抢钱啊！”顾萤大吃一惊。

“还是拍卖的。”黎铭舜咬牙切齿地补充。

“哈？这说明你手工做得好啊！滴胶做的都能拍卖出这个价钱！不简单啊！”顾萤由衷感叹道。

“顾……萤！”黎铭舜已然在暴怒边缘。

“好好好，放学我就去看看！你消消气，消消气，我真不是故意的！”顾萤赶紧赔罪。

“算了。”黎铭舜一副“不和你一般见识”的模样，又恢复了僵硬的冰山脸。

顾萤刚松了口气，便见到他去而复返。

“你是不是喜欢我？”黎铭舜严肃地问。

“啊？”顾萤一时没转过思路。

“我不会喜欢你的，就算你再怎么做手脚都没用。”黎铭舜直截了当地说着，“我只喜欢与我势均力敌的女生，你死了这条心吧，最好以后不要再做类似的事情。”

顾萤愣愣地站在原地，感到初春的风异常寒冷。

“顾萤跟黎铭舜被拒绝了！”

不知道是哪个无聊的好事之徒率先传出了第一句。

顾萤和黎铭舜作为实验中学的两位风云人物，传播效果异常显著，还没等到放学，此事已经尽人皆知。

“坚强点。”何超越专门跑来安慰顾萤。

沈清耀见此状况，忍不住捧腹大笑。

“喂喂，虫虫，你幸灾乐祸也好歹掩饰一下吧，再笑我可真生气了。”顾萤额头暴出青筋。

“不愧……不愧是校草，哈哈哈，这自信程度令人口服心服。”沈清耀嘻嘻哈哈笑个不停。

“我一定要把那个礼物赎回来，从此跟他一刀两断，形同陌路！”顾萤气急败坏地说道。

“六百六，你去哪儿弄这么多钱？”沈清耀说完又忍不住笑了两声。

“要不然我也去学校门口摆个摊，专门解数学难题，一道二十块？大家都是学生，再多估计也没有。”顾萤精打细算，“不行，这样也太慢了。黎铭舜说是拍卖，拖的时间越久价格越高，最后如果给别人得手了，那我岂不是竹篮打水一场空？”

“谁让你把过年时的压岁钱连同赢牌的钱全都拿来买CD机？”沈清耀被迫听了许久自己多年前的演奏，感受其实并不是太好，但当着顾萤的面又不好吐槽，只能郁结于心。

“我有主意了！”顾萤无视他的怨捋，灵光一闪，计上心来。

“我突然又有一种不祥的预感。”沈清耀幽然长叹一声。

“果然。”沈清耀同情地看着眼前摆中国象棋棋摊的大爷，“你打算赢大爷这么多钱？这不太好吧？”

“以后我有钱了再来，输回去就好了嘛！”顾萤不以为然地摆了摆手，说着已经坐下开战。

“哟，小姑娘都敢来下棋啊，别输得找不着北。”

“零花钱输光了可别哭鼻子啊！”

“老赵要是被这么个小姑娘赢了，那可晚节不保了！”

…………

顾萤轻轻松松地速战速决赢了几局，大爷痛心疾首地掏出第七张百元大钞的时候，顾萤还好心找给他四十块钱。

“没想到你还挺厉害的！”沈清耀一局一局看下来，不由得吃惊地说，“你好像在一些没什么很大用处的事儿上都会有奇功。”

“喂喂,怎么说话呢？中国象棋好歹也是中国传统文化的一部分，什么叫没什么很大用处的事儿？”顾萤赶紧去另一个摊上把黎铭舜的莫比乌斯环给买了下来，“我小时候天天在爷爷家住，从早到晚陪我爷爷下象棋，虽然经常被虐哭，但棋力日渐增长，久而久之就成了现在这种水平，一般人是下不过我的。”

“哦？是吗？”沈清耀心不在焉地说了句。

“你这是什么态度，不信咱俩来一局？”顾萤越战越勇的劲儿又上来了。

“别忘了，你无论在想什么，我可都了如指掌，这种情况下跟你下棋岂不是太欺负你了。”沈清耀笑着说，“以后如果还有机会的话……我陪你下。”

“怎么算有机会？你还能借尸还魂不成？”顾萤说着说着就高兴不起来了。

“先专心考试吧，距离预赛时间越来越近了。”沈清耀其实也不知道还能不能有机会，索性跳过这个伤感的话题，“千万别像上次一样胡来了。”

“韩彬老师说，预赛之后会再让我们几个女生报名数学女奥，能进入前二十名的话就能够直接进入冬令营了，就算没进也可以当作练练手，到时候又能跟辛静一起参加比赛了。”顾萤边走边兴奋地说，“虫虫你说，我现在像不像一个南征北战的女将军？”

“那就祝将军殿下可以凯旋。”沈清耀已经适应了她中二又可爱的说辞。

“瞳瞳白日当南山，不立功名终不还！”顾萤刚说完豪言壮语，便被黎铭舜叫住。

“现在我们就算两清了，以后你走你的阳关道，我过我的独木桥。”黎铭舜把莫比乌斯环拿走，表情怪异地瞥了她一眼，“最后劝你一句，是不是需要看看医生，整天自言自语的，别是学数学学魔怔了吧？”

“多谢关心。”顾萤摆出了一个标准的八颗牙微笑。

黎铭舜摇着头，叹了口气。

顾萤的日程安排越来越满，高一下学期的期中考试一结束，高联预赛便如约而至。

比赛当天突然变天下起了雨，温度直降了十几度。

顾萤好巧不巧穿了一条“幸运”连衣裙，一路上冻得瑟瑟发抖又犯困，只得考前偷偷溜去附中旁边的肯德基买了一杯热摩卡咕噜咕噜地喝。

“你说你这是不是自己作？要是因为冻坏了没考好，你回去可别又哭鼻子。”沈清耀看她冻得牙齿打战、嘴唇发青，不由得一阵心疼，却又没办法帮她，只能干着急。

“不会不会，预赛这么简单，本小姐略施拳脚就能拿下啦。”顾萤哆哆嗦嗦地说着，却丝毫没有输了气势，“好歹也是‘虫老师’这种神仙大佬的嫡传弟子！小小预赛算什么？”

沈清耀没说话。

咖啡喝完的时候，顾萤僵硬的身体终于缓和了一些。同行的老师又借给她一件外套披上，她苍白的小脸好歹恢复了些血色，而考试时间也差不多要到了。

窗外的雨淅淅沥沥地下，清冷萧索。

顾萤把自己惯用的黑色中性笔拿出来搁在桌上，暗叹一声：“虫虫，咱俩这命运真可谓是……肝胆一古剑，波涛两浮萍！”

“确实。”沈清耀苦笑着点点头，不由得回想起了自己小时候瞒着父母偷偷在美国参加 AMC（American Mathematics Competitions，美国数学竞赛）时的场景。

“但我们是不会向坎坷的命运屈服的，战斗吧！迎着猛烈的风雨！”

沈清耀一时语塞。

顾萤一拿到试题，抄起笔就开始“唰唰”写答案。

整场考试出乎预料地顺利，顾萤几乎一气呵成，除了个别的题看上去太费时间而直接跳过了，其余的畅通无阻。

“稳了。”她一出考场，沈清耀就告诉她这个喜讯。

“总算了却了一桩心事！”顾萤伸了个懒腰。

“雨已经停了，在外面逛逛再回去吧。”沈清耀也受不了她家里那个压抑的气氛。

“先约法三章，我可不吃东西。”顾萤背了书包边走边说，“自从你来了，我就老是控制不好饮食，今天本来想穿一件衬衣，结果都扣不上扣子！气死我了。”

“你那不是长胖，是发育，女孩子青春期如果不发育，长大了也得气死。”沈清耀贴心地跟她科普。

顾萤愣愣地琢磨了一下，顿时脸颊绯红：“你乱说什么！”

“第二性征发育生物课本上也是会学的。”沈清耀语气相当无辜。

“你……哎！这个平安扣很像沈清耀经常戴的那一个！”顾萤路过一个橱窗，隔着玻璃盯着一枚晶莹剔透的翡翠平安扣嚷道，再一

看标价上面的一串“零”，顿时傻眼了，“个、十、百、千、万、十万……这个东西居然要十六万！”

“你小点儿声，别显得这么没见过世面。”沈清耀感觉有些丢脸，忍不住提醒她。

“我可不就是没见过世面嘛，我以为这个东西几千块就够贵了，这么小，做工还这么简单。”顾萤悻悻地撇了撇嘴，“本来还想买一个当平安符呢，现在这一看，攒钱攒到下辈子吧。”

“应该也有便宜一些的，几百块钱就能买到，主要看材质吧。”沈清耀笑着解释，忽然看她贼头贼脑地迅速躲到了拐角，视线所及是一个中年男人挽着一个漂亮优雅的年轻女人在挑首饰。

“你爸？”沈清耀试探着问。

“你有时候聪明得让人很想揍你。”顾萤躲在阴影里愤然道。

“那是顾泽的妈妈？为什么我感觉她跟顾泽长得不太像？”沈清耀心中隐约有了一个猜测，“看上去也太年轻了。”

“不是顾泽的妈妈。”顾萤心中的讽刺感比得知顾泽存在时更甚，“不知道顾泽知道了会怎么样……本来我以为，我爸只是想要个儿子罢了，没想到……”

“出轨这事儿真就这么有意思吗？”沈清耀难以理解地问道。

“这我哪儿知道你们男人是怎么想的！”顾萤没好气地说。

“喂喂，你又来了，怎么就又‘我们’了。”沈清耀哭笑不得，“我也不懂好吗？你没必要一竿子打死一船人吧？”

“我爸可是从小到大一路十佳少年、省级三好学生称号拿到手软的模范生，当年是多少女孩子心目中的男神，照样干出这么缺德的事儿……只能说大部分男人本性如此。”顾萤摇了摇头，一副苦大仇深的模样，“唉，如果哪天我男神也被爆出脚踏几条船之类的绯闻，我就把这个‘大部分’去掉。”

“哦？看来你对你的男神也不是百分之百信任嘛。”沈清耀语气玩味。

“其实我主要是觉得他那样的人应该不太容易陷入世俗的爱情吧，所以，也无所谓专一不专一了。”顾萤在阴影里目送父亲的背影离去，

"这个世界上真的会有女孩子能让他心动吗？"

"为什么不能有？"沈清耀柔声问道。

"经常有人跟我说，天才也是要过日子的，一样要有柴米油盐酱醋茶，但是我一直觉得，人和人能感知到的世界其实是不同的。像我这样的普通人，或许只能感知这个世界相对普通的部分，可是沈清耀那样的人，他的智慧和情感都远远超过我，我猜……或许他能感知到这个世界上最为精妙的、美丽的、不平凡的一切。那么到底存不存在这样一个女孩子，足以和这些抗衡，足够深刻，足够耀眼，令他不觉得无趣，从而陷入真正的爱情呢？"顾萤无奈一笑，"想必即使存在也是凤毛麟角吧。"

"那什么样的才算是真正的爱情呢？"沈清耀对她这套理论颇感兴趣，虚心求教。

"就……反正找个差不多的人凑合过日子那种不算，一时冲动解闷的女友不算。"顾萤仔细思索了一下，"你要问我什么样的算，其实我也不太清楚啦，我又没谈过恋爱。"

"我明白了。"沈清耀笑道。

"你又懂了？"顾萤常常觉得，也只有"虫老师"这种惊人的理解能力才能和语文徘徊在及格线、表达能力堪忧的她沟通得这么顺利。

"嗯。"沈清耀笑得讳莫如深，"其实你真的没必要把他看得那么神乎其神，想必你现在自己也深有体会，并不是越强就可以越少面对挫败、无力的时刻。相反，恰恰因为变强后，你能接触到的问题难度逐渐增加，这种时刻反而是增多的。认为足够强大就可以无忧无虑只不过是平庸之辈的幻想而已。"

"如果你是一个女孩子，说不定能跟我男神凑一对。"顾萤一边在街上漫无目的地走着，一边说。

"谢谢，我认为这或许是你能给出的最大的赞美了。"沈清耀愣了愣，乐不可支地说。

顾萤没否认，脚步停在了一个卖刺绣祈愿锦囊的路边摊位旁，蹲下挑了一个"健康平安符"。

"这东西这么贵，你与其信这种虚无缥缈的东西，还不如买一份实实在在的章鱼小丸子。”沈清耀眼巴巴地盯着一旁的章鱼小丸子推车。

“你懂什么，心诚则灵。”顾萤蹲在地上写了一张“希望沈清耀可以顺利渡过难关，健康平安”的字条，小心而郑重地塞进了锦囊里。

“你考完试都不需要补充一下 ATP（三磷酸腺苷）吗？”

“口腹之欲岂能跟本小姐高雅的精神追求媲美？我要回家弹钢琴。”

无人应答。

“第二节课什么时候上啊？”

无人应答。

“喂喂，你可别想抵赖。”

“好吧……”沈清耀勉勉强强地说。

- 第二十二章 -
前进！前进！

顾萤预赛的成绩是实验中学的最高分，自然顺利进入了联赛。

高一结束后的暑假，顾萤的行程十分紧凑，八月上旬是女子奥林匹克竞赛，下旬是陈省身杯决赛，紧接着九月中旬就是联赛。

全部成绩都出来的时候，林曼英破天荒地带她去吃了泽阳口碑最好的烤肉自助餐，算是犒劳她日复一日的勤学苦练。

这是林曼英第一次“奖励”顾萤的学习成果，顾萤胃口大开，准备“大战一番吃回本”，怎料刚开动没多久就看到顾泽也走进了餐厅。一想到爸爸很可能也在附近，顾萤一下子便没了食欲。

林曼英是个体面人，离婚捉奸的时候没有像个弃妇似的哭闹，现在自然更不会做出什么有失颜面的事情。她看到顾泽也只是微微愣了一下，没有太多反应，完全当作不相干的陌生人。

“顾泽数竞和物竞都进了省队……”顾萤闷闷地说——本来她女奥拿了铜牌，陈省身杯决赛第十七名，联赛省一的成绩已经算是硕果累累，结果被顾泽一衬托，立马黯然失色。

“你跟他比做什么，跟自己比。”林曼英不动声色地喝了一口果汁，“快吃，别东张西望的，让人笑话。”

顾萤闻言多少有些失落，因为林曼英这么说几乎等于默认了一个结论——顾泽比她强是理所应当的，她跟顾泽比是没有自知之明。

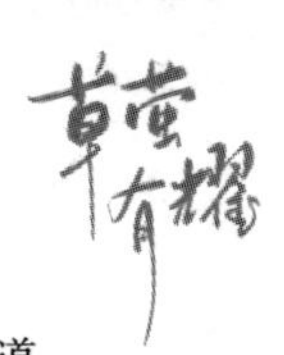

她正胡思乱想着，忽然顾泽那边掀起了一阵骚乱，只见他不知道为什么砸了桌上所有的盘子，一脸怒气地直接冲出了餐厅。

顾萤不明所以，但下意识地就回想起了不久之前撞见父亲带了新欢去商场一掷千金买首饰的情景。顾泽素来在长辈面前乖巧懂事，能在公众场合闹成这样怕是跟那件事脱不了干系。这样一琢磨，顾萤心里难免幸灾乐祸：风水轮流转，顾泽你也有今天。

“高二比高一课业更多，你一定要再接再厉。”林曼英置若罔闻，面不改色地继续说着，“数学竞赛既然已经学了这么久，就一定要争取到冬令营，拿到保送最好，再不济也要拿到降分，否则就前功尽弃了。听你们韩彬老师说，高二的学生能拿省一已经非常不错了，学校里进了省队的一共也就三个学生，而你潜力很大，第二年再考一次的话很有希望进入省队。数学组那边的老师现在都非常看好你，韩老师甚至跟我说你有希望在 CMO 拿到不错的名次。”

“我一定会加油的！”顾萤信誓旦旦地说道。

“嗯。我看你最近练琴的积极性也很高，听上去也比以前流畅了许多，至少邻居不再说你制造噪音了。”林曼英随口说着。

“是吗？哈哈……”

顾萤没敢说听上去流畅只不过是因为她一直都在弹自己写的“曲子”，不过林曼英不懂音乐，她打个马虎眼就过去了。

“看来你以前练琴没少被邻居投诉。”沈清耀哑然失笑。

“我弹得真没那么差好不好？他们无非是看我妈好说话，才纷纷来告我的状。”顾萤不以为然地翻了个白眼。

“你们学校谁进省队了？”沈清耀好奇地问。

“高二进省队的就只有顾泽……其实我离省队的线也就差了七分而已。”顾萤不情不愿地说，“虽然再集训也不用遇见顾泽了，但我还是很讨厌那个氛围，要不然在家自学算了。”

实验中学历来高考生和竞赛生是两个阵营，高考生认为竞赛生都是投机分子，进了大学还坚持不转专业的是少数，而竞赛生则普遍认为高考生不够聪明。然而，哪怕是在竞赛生的阵营内部，顾萤还是无法跟那些人融入在一起，因为大部分专注于数学竞赛的男生都让她感到极度乏味，除了过低的情商和糟糕的品位，他们还非常习惯到处“膜拜大神”，张口闭口“人和人的智商差距有时候比人和猪还大”“笨蛋不分年龄，笨蛋就是笨蛋罢了”“我以后就想找个能跟我聊数学的女朋友”“××吊打××”“××碾压××”“学数竞就为了证明我聪明”“不聪明为什么要来学数竞”……

“我真的感觉那些人精神贫瘠又傲慢无礼，甚至不以为耻，反以为荣。”顾萤专门买了一副降噪耳机，每日边听巴赫边刷题，就是为了跟那些人隔绝到两个世界，“教养真的太差了，共情能力几乎为零。真不知道为什么还有女生喜欢他们那样粗鄙的人，就因为什么……什么 smart is new sexy？”

“可能跟国内的大环境有关系，中产通常是靠读书改变命运的，因此成绩好意味着很多东西。国外的女生对这种类型的男生感兴趣的就没这么多。不过你要知道，你是从差生一步一步提升上来的，自然更能体会弱者的痛苦。但他们可能从小就习惯了做强者，会理解不了弱者的世界其实也是人之常情吧。”沈清耀虽然和顾萤所见略同，但也没有太过苛责。

“可是你比他们强那么多，也没有像他们那样啊……辛静还说这叫‘钢铁直男’，很多女孩子就喜欢这种。真不懂为什么要把一个人品质差归结为性别，那你不也是男的吗？”顾萤用力嚼着一大块牛肉，狠狠地说道，“我一定要用成绩把这些讨厌的男生按在地上摩擦！”

“其实，我有时候也挺刻薄的吧……人都不能免俗的。”沈清耀习惯性地反思自己。

“那不一样！你刻薄是讲道理，是为了用尖锐的话语警醒我明白自己的错误，每次都有醍醐灌顶的效果。他们那是什么？是傲慢的人身攻击，是鼠目寸光找优越感，是心胸狭隘缺乏教养，是对自己的语言缺乏管控力，是沉溺于低级的口舌之快……”顾萤越想越反感，数落起来没完没了。

林曼英瞄着她逐渐扭曲的表情，忍不住问了句：“顾泽进省队对你打击不小啊？”

“明年，明年我一定要进入CMO！”顾萤一拍桌子，气势汹汹地说。

林曼英一怔，平静地点了点头：“小姑娘文静一点，老是莫名其妙一惊一乍的，像什么话？多吃点肉，正是长身体的年纪，老节食小心大脑发育不良。”

“哦……”顾萤老老实实地低头。

“其实你想自学也没什么问题，反正剩下的时间你也就是刷刷国家集训队的题，再做做我给你补充的题目，争取把加试的分数提上去。”沈清耀条理清晰地帮她规划着，“也可以多和辛静交流一下……你们还会再参加一次女奥吗？”

“不知道哎，她联赛成绩出来之后就很不开心，我也没敢多问。”顾萤长叹一声，“她好像状态一直不太好，以前她有什么不开心的事都跟我说，但是这次不知道为什么，无论我怎么问她都不说。”

“希望她能快速调整过来吧。”沈清耀对辛静的印象还不错。

“嗯……”

高二上学期的期末考试，顾萤的总成绩第一次杀进了全校前一百名，成了一班的倒数第二名。

顾萤兴高采烈，在公告栏前面手舞足蹈，高联拿了省一等奖都没这么欢天喜地过。

“贺斌！”她大声念出倒数第一名的名字。

“喂喂，顾萤你也太不地道了。”贺斌一脸郁闷地瞪着顾萤，“我考个倒数第一就值得你高兴成这样？还有没有一点同窗情谊了？”

“这是里程碑式的事件，让我们命名为‘0111事件’，它标志着顾萤时代的终结，贺斌时代的降临！”顾萤学着芭蕾的姿势转了一个优美的圈。

“喂喂，你不要咒我下次还考倒数第一！”贺斌抓着头发懊恼道，“我听说你妈天天给你吃什么营养补充剂，什么牌子的？我也去买一点吃。”

顾萤“扑哧”一声大笑出来：“我看那玩意儿还不如你吃的花生管用，加油吧你！”

“你真不打算帮我补补脑啊？”贺斌仍然不死心。

“大脑呢，就好像一块巨大的肌肉，它是练出来的，不是补出来的。”顾萤撂下一句充满哲理的话就背着书包，昂首挺胸、大步流星走出了校门。

辛静背对着夕阳在校门口等顾萤，光线把她修长高挑的轮廓拉得更长。

“辛静！我考了倒数第二名！”顾萤扑上去抱着她蹦蹦跳跳。

“恭喜你！”辛静按住顾萤的肩膀把她稳住。

“今年的女奥我们还一起参加吧？”顾萤拉住她的手想朝公交车站的方向走，却见她伫立在原地不动。

“顾萤，我……放弃数竞了。”辛静说出口的时候，嗓音似乎有几秒的颤抖，但很快便平静下来。

顾萤怔了好一会儿才听明白她的话：“啊？为什么呀？从小到大，你不是一直参加各种数学竞赛吗？你不是最喜欢数学了吗？”

“我跟你说一个秘密，你不要生气。”辛静突然认真道。

“你说吧。”顾萤一动不动地盯着她的眼睛，试图从她毫无波澜的眼底窥探出一丝丝的不甘心。

“我一直都非常嫉妒你。”辛静说出来之后，脸上终于露出了如释重负的笑容。

顾萤忽然像是失去了言语能力，只是一脸不解地望着她。

“你永远那样光芒四射，美丽动人，永远吸引着大多数男生的目光。

“我曾经又胖又丑，每每看到你成绩垫底，心中都会感到一种安慰，一种……带着负罪感的安慰。这种负罪感让我逼着自己努力在学习上帮助你，因为这样就可以抵消我对于自己忌妒心的愧疚，让我仍然相信自己是一个善良宽宏的人，让我依旧可以认可自己的优秀。

“瘦下来之后，我渐渐不再羡慕你所得到的那些男生的讨好和追求。他们对待我判若两人的态度让我意识到，大多数男生眼里最重要的东西也不外乎如此，浅薄、无趣、廉价、不值得。

“可我还是嫉妒你，因为你突然开窍了似的，在我最爱的数学上面赶超了我，而我拼尽全力依然无法前进一步。

“或许这就是所谓的天赋，又或许不是，我唯一清楚的事情就是

自己已经力不从心。

“你就像一个无拘无束的孩子，但是整个世界都宠着你。无论你怎样把自己拿到的一手好牌打得稀烂，你还是能绝地翻盘，逆风而上。”辛静嘴角勾勒出一丝淡淡的笑容，“但我无法做到如此，我人生的每一步都经过了深思熟虑的考量，从来不做胜率低于50%的事。五岁的时候学围棋，老师告诉我，不得贪胜，这四个字一直是我的人生准则。”

顾萤茫然地摇了摇头，张了张嘴却又不知道可以说什么。

“我的偶像是李昌镐，他曾经是围棋界的一个奇迹，被称为石佛。在他漫长的围棋生涯中，几乎从来没有过什么绝地翻盘的精彩妙手。他的棋风很淡，大巧若拙，常常看上去是亏了的棋，却能在关键时刻发挥巨大的作用。”辛静停顿了一下才继续说，“如果我继续把时间投到数竞上，或许运气好能够拿到降分，运气差可能一无所获。但无论怎样，我不想冒这个险。人生和下棋一样，善弈者，通盘无妙手。”

“我不太明白，辛静，我不明白。”顾萤仍然拉着她的手，恋恋不舍，“以后我们不能继续一起学数学了吗？”

“加油，我们可以一起考明华。”辛静张开手臂紧紧地拥抱顾萤，“顾萤，我们山顶见。”

-第二十三章-
止步冬令营

因为辛静毫无预兆地退出，顾萤闷闷不乐了许久。

“辛静确实是一个非常优秀的女孩子。”沈清耀不知第多少次感慨，“小小年纪这么懂得取舍有度的人可不多。”

“连你也喜欢她……”顾萤拖着哭腔道。

“好好好，喜欢你。”沈清耀无奈地笑了笑。

“国集的题真的好难。”顾萤苦思冥想、绞尽脑汁做了一上午也不怎么顺利，午饭都没有胃口吃，“越是做题，越能真正明白沈清耀到底有多厉害，以前我只知道他那些奖项摞起来很惊人，现在我才真正对于他的实力有那么一点儿概念！你说他是怎么兼顾钢琴和数学的？而且两样都是世界顶尖的水平，那就是我想象力之外的东西了，而且他只比我大两岁而已。唉，果然天才就是天才，跟我们这种凡人不是一种次元的生物。”

“呃……其实你已经很优秀了，完全没必要这样妄自菲薄。”沈清耀柔声安慰道，“又不是说非得拿到一块 IMO 金牌才算一名合格的竞赛党，迎难而上，勇敢地突破自己同样是很了不起的事情。”

“IMO 金牌？在梦里吧？现在我连进省队都悬，冬令营更是遥不可及。”顾萤将自己惯用的那支黑色中性笔在右手的五指间转来转去，“我的剑啊，毫无用武之地。”

“休息一下吧？”沈清耀也跟着她精疲力竭。

“对，我要去网上看一点我男神的视频打鸡血！”顾萤一想到这个，顿时来了精神。

网上很多粉丝剪辑了沈清耀从小到大的高光集锦，配合着节奏感极强的电音 BGM（背景音乐），看得顾萤热血沸腾。

“这剪得也太土了……”沈清耀羞耻得闭上眼睛，憋不住吐槽。

“啊，你懂什么，这个剪得特别好！啊，对，就是他弹琴前整理领口和活动手指的小动作太帅了！啊啊啊！”顾萤打鸡血的效果显然极好。

沈清耀体谅她这几天被超难的数学题折磨得痛不欲生，便也没有继续扫她兴致，耐着性子跟她一起看下去。

其实他这辈子回顾自己过去的时刻加起来都不如这些天顾萤看他视频的时间多，他不是一个喜欢沉湎于过去荣耀的人，他的渴求永远在前方。而此刻，他看着自己一路走来所得的那些奖项被悉心剪辑在了一起，才知道已经积累了那么多，一时竟然觉得有些陌生。

“我从来不相信有什么战胜不了的困难，只要不选择认输。”七岁的沈清耀的访谈结束语。

“音乐对于我而言，就像是和宇宙对话，也希望你能在我的音乐里听到宇宙的回声。”十岁的沈清耀的获奖感言。

“心向往之，便不惧天寒路远，四野山川，千古八荒。”十二岁的沈清耀谢幕时说道。

“自能生羽翼，何必仰云梯。”十五岁的沈清耀在一档访谈节目里展示自己的书法爱好时所写。

“希望上帝能宽恕我的执迷不悟。”十七岁的沈清耀将 IMO 金牌举过头顶。

…………

沈清耀都忘记自己曾经如此睥睨一切，不禁感叹真的是年少轻狂。

“男神真的好厉害啊……”顾萤托着下巴，又轻轻拍了拍自己发烫的脸颊，一副不能自拔的脑残粉模样。

“咳咳……”沈清耀汗颜。

“世界上怎么会有沈清耀这么美好的存在呢？”顾萤真诚地发问。

“差不多了吧，都看了二十分钟了。”沈清耀实在是受不了违和的配乐剪辑。

“一想到男神现在还没康复，我就抓心挠肝的。”顾萤趴在桌上哭丧着脸。

“那个……不如去网上下几盘象棋，换换心情。”沈清耀怂恿她。

顾萤唉声叹气、怨声载道了半天，还是乖乖打开电脑，登录QQ游戏，进入了“中国象棋”的大厅。

“咦，有人加你QQ好友。”沈清耀首先留意到了QQ图标上面的小喇叭。

“不管不管。”顾萤在棋盘上杀来杀去，战斗正酣。

“你看你这棋风，真的太激进了，哪像个女孩子。”沈清耀观战许久，终于憋不住了。

“女孩子怎么了？谁规定女孩子就必须保守下棋？”

顾萤一个炮沉到底，将军。

对话框弹出“对方已认输”。

“人生呢，还是得激流猛进，才能乘胜追击，让敌人节节败退，措手不及。”顾萤指着自己此刻100%的胜率学辛静的语气发表了一番人生感悟。

“倒也没错。”沈清耀妥协投降。

顾萤点开自己的QQ消息，是一条添加好友的消息，附言上面赫然显示着“我是顾泽”。

“加这种附言还指望我通过好友？”顾萤感觉到自己的血压直线飙升。

“你通过他看看呀，突然无缘无故加你，你都不好奇会有什么事吗？”沈清耀看热闹不嫌事儿大。

“行，谁怕谁，他敢加我就敢通过。”顾萤一边加上顾泽的QQ，一边说，“反正我这一年跟沈清耀的‘黑粉’隔三岔五对战，练就了一身‘钢铁键盘侠’的功夫，我怕什么？”

问你一个题。

顾泽二话没说直接发来一行字。

问。

顾萤毫不示弱。

欧氏空间中存在紧致无边的极小子流形吗？

“不存在。”沈清耀答道。

顾萤敲字回复他。

顾萤，你果然交了一个数学特别厉害的男朋友！我要跟你妈告状说你早恋！

顾萤这才痛心疾首地明白过来——回答了这个问题就相当于对上了某个暗号，等于鱼儿咬钩了。

是不是上次跟你告白的那个 IPhO 金牌学长张旻文？他现在是不是就在你旁边！

顾萤摸不着头脑，连字都懒得打了。

果然不是他，真搞不懂为什么老有厉害的人看上你这种笨蛋。上次友谊赛之后那些话，也是他对你说过的吧？你学得有模有样，但说起来滑稽死。

你有事吗？

顾萤的血压又重新飙到了峰值。

你帮我问问他，李文威的《代数学方法》我没看太懂，是不是不适合学纯数学？

顾萤愕然地盯着聊天对话框中顾泽发的这一行字，久久无法回神——万人眼里的天之骄子顾泽，竟然也会发出“是不是不适合学数学”这种令人感到匪夷所思的疑问。

“不会。”沈清耀不由得笑出声来，“李文威的《代数学方法》虽然写得很好，但初学者第一遍看不懂非常正常。他才十四岁，以后的路长着呢，这样急于求成，委实没有必要。”

“我不想告诉他。”顾萤托着下巴一动不动地看着屏幕。

这个问题对于我而言真的非常重要。

看到这句，顾萤不知怎的想起顾明曾经说过的那些话，终究还是心软把沈清耀的话传达给了顾泽。

谢谢你！我决定放弃物理，去斯坦福读数学了。虽然不知道为什么你这样的大神会看上顾萤那个笨蛋，但我还是想说，你跟顾萤说的那些话对我影响很大。这一年里我重新思考了数学对于我而言到底是什么，慎重反思了自己究竟是喜欢数学，还是喜欢物理，又或者仅仅是喜欢它们带给我的光环。

顾萤反手给他来了个直接拉黑、退出QQ、电脑关机一条龙操作：“忘恩负义，白眼狼，我就不该理他，让他自己挫败去吧！”

“喂，人家是跟我说话，说到一半你直接拉黑，这样做不太合适吧？”沈清耀本来正为自己又挽救了一名“失足少年”而感动，还没来得及再次开口就只看到漆黑一片的屏幕。

“这是我的QQ好不好！不过……原来像顾泽这样的人也有怀疑自己不行的时候！扶我起来，我还能学！”顾萤在沙发上打滚，格外兴奋，“而且顾泽刚刚是不是说他要去美国了？太好了，终于可以彻

底远离这么个灾星了！”

沈清耀深刻认识到一件事——顾萤本质上就像一个弹簧，哪怕困难把她压到底，她也总能攒够力气弹回来。

“对了，虫虫，你说好给我写的曲子什么时候写好啊？”顾萤又想起来这茬，“你老找借口拖来拖去的，要是不会写就直说！我又不会怪你。”

“等你十八岁生日的时候一定作为礼物给你。”沈清耀语气不疾不徐地说道。

“真的吗？我已经很多年没有正经过过生日了，自从我妈和我单独生活以来，每年我过生日就是吃一碗阳春面再加两个鸡蛋！”顾萤的眼睛里闪着期待的光，“十八岁……我好期待呀！成为一个大人就会变得更厉害了吧？”

沈清耀笑而不语。

“不行，我一定要加油，不给自己的青春留下任何遗憾！”顾萤说着便从沙发上翻身而起，重新抓过中性笔，继续解着之前卡住的题目。

对于培优班的学生来说，高二是动荡的一年，很多人生中重要的决定都必须在这一年彻底敲定，自此大家不再是同一跑道上竞争的对手，而是各自奔向自己的目标。

何超越在金秋营拿到了明华大学降三十分的优惠政策，决定全力备战高考，争取冲刺明华大学数学系，而他那本卷曲破旧的《走向IMO》已经很久没有翻开了；贺斌则转去了国际班，并很快就在A level考出了漂亮的成绩，顺利拿到了剑桥大学数学系的conditional offer（有条件录取），教室里“嘎嘣嘎嘣”嚼花生的声音也随之彻底消失了；陈越化学竞赛拿到了国一，明华大学降一本线录取，自然十分轻松，他偶尔还是会举办个节目活跃班级气氛，只是响应的人寥寥无几；隔壁班的镇班大神顾泽早已不在；聂明哲则早早被录取进明华大学的数学英才班，也成功跳过了枯燥压抑的高三。

顾萤在女奥很遗憾地拿了个银牌，不得已只能选择破釜沉舟，请了假在家全力备战高联，好在运气不错，在一试没怎么发挥好的情况下，二试她心灰意冷破罐子破摔，结果破天荒地如有神助似的做对了三道半题目，最终以第三名的成绩顺利进入省队，成功进军冬令营。

CMO 的考点在明华大学附属中学，日程一共六天。

第一天是开幕式，顾萤百无聊赖地看了几分钟表演节目就忍不住开始在脑内呼唤“虫老师”：“虫虫，你再给我总结总结吧，俗话说，临阵磨枪，不快也光嘛！”

“都临上战场了，就别想这些了，好好放松放松，省得你到时候又紧张得关键时刻掉链子。”沈清耀对于她高联一试的发挥还留有怨念，“我发现你越是当回事儿，越容易考出低分，啥都不惦记，反而能超常发挥。”

“我听他们聊天，感觉周围全是大佬，可谓高手如云啊……唉，虫虫，你说我顾萤怎么就混到这群人里面来了？我这算不算滥竽充数，鱼目混珠啊？”顾萤偶尔听到几句闲谈，都不由得深刻怀疑自己这种“菜鸡”是怎么有资格跟各路神仙一同参加一场比赛的。

“你别得了便宜还卖乖了，全省第三同学。”沈清耀嫌弃地说。

“嘿嘿，我这不是走了狗屎运吗……我平时练习，二试也就能做出两道题。”顾萤不好意思地捂嘴笑。

“实在无聊就看会儿小说放松放松吧，你妈不是允许你带手机了吗？”沈清耀提醒她。

“不看。我昨天就偷偷看了一会儿小说，结果那女主角描写得比我还菜，学竞赛比我还晚，然后你猜怎么着？第一次参加数学竞赛就拿了一枚IMO金牌，别问，问就是女主角有数学天赋。哼……气死我了，是不是数学竞赛在这些作者眼里就和家长微信朋友圈分享的智力测试是差不多的东西？这种桥段简直是对我这两年的努力最大的羞辱！”顾萤提起来就愤愤不平，“我真的看不得这些，看了那些因为心态好就轻轻松松考多少分的描述我就血压直线飙升。”

“一本小说你当什么真，谁让你挑小说还要挑这种题材？”沈清耀被她气鼓鼓的模样逗笑了，“言情小说的定义是什么？那是让你看男女主角谈恋爱的，数学天才就是一个人设，是个背景，你只需要知

道主角很厉害就完事儿了。你看你这关注点歪到什么地方去了，还能不能好好放松一下了？”

“这还不算，男主角还天天不学习却拿了五枚金牌，搞得好像金牌两毛钱一块似的，这真的能体现出男主角智商高吗？我怎么只感受到了瞎装和扯淡呢……这还不是最可气的，最可气的是男主角对数学毫无尊重和敬畏之心，可以为了女主角抛弃这个又抛弃那个，数学都没有谈恋爱重要！”顾萤越说越气，在慷慨激昂中手舞足蹈，一不小心踢到了前面的“往届国集大佬”。

男生本来很反感地扭头，一看竟然是传说中的“实验中学校花女神”，恼怒一瞬间转化为春风满面。

“抱歉抱歉……”顾萤双手合十说道。

“不然呢？男主角为了学数学，和女主角决裂？那不是渣男了吗？”沈清耀不禁觉得自己这种直男都比她“懂”这里面的门道。

“至少对于我自己而言，数学和谈恋爱，我肯定选数学。”顾萤笃定地说着。

“哟，不错不错，少女觉悟很高嘛。”沈清耀笑了笑，继续问，“如果我没记错，一年前你还求之不得地要去给你男神洗袜子，现在进步不小。”

“这不一样……如果是和沈清耀谈恋爱，那想想还是很纠结的……不过本来二者也不是鱼和熊掌的关系吧！哎呀，被你带跑偏了，我怎么可能和沈清耀谈恋爱吗？我竟然还在这儿认真权衡了一下二者哪个更重要！”顾萤甩了甩头，乌黑柔顺的头发跟拍洗发水广告似的飘来飘去，引得周围男生纷纷注目。

“消消气，找本古代的看。”沈清耀笑个不停，“放松，放松一点。其实你想想，数学在你心里已经如此重要，你可以为了它放弃一切，连你天天念叨的沈清耀在你心里的分量都只够与它平起平坐而已，那么一场考试真的值得你紧张成这样吗？”

顾萤闻言渐渐平静下来，摇了摇头：“可是……我真的很想获得机会，去更激烈、更难的大赛走一遭。毕竟我的青春里，也只有这么一次机会了。”

“我知道，我明白，但是现在，来，我们先看一本愉快的小说吧。”

“好！”

考试一共两天，走出考场的时候，顾萤隐隐感觉自己的数学竞赛之路已经画上了句号。

考场外不乏愁眉苦脸的考生，也有许多春风得意的面孔。

“大佬做了几道题？”

“两道半。”

“不愧是凯神，太稳了！”

“国集稳！”

“我只做出来一道半。”

“一首‘凉凉’送给我自己。”

“怕是要得零分喽。”

“不至于不至于。”

…………

顾萤此时心里一片空荡荡的，什么保送、降一本、加分……通通都不重要了，以至于第二天在酒店的学术报告讲座和各大高校的招生宣讲中她也提不起什么兴趣。

“不出意外的话，你应该能拿到一块金牌。”沈清耀倒还是对这个结果挺满意的，顾萤底子薄弱，经验少，满打满算从真正起步到进入省队也就一年多，能拿到一块CMO金牌已经是非常出色的成绩了。至于国集进不进其实也看运气，竞赛本身就具有很大的不确定性，一次考试没发挥好不代表实力不行，发挥超常也不代表真的水平到了。

“肯定进不了前六十名，对吗？”顾萤仍然不甘心地问了一句。

回答她的只有明城冬日干燥而迅猛的强风。

顾萤毫无征兆地就哭了出来。

“得了金牌还不开心吗？”沈清耀诧异地问。

“我也不知道……就是觉得，舍不得就这么结束自己的奥数之路。”顾萤哽咽着说。

“你看你，以前数学不及格都没见你落泪，现在稳拿金牌你反倒

哭得上气不接下气的。”沈清耀虽如此说，但其实他心里明白，只有真正战斗过的人才能切身感受到失败的滋味。

“我也不知道为什么……突然感觉，好像进不进明华大学对我而言……也没那么重要了。”顾萤茫然地摇了摇头，“就好像也是突然意识到，对于大多数高中生而言，明华大学的存在就类似……就类似爱马仕的Birkin（铂金）包包一样。其实他们的追求都非常庸俗，无非也是一份虚无的荣誉和大众的认可，或者更远一点，他们追求的是明华大学的学历所带来的可变现价值和凌驾于他人之上的优越感。欲望和理想是不一样的，虽然它们产生的驱动力似乎并无二致。”

“哟，虽然你妈天天耳提面命说你一个青春期小姑娘胡思乱想就是思而不学则殆，但现在看来你也不完全算是浪费时间，多少还是琢磨出一点儿道理的。”沈清耀揶揄，笑了笑，“其实也无可厚非吧，大家都有不同的人生。你也不能说，一个人靠欲望驱动、本能需求这些活着就多么可耻，这个世界本来就不是单一价值观的。”

“我突然想起了赵浩然常常挂在嘴边的‘内卷’。”顾萤不以为意地叹了口气，“虫虫你说，什么是优秀呢？证明你是万里挑一的那个‘卷王’，就是优秀了吗？我总感觉人生还应该追求更多的东西，不然就太贫瘠了。”

“考进好的大学确实也是有必要的，毕竟好的大学有更丰富的资源，更高的平台，更多的机会，这些都能让你的‘远大追求’变得更容易实现。”沈清耀耐心地解释道，“这些等到你读了大学自然能体会到。”

“走吧。”顾萤深吸了一口气，被涌入肺腔的寒意呛得咳嗽了一阵。

“去哪儿？”

“去寺里给沈清耀烧烧香。”

“你还惦记着这茬呢？”沈清耀哭笑不得。

“路线我来之前就查好了。”顾萤从背包里掏出一张地图，上面仔细做着标记，包括坐几路地铁到什么地方再步行。

“你妈妈找不到你该担心了。”沈清耀头疼地看了看，感觉寺庙离明城市中心太远。

“我到了地铁上会给我妈发一条短信，先斩后奏，不然我妈肯定不让我去。”顾萤说着就已经投币买了一张地铁票。

“这样不好吧……”沈清耀担忧地说道，但此时顾萤的心思已经又飘到了刚刚结束的考题上面。

第一天的题目其实不算太难，但是每道题都非常耗时间，其中一道数论题顾萤算了一个多小时才写完。第二天的题目难度明显增大，顾萤只有把握做对一道题。通常来说，能做对四道题就有希望进入国家集训队，但顾萤估计自己最多只能做对三道或者三道半题。

似乎只差了一点点……一点点而已。

顾萤忍不住心想，如果自己早一点学习数竞，从高一就开始参加高联，或许现在就是另外一种结果，至少可以走得更远一点。

“别想了，现在努力补补课内的东西，考过一本线就能够去明华大学数学系读书了，还有更广阔的数学天地在等着你呢。”沈清耀打断她钻牛角尖的思路，“格局打开，少女。”

“你说得对！”顾萤释怀地点了点头。

三昧禅院位于明城西郊。

时近黄昏，遥远的阳光透过冬日枯枝斑斑驳驳地照在镏金匾额上，朴实而庄重。

漆红的大门虚掩，隐约可见到僧侣在内打扫。

顾萤怀着极度虔诚的心踏入殿内，只见半圆形的端面中央是圆拱形龛，其内壁面为伎乐飞天的图案，上方为礼赞飞天，大殿中央供奉着的是文殊菩萨。

文殊菩萨是智慧的象征，乘青狮，持宝剑。

持剑在佛教中的表征意义是以智慧剑斩烦恼结，《文殊礼赞》中亦有偈颂“如大雷震，烦恼睡起，业之铁索为解脱”，意为文殊菩萨演说佛法雷震如狮吼，唤醒沉睡众生。

顾萤仰头望着，心中荡涤一空。

“希望菩萨保佑沈清耀可以康复如初。”她低头跪拜。

顾萤走出大殿的时候下起了雨，冬雨夹杂着细碎的冰碴，被风吹

得四散。

她只得在庭院内四处闲逛，百无聊赖地找了一块不被雨淋到的空地，随便捡了一块石头，在地上默写下了考试最后一道题目就直接开始算。

“你还真是养成了无聊就做题的习惯，需不需要我给你讲讲？”沈清耀干着急，又怕直接说破答案她会气恼，只能耐着性子问道。

“你别说！你给我一步一步讲了，那还是你做的，不是我做的。”顾萤拿着沈清耀常常撑她的话尽数奉还。

“等等，你在人家这禅院里乱写乱画，不怕被人查到罚款？”沈清耀提醒道。

“啊！闯祸了！”顾萤满脑子数学题，一时也没想那么多，“怎么办？快跑吧？”

饶是沈清耀已经习惯了她晕头晕脑的行事作风，此时也着实“无语”了一下。

禅院内的庭院四通八达，顾萤方向感不太好，气喘吁吁地跑了半天又绕了回来。

“不是吧……这难道是菩萨显灵有意要惩罚我？”顾萤说着就害怕起来。

“菩萨可没那么闲管你乱写乱画的事儿……”沈清耀慢条斯理地说着，“你自己慌不择路，怪什么菩萨。”

顾萤刚松了口气，又见到了更加惊悚的场面——

她写在地上的题目，被人写出了答案。

“这这这……这不会真的是菩萨显灵了吧？”顾萤边说边试图看明白这地上的答案。

“菩萨倒是不会显灵，但……或许这里有扫地僧。”沈清耀对着答案频频点头，“这才几分钟的工夫，就已经解出来了。”

“施主。”

一个清脆的嗓音打断了顾萤脑海里纷乱的念头。

顾萤抬头，看到的是一个骨瘦如柴的青年和尚，穿着一身泛旧的灰色僧衣，手中握着一把扫帚，茕茕孑立。

“还真是扫地僧？”顾萤惊叹道，“这答案是你写的吗？”

“小僧法号慧隐。刚刚……一时没忍住，觉得是很有趣的题目，便随手作答了，还请施主莫怪。”慧隐法师垂眸淡淡地说着。

“……大师谦虚了。”顾萤由衷感叹道，忽然灵光乍现，问道，“等等……慧隐？这个法号怎么这么耳熟？你莫不是当年那位名噪一时的数学天才？竞赛大神？明华大学数学系的高才生？大一刚入学就解决了某个组合领域很棘手的问题发了论文，后来出家还上过报纸的那位？”

“小僧惭愧。”慧隐法师静静地听她一连串的头衔盖下来，没有任何情绪波澜，只是指了指把顾萤绕晕了的路说，“有时候走路就像做几何题，你只看局部很容易迷失自我，放眼整体便一目了然了。”

“谢谢……那，我还能问你一个问题吗？”顾萤望着他清瘦的侧脸问道。

“施主请讲。”慧隐法师说道。

“你现在……有没有后悔过自己放弃了数学？你知道你的天赋绝无仅有，如果你当初选择继续学下去，有可能现在已经有所成就，甚至已经拿到了菲尔兹奖。”顾萤问出了沈清耀心中盘旋的疑问。

“没有。”慧隐法师只是简单地给了一个否定的答案。

“为什么呢？你除了不喜欢世俗的名利……”顾萤继续刨根问底，“拥有那样罕见的天赋，一定能做出很多很多普通人做不出的问题吧？”

“数学对于我而言，只是感受天道智慧的一种途径，但并不是唯一的。”慧隐法师停顿了一下才继续说道，“数学的世界很美，没有世俗琐碎、功利庸常，有的只是无尽的智慧。如果这是你心之所向，便坚定地走下去吧。”

“可是……可是你那么天赋异禀，为什么愿意在青灯古佛中度过一生呢？”顾萤迷惑不解，忍不住继续追问，“而且世人都嘲笑你……很多人甚至认为你有负于国家对你的培养，没能真正成为一名为国争光的顶尖数学家。”

“圭峰兰若禅藏中有言，性不易悟，多由执相，故欲显性，先须破执。破执方便，须凡圣俱泯，功过齐祛，戒即无犯无持，禅即无定无乱，三十二相都是空花，三十七品皆为梦幻。”慧隐法师垂眸说罢，

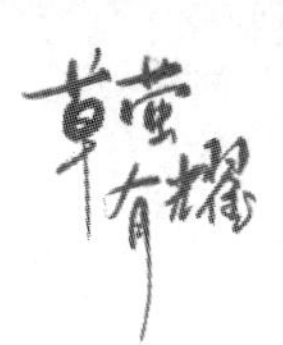

指了指身后的路，“雨停了，施主可沿着这个方向走。”

顾萤还想继续问下去，却被沈清耀阻止了：“不要再打扰大师了，趁这会儿雨停赶快回宾馆吧，你妈知道该着急了。”

顾萤这才作罢，礼貌地告别了慧隐大师，便转身出了禅院。

沈清耀远远望着慧隐大师在黄昏中孤独却傲然的背影，心中瞬间豁然开朗。

这些日子里陪着顾萤又哭又笑，不断地跌倒，再奋然爬起来跟整个世界宣战，就如一捧春风冲散了长松落雪，他想自己或许也应该收拾收拾自己锈蚀的剑，好好面对自己的人生。

- 第二十四章 -
命运的馈赠

顾萤从梦中惊醒的时候，天刚蒙蒙亮。

她混混沌沌，凭着本能下意识地想要爬起来开始新一天的“肝题”，才猛然反应过来艰苦备战竞赛的日子已经结束了。

“虫虫，今天早上吃什么呢？”

顾萤没有睡回笼觉的习惯，发问后，在床上打了个滚儿还是起床了。

“给你三分钟的时间纠结，过时不候哦。”

顾萤一边伸懒腰，一边琢磨着回家的时间，为了不打扰合住的室友，她悄悄刷了个牙就出了门。

林曼英早就穿戴整齐在宾馆外等顾萤，见她无精打采的模样，忍不住又开口数落：“这孩子，年纪轻轻的没个精气神！”

“比赛完了心里空落落的。”顾萤小声嘀咕，“接下来的事儿就一点悬念都没有啦，真没意思。”

“哟，瞧瞧你，成绩还没出来呢，可劲儿嘚瑟。”林曼英用食指戳了一下顾萤光洁的脑门。

顾萤那个时候还不知道，或许命运就是喜欢拿悬念跟她开玩笑。

当她意识到“虫老师”已经好几天没有开口说话时，距离他最后一次与她交谈已经过去一周。这期间她用了各种各样的想法来解释这件事，比如竞赛结束了他觉得无聊，遇到好玩的问题就会出来了；比如他也会累，需要休息，过两天就会又开始讲一堆她听不懂的长篇大论或者无趣的冷笑话惹人烦了；又比如是她最近没有胃口吃好吃的，所以他才不高兴了……另一些可能性，她想都不敢想。

高三的日子像常函数一般单调，培优班的人少了一小半，剩下的人都铆足了劲儿为人生中的最后一搏秣马厉兵。

辛静整个高二和高三都稳定进步，在第一次模拟考中突出重围，力压各大学霸，一跃成为泽阳市理科第一名。

顾萤心情莫测，一模成绩再次跌出年级前一百名，忧心忡忡间又想起了什么似的，非要拉着辛静去“粤城风味”吃云吞。

“那家店人太多了，每次去都要排好久队，现在去可能排到晚自习都排不上号，不如我们周末去吧？”辛静一边整理桌子，一边说，话音一落就看到顾萤委屈巴巴地撇着嘴，“咋了？”

“你不去我就自己去了。”顾萤执拗地说。

“我没说不去呀，后天不就周末了吗？”辛静一头雾水。

“我真挺着急的！”顾萤摇了摇她的手臂。

“去去去，我们萤萤说去，就必须去。”辛静知道顾萤最近心情低落，一模成绩又一落千丈，也不敢多问缘由，只得顺着她说，只想哄她高兴便好。

顾萤闻言，直接拉着辛静就往学校后的小吃街走。

“我说，你慢点儿走，我钱包还在抽屉里呢！”辛静嚷嚷。

“我请你吃。”顾萤毫不吝啬地说道。

“那行，那下次我请客。”辛静只好妥协，“不过，你最近到底怎么了？奇奇怪怪的，好像心思也没在学习上，该不会有什么情况吧？你悄悄告诉我，我保证不告诉你妈。”

“没有。”顾萤走进店里，熟悉的陈列让她稍稍安心了一些——上次“虫老师”来过之后就一直惦记着再来一次，可她每次都推托说人太多太吵而懒得二次光顾。

“那到底是怎么了？看你最近的状态跟失恋了似的。”辛静找了个位置坐下，“别人不了解你，我还不了解你吗？都多少年的亲闺密了！”

顾萤顾盼左右，明明环境嘈杂喧嚣，可她的耳中一片静寂。

“哟，大神，咱这是什么孽缘啊？又凑到一桌了！”

陈晨在顾萤旁边一坐，朝辛静“嗨”了一声算是打过招呼。此时他已经顺利考取了泽阳大学的研究生，只不过被调剂到了一个名额较多的方向。和读本科时一样，他仍然喜欢在这家云吞馆解决晚餐。

乍然听到这声“大神”，顾萤心头一空，两行眼泪瞬间就流下来了。

陈晨和辛静都看傻眼了，面面相觑，不明所以，只有顾萤知道，陈晨这声“大神”叫的根本不是她。

“怎么了？有啥不开心的，跟哥讲讲。”陈晨摆出一副知心大哥哥的架势，“你放心，如果有谁欺负你了，咱必须两肋插刀！”

“你相信这个世界上……有幽灵吗？”顾萤望着他，冷不丁地冒出这么一句话。

她话音一落，陈晨和辛静的神色都开始凝重起来。

“顾萤，你没事吧？”辛静体贴地抬手摸了摸她的额头，“也没发烧啊。”

“哟，这不是数竞小美女吗？”杨伟在辛静旁边坐下，顺手给大家依次倒茶，“怎么了这是？”

“这位是？”辛静给顾萤抛了个眼神过去。

“他叫杨伟，泽阳大学的学生，应该读研了吧？”顾萤抽了一张纸巾擦了擦眼泪。

“好啊，我听老张说，你也记不住他的名儿，敢情就记住老杨了？”陈晨的语气带着一股酸溜溜的味儿，“是不是因为那次云吞是他付的款？”

顾萤摇了摇头：“因为，他的名字谐音好好笑……”

辛静愣了愣才从这个谐音领悟到了某个涵义，一瞬间就笑趴在了桌子上。

紧接着，陈晨也心领神会地捧腹大笑起来。

顾萤在此起彼伏的大笑声中也勾了勾嘴角，被杨伟格外嫌弃地吐

槽了一句：“顾萤，你这笑得比哭还难看。”

她忽然想起“虫老师”还没出现的时候，自己常常这样在热闹的人群中倔强地强颜欢笑，那个时候所有人都说她没心没肺。

“喂喂，你们几个别这样行不行？我这个名字是按照族谱来的，你们以为我想啊？”杨伟脸红脖子粗地辩解着。

“你也是泽阳大学物理专业的吗？”辛静为了缓解尴尬，赶紧转移话题。

“是啊，我跟陈晨一样，也是做 AdS/CFT（反德西特空间 / 共形场论对偶）的。”杨伟缓了口气说道。

“这主要是研究啥的？能给我们稍微讲讲吗？”辛静颇有兴致地问道。

“嗬，这也感兴趣？一看就是学霸。”陈晨啜了一口热茶，低声跟服务员点好了四碗云吞。

“理科全市第一名。”顾萤颇为自豪地介绍自己的闺密。

“好家伙，了不得呀！”杨伟竖起了大拇指。

“只是这次考试运气好啦……跟两位学长比起来，我们学的那些都是小儿科。”辛静谦虚地笑了笑，“你们这做的是属于理论物理吧？听说做理论物理的人是在鄙视链顶层，能给我们讲讲这到底是做什么的吗？ AdS/CFT 是什么意思？”

“可不敢玩什么鄙视链，我们组这些渣渣不都是因为手笨做不了实验嘛！”杨伟自嘲地摇了摇头，接着道，“通俗地来说……你可以这么理解，反德西特空间的量子引力理论和定义在这个空间边界上的共形场论在不同维度是对偶的。”

“对偶？”

“简单来说就是两个看似风牛马不相及的理论同时精确描述了同一现象。”

“这个和什么弦论之类的有关系吗？”顾萤忽然想起某次听搞物竞的同学聊起跨界天才爱德华·威腾。

“哟，大神还懂弦论呢？”陈晨也来了兴趣，“AdS/CFT 对偶最初确实是在传统的量子场论和某类弦理论之间建立了桥梁。做弦论的人之所以那么喜欢这个假设，很大程度上是因为它简洁明了地解释了全息原理。”

“和 Calabi - Yau manifold（卡拉比 - 丘流形）也有关系吗？”顾萤很巧合地又在记忆中搜寻到了某些零散的知识点。

“你知道得还挺多！确实有一定的联系，AdS/CFT 对偶的想法最初就是源自 D 膜的对偶，在十分微弱的耦合下，Calabi-Yau 空间中包覆闭链的 D 膜无法产生可感受到的引力，也就是说，我们可以用量子场论来描述它。说起这个，曾经有人还提出了一个假设，是说量子引力能以某种方式引发波函数坍缩，但是随着 AdS/CFT 的发展，这个观点被证明是错的。”陈晨饶有兴致地回答道，“你学数学的应该知道诺特定理，数学上的对称可以简单描述为对于某个变换的等价性，一个系统如果符合某种对称性，那么与之相对就会存在一个守恒量。在经典物理学中，时间平移对称性与能量守恒对应，空间平移对称性与动量守恒对应，空间旋转对称性与角动量守恒对应，那么反之同理，如果一个理论具有守恒性，那么背后一定存在某种对称。”

“我打断一下，我记得在网上看到过一个杨振宁先生的访谈，他表示他不会对弦论产生兴趣，因为它只不过是一种从数学上抽象出来的理论，和长久以来无数次实验验证过的始于麦克斯韦的场论有着本质的区别。”辛静听得玄之又玄，迷迷糊糊地说道。

“某个物理学家对某个理论不感兴趣是非常常见的事，超弦理论曾在二十世纪八十年代被物理学家抛弃，因为它预测了超光速粒子的存在，而之后衍生出的超对称以及更复杂的超重力则渐渐破除了物理学家对于高维空间的偏见，重新对它产生了信心。”杨伟解释道。

“我记得高一的时候还听顾泽讲过什么十维宇宙的不稳定性，它有一定的概率量子跃迁到一个低能状态，重组成为两个独立的低能宇宙，一个四维宇宙和一个六维宇宙，还有什么各种神秘的答案隐藏在暗物质里面。”辛静一边往云吞碗里加醋，一边说道，“但我觉得这种说法又无法通过实验来证明，听着就很不靠谱，很像以前物理学家们提出的以太概念之类的。”

“哈哈哈，你们学校还有小朋友对宇宙学感兴趣？”杨伟不置可

否地笑笑，丝毫不介意跟小美女胡侃一点儿学术之外的内容，“这个领域‘民科’很多，科幻小说也喜欢在这上面大做文章。”

“其实我也很难接受某些较为激进的理论框架，总觉得那是科幻小说家才会喜欢的东西，”陈晨面对理科美少女很难争执起来，颇有耐心地说道，“但或许严肃的物理学有时也需要某些大胆的好奇心才能有所突破吧。”

“那你们说，有没有可能幽灵是另一个宇宙的人？”顾萤忽然灵光一闪似的问道。

“说你胖你就喘，还真写上科幻小说了？”杨伟嘴里塞着一颗云吞，差点儿笑喷出来。

“其实科幻小说家因为数学知识的匮乏，导致他们的想象力非常有限，有时候现实可能比科幻小说要反直觉得多。”陈晨随口接话。

“根据广义相对论，黑洞中央具有无穷大的曲率，那么时间的不变性，会不会预示着在另一个孪生宇宙有着空间上的对称？”顾萤胡思乱想着，几乎无法控制自己在说些什么，“种种偶然比如……比如激烈的撞击伴随着量子跃迁，而根据弦论，人的意识会不会也是以某些开弦或者闭合弦组成，它们理论上可以跨越维度存在，那么人的意识会不会在这种情况下进入更高维度的宇宙？”

另外三个人相继停下了闲谈和咀嚼，用一种迷惑而担忧的眼神看着顾萤。

“你知道自己在胡言乱语些什么吗？癔症了一样。”辛静首先回过神来，晃了晃顾萤的肩膀。

“是不是高三压力太大？”陈晨忧心忡忡，叮嘱道，“平时一定要注意好好休息，熬过了高三就好多了。”

“我先回家了。”顾萤猛地站起来，“我可能需要去学习一些物理知识……”

“喂，你没事吧？”杨伟也收敛了嬉皮笑脸的神色。

“一会儿还要上晚自习呢，”辛静伸手想拉住顾萤，“顾萤！”

“帮我跟老师请个假！”顾萤一边跑，一边留下一句话。

“她怎么回事儿？”杨伟指了指她原封未动的碗。

“不知道……”辛静担忧地起身，“我也不吃了，我去跟老师说一下这个情况，别是最近考试没考好，她心理出问题！”

“那你快去吧，账我结了。”杨伟财大气粗地一挥手。

顾萤回到家，打开电脑，漫无目的地搜寻着脑海里各种各样的关键词。网页上呈现各种各样的文章，她一篇一篇浏览过去，一无所获，最终她无意识地在搜索栏敲下了“0922”。

九月二十二日，最热门的新闻是沈清耀抢救成功的消息。某种微妙的巧合感令她重新回忆起自己最初在医院时的种种，忽然间，她想起了什么似的迅速登录了自己的QQ，把顾泽从黑名单里拉出来加为好友。

顾泽恰好在线，顾萤索性发送了视频邀请。

对面很快接受了，继而画面上跳出了顾泽那张精致又欠揍的脸。

“顾泽，你是不是讲过什么……爱因斯坦方程的奇异解？”顾萤招呼都没打就急着问道。

“你突然给我发视频，吓得我都没敢点拒绝，还以为出了什么闹出人命的大事儿呢！结果你就问我什么爱因斯坦方程的奇异解！你随便找本物理书不就行了吗？”顾泽翻了个白眼，明显松了口气。

“不是，我是说，那个时候你讲的什么……高维空间螺旋压缩……”顾萤神色认真地问道。

“那些都是我小时候哗众取宠扯着玩儿的！认真你就输了！”时隔两年，顾泽显然成熟了不少。

顾萤忽然就沉默了下来。

“还有别的事儿吗？没有的话我挂了，我还得赶作业呢！”顾泽不耐烦地说道。

“顾泽，你再扯扯吧，求你了……就当我输了。”顾萤委屈地说着，憋了许久的眼泪决堤了似的顺着脸颊流淌下来，“你不是很厉害吗？我就是笨，我想不出来，真的想不出来！你帮我想想，以前我偷了你的东西全都还给你！你帮我想想吧，好不好？”

顾泽瞠目结舌，愣了好一会儿，手足无措地看着她悲凄的模样，

也开始慌了：“你别哭，你别哭！我帮你想！但我现在真的得赶作业，具体问题是什么你写好发给我，我写完作业就帮你想，行吗？”

顾萤认真思忖几秒，忽然意识到自己甚至连问题是什么都不清楚就在疯狂地寻找答案，哭得越发凶了。

“行行行，我不写作业了，你说吧，怎么回事儿？”顾泽干脆把手里的笔一放，以他对顾萤的了解，能在他面前哭成这样必然不可能是小事，不由自主地着急起来，“你倒是说啊！”

“你还记得友谊赛吗？”

“嗯。”

“你说得没错，我确实作弊了。当时我的身体里住着另外一个人。”顾萤索性坦白告知他事情的原委。

“顾萤，你疯了吧？”饶是习惯了天马行空的顾泽也接受不了这么离谱的说法，“是不是高三受到了什么刺激？”

“是真的！现在他消失了，我什么都听不见。我试了各种方法，但是真的没有了，不存在了！”顾萤语无伦次地试图解释，却越描越黑。

“我说你要不要去看看精神科医生？你这是精神分裂症的症状吧？”顾泽神色凝重地劝导。

“他肯定是存在的呀！你想，如果他不存在，我怎么可能在友谊赛上拿到满分呢？”顾萤努力地自圆其说。

顾泽被她这么一问也哑口无言，慎重地沉思片刻后才继续开口询问：“你的意思是说，你能听到另外一个人的声音，而那个人能够感受到你所看到的世界？”

“对，对。”顾萤头一回对顾泽的“聪明”产生了感激而不是怨恨。

忽然，她又眼神一亮，补充道：“他还告诉我，他也是现实中存在的人！”

“这实在太离奇了。”顾泽也束手无策地摇了摇头，“但我觉得你目前最首要的任务不应该是去研究他到底为什么会出现在这里。如果我没理解错，你是想找到他，对吗？既然他是现实中存在的人，你又跟他相处了这么久，那你肯定有各种各样的线索能判断他大概是什么样的身份，比如国籍、职业、家庭背景……”

顾萤恍然大悟般地一拍桌子："顾泽，你说得好对！"

"人常常陷入这种思维定势里面，你是不是总觉得你得弄清楚他是怎么来的，然后才能按照这个原理去找到他？其实完全没必要，找一个人有无数种方法，条条大路通罗马。"顾泽耸了耸肩，说道，"问题解决了？"

"嗯！"顾萤重新燃起了希望。

"那我写作业了，有空我再帮你琢磨琢磨什么高维空间。"顾泽整个人都松弛下来，说着就切断了视频。

顾萤望着黑了的屏幕，脑子里忽然冒出了一句"相逢一笑泯恩仇"。

她关了电脑，开始仔细地在记忆中搜罗与"虫老师"相关的蛛丝马迹，数学、音乐、母语为英语、海外华裔、IMO 金牌……种种特征每每令她感到自己离真相已经咫尺之遥，可真正搜寻起具体的人来又是大海捞针。

与此同时，她又诧异地发现，每次"虫老师"闲扯提到的碎片知识，仿佛都在引领着她去探究真相的本质，或许这意味着他也曾经思考过自己"为什么会来到这里"，可以她薄弱的知识储备和思考能力，短时间内根本无法将一切都联系起来。忽然之间，她想起"虫老师"给她布置过的练习题她还有大半没有完成，她暗暗想着，说不定等她全部解出来的那一天，就能得到更多的线索……

顾萤此时几近穷途末路，又别无他法，只能暂且如此。她知道自己此时不能倒下，不能自怨自艾，不能让悲伤主宰自己的思路——这是长时间的竞赛磨砺养成的习惯，面对问题，不要惧怕，主动出击好过被动防御。

林曼英渐渐察觉到了顾萤的不对劲，以往她为了苗条，怎么劝她都不吃东西，一脱衣服瘦得能看到肋骨，可如今她像个馋猫似的，见到好吃的就往嘴里塞，眼看已经胖了十多斤，也没见她喊着要减肥。

"是不是压力太大了？"林曼英感觉她有暴饮暴食发泄压力的倾向。

顾萤什么都不说，只是摇头。

顾萤无数次从睡梦中迷迷糊糊地醒来，都好像隐隐听到"虫老师"

又在闹着吃这个、吃那个，她不确定自己是真的听到了，还是只是梦到了，但她每次都乖乖照做了。

可是没有回应。

她思来想去，趁周末没课，跑去了他们第一次交流的那家医院，非要在病床上躺一躺，结果被管理人员赶了出来，还联系了家长。

林曼英这回没像往常一样批评她胡作非为，只是忧心忡忡地问她："是不是哪里不舒服？是不是高三心理压力太大了？考不上明华也没关系，泽阳大学也是重点大学……"

"我觉得……像是灵魂少了一块。"顾萤格外沮丧地试图跟妈妈描述自己的感受，"其他的东西填补不了，因为……因为它们不是缺口的形状。"

"要不我们休息几天不去上学了？"林曼英看着她苍白的脸色，没敢把她的话当耳旁风，暗暗打定了主意要带她去看看心理医生，"如果真的病了，我们就好好治，没事的，没事的萤萤。"

顾萤愣了愣，忽然想到了什么似的大惊失色，猛地摇了摇头："我不治！我不治！如果我好了，是不是他就永远不会回来了？"

"顾萤，你在说什么？"林曼英被她的模样吓到了，也濒临崩溃的边缘，"顾萤，你别吓妈妈，拿不拿得到奖牌，考不考得上大学，这些都是次要的，妈妈最想看你健康……"

"对，考大学，他说过自己的愿望是希望我考上好的大学。"顾萤心里莫名踏实了下来，"我去学习了。"

林曼英忧虑地望着顾萤行尸走肉似的一边自言自语，一边匆匆回到自己的房间，从窗户里可以看到台灯亮了起来，可她的心却被阴影笼罩着。

因为恢复了疯狂做题的状态，第二次模拟考顾萤首次进入了年级前五十名，第三次模拟考直接闯进了前二十名。

越学到后面，顾萤越开始明白，"虫老师"从来不给她一步一步讲题并非因为没有耐心——他教给她的是一套成熟的学习逻辑，这套逻辑是一个骨架，具体还需要她自己在反复的练习中去适应并逐步总结出属于自己的“血肉”填满它，从而拥有真正属于自己的一套高效学习方法，这样才可以真正学会“如何靠自己学习”。哪怕有一天他已经不在了，她依旧知道如何才能继续提升。

高考完的那个晚上，实验中学整栋教学楼灯火通明，欢呼声不断。终于告别了高三的学生们纷纷撕了书、粉碎了试卷扔下楼，甚至有男生光着膀子在操场怒吼狂奔。

高中生涯的最后一页彻底翻了过去，而人生还要继续。

顾萤异常平静，只是把那支跟了她三年的黑色中性笔郑重地收进了自己的笔盒，宣布它“寿终正寝”。

肝胆一古剑，波涛两浮萍。她在心中默念，嘴角浮出一丝苦笑。

她在回家的路上买了一份烧烤，她仍然很清楚地记得十串羊肉、十串鸡脆骨、十串鸡心是“虫老师”最喜欢的搭配，虽然她此刻味如嚼蜡。

六月中旬，顾萤迎来了自己的十八岁生日，林曼英给她的成年礼是一台 MacBook pro 笔记本电脑和一部最新款的 iPhone 手机，辛静则送了她一个手工制作的阅读架，连她多年未曾见面的父亲也给她寄来了一部索尼的电子阅读器和新款 iPad，并恭贺她考上了明华大学。

这一天，她一直等到晚上十二点过去，终究还是没等到那首沈清耀原本答应了送给她的曲子。

仿佛是最后悬着的一条丝线彻底断开了，她闷头在被子里哭了整整一夜。

这是“虫老师”唯一一次食言。

第二天醒来的时候，顾萤头痛欲裂，隔着屋门听到外面“咣咣当当”一堆噪音，推门而出才见到林曼英在收拾东西，打包了她高中全部的旧书旧本子，准备卖给收破烂的。

她一瞬间就来了气，跑过去心疼地把被粗暴地打包成一捆的课本护在了怀里：“妈，你干什么啊！谁让你随便卖我的东西！”

“你高中都毕业了，留着干什么？都考上明华大学了，还留着复读啊？”林曼英一脸莫名其妙地反问她，“咱们家没那么大地儿给你放废品，赶紧卖了。”

“我不卖！”顾萤不想过多解释什么，只是把旧书默默抱回了自己屋子里，又翻了翻才发现这只是部分课本，她高中三年的笔记本已经全部不在了。

“我其他的书和本子呢？”顾萤冲到客厅问。

“收破烂的已经收走了。”林曼英一边整理书柜，一边漫不经心地回答。

顾萤鼻腔骤然一酸，转身就冲了出去。

“虫老师”送给她的题都写在那些本子上，两年多的时间，攒下来的题写满了好几本笔记本，有巩固基础的、拓展的、有趣的、搞怪的，还有给她讲解大学知识的。

那些题不一样，和用来“练习”只为了考一个好大学的“题”完全不一样。

收破烂的老爷爷骑着三轮车速度很慢，顾萤穿着没来得及换的拖鞋一路跌跌撞撞也还是追上了。

“哟，顾萤啊。”老爷爷停下车子，乐呵呵地看着她，“别着急，慢点说。”

“那些本子我妈卖错了……您能还给我吗？我……我现在没带钱，等一会儿我回去拿。”顾萤上气不接下气地说。

“没事没事，我刚刚就跟你妈妈说了，这笔记写得这么好，卖了多可惜啊，都是你的心血……考上明华的孩子，笔记都还能卖钱的！”老爷爷十分好说话地把打包好的废纸拆出来，让她找自己的笔记本，“不用来回跑了，下次我来收废品再给我钱就行。”

“谢谢您！”顾萤也顾不得脏，仔细地把每一本笔记本都找出来，又小心翼翼地用手抹掉上面的灰，把褶皱全部展平。

林曼英见顾萤抱了一大堆旧本子回来，面上十分不高兴地数落着：“你这孩子怎么就这么不听话呢？你拿回来干什么？看看这些，脏兮兮的，也不知道有没有病毒，放下赶紧洗洗手！”

“如果不是你卖给收破烂的，它们怎么会脏兮兮的！”顾萤心疼地把笔记本堆在了自己的卧室一角，“以后没有我的允许不要乱动我的东西！我连决定如何处理自己的本子的权力都没有吗？”

“这孩子怎么跟妈妈说话呢？妈妈辛辛苦苦替你整理房间还错了？”

林曼英在屋外不满地絮叨着，可顾萤一个字都听不进去。

她翻开自己失而复得的笔记本，发现上面不知道什么时候多了一道她没什么印象的题目：Theorem：Let A be an Address，T a set of indexes.Suppose we are given a family of A-addressed objective local compositions(公式)of forms F_j，together with a family（公式）of isomorphisms in O bloc Whenever $K_{i,\ j}$ is non-empty.And we assume……

Exercise：Establish a theorem for functorial compositions which corresponds to this Theorem（一道题，摘自马佐拉博士的计算音乐学系列书籍）.

顾萤仿佛重新看到了一线生机，立马打开电脑，把题目摊在桌子上，一边查询资料，一边试图把这道题做出来。

林曼英半天没等到什么回应，推门看了一眼，发现顾萤又开始魔怔了一样不管不顾地一个人做题，突然就开始犯愁——顾萤成绩差的时候，自己愁她考不上好大学，现在她考上了明华大学，又愁她不像个正常孩子，考上了明华大学也没见她多高兴，反倒做题做上瘾了，一个人闷在屋里，大门不出二门不迈，辛静找她旅游都推拒了。

顾萤整个暑假都在试图解这个题目。

她不断地发现自己缺乏某一部分数学知识，便从网上下载了相关内容的电子书来学习补充。同时，她又发现题目还涉及了许多乐理知识，于是又只能查资料继续学习相关内容，就像滚雪球一样，越滚越多。

暑假就在顾萤兵荒马乱的学习中不知不觉过去了，仿佛一转眼就已经到了明华大学开学的日子。

顾萤按部就班地办理了报到手续，参加开学典礼的时候还不忘带

着 iPad 继续解题，惹得一众同学议论纷纷——

“不愧是 CMO 金牌大佬，太能卷了，这种时候还做题啊？”

“数学系的世界我们不懂。”

“那毕竟是疯人院。”

“你能看明白她做的是什么题吗？”

“这我哪能看懂，你看她那些奇奇怪怪的符号……”

“我看她走火入魔得不轻！”

“是啊，这么漂亮的妹子，一头扎到数学里，可惜了！”

“哟，怎么着？可惜啥？你还想追人家？先比人家数学好了再说吧。”

“那我这辈子可能没啥希望了……唉！”

“也没什么不好的吧？数学的世界多纯粹，如果不一头扎到数学里，她这种漂亮女生很容易搅和到一堆破事儿里，为了一些鸡毛蒜皮钩心斗角……俗称‘雌竞’。”

“确实，那样的话就太 low（低级）了。”

“是啊，说不定还能给自己的‘舔狗’编个号什么的，哈哈哈……”

“若是能力再平庸一些，逃不脱就是一辈子在琐碎和低俗的泥沼里面打滚儿，被异性视为猎物一样的存在，要说受欢迎也就二十出头这几年而已。”

“消停消停，你们女生能不能别动不动就扯什么女权主义思想！”

“那你们男生能不能不要见到一个漂亮女生就考虑能不能追？”

“哎，别吵了别吵了，你们听说了吗？开学典礼可能会有神秘嘉宾到场演讲！”

“你们说会是谁啊？”

“内部消息，大概率是真的，听说是沈清耀！”

“不会吧？他什么时候康复的？没听到什么消息啊！”

“我们学校也忒有面儿了，就一个开学典礼还能请到这种神仙空降到场！”

“真的假的？那能听到他弹钢琴吗？天啊，我超级崇拜他的！真男神！”

“免费给你听现场？想得美。”

“即兴弹一段儿也行啊。”

“这……就有点悬。”

…………

顾萤专注于题目，外界嘈杂一概自动屏蔽，直到沈清耀真的站在了演讲台上时，她才猛然抬起头。

台下的反应异常热烈，连校长发言都没能有这等待遇，甚至有人偶尔冒出几声尖叫，同时又有人开始吐槽明华大学的学生居然也能疯狂得像参加粉丝见面会一样。

这或许是顾萤和偶像最近的时刻。

沈清耀看上去消瘦了许多，皮肤是略显虚弱病态的玉白色，却依旧俊美得不似真人。

“大家的过度热情让我有点无所适从，有了那么一点儿喧宾夺主的意思。”沈清耀温和地笑着调侃道。

顾萤远远地望着他，甚至连呼吸都要忘记了。

“其实今天我受邀站在这里，能做的也只不过是跟你们分享一点点我自己的人生经验，或许是错的，也或许并不重要。”沈清耀微笑着停顿了一下，“我知道，明华大学聚集了全国各地最优秀的学生。你们经过了层层选拔，脱颖而出，才能站在这里，才能有机会浪费人生中的一小段时光，听我讲一些或许对你们意义不大的话。”

台下众人笑了。

“我不知道你们当中有多少人和我一样习惯了‘最’字。为什么来明华大学？因为这是‘最’好的大学。为什么渴望竞赛得金牌？因为‘最’聪明的人应该有。为什么学这个专业？因为‘最’热门，因为分数‘最’高的人都选择它。为什么保研，为什么直博，为什么申请名校？因为‘最’优秀的同学都会这么做，因为这证明了自己有选择权而并非被挑选的那一个，因为这意味着成功。”

台下逐渐安静了下来。

“我曾经也常常带着这种心态做事。其实我是一个十分讨厌比赛的人，但我几乎拿了一个钢琴家能拿到的所有大赛的最高奖项。后来

我反思了很久，开始意识到这个‘最’字对于我而言就像是一个诅咒，令我做了许许多多我内心并非真正想做的事。”沈清耀低头自嘲地勾唇浅笑，“当我意识到了这一点之后，我感受到了前所未有的自由。我开始正视自己的内心，但这个时候很多人开始告诉我，我是失败的。”

台下已然鸦雀无声。

“其实，就算把我流放到一个无人岛上，只要能够生存，能够弹琴，能够不受限制地做数学，我相信自己的内心依旧是快乐而满足的，但这好像就离世俗意义上的成功非常遥远了。”沈清耀的神色严肃起来，“但这种所谓的成功，真的那么重要吗？甚至比自己的内心，比自己真正的理想，比自己真正的兴趣还要重要吗？我们是真的在证明自己能够拥有选择权，还是被动地让世俗和功利定义了选择权这个东西？”

他的声音非常温柔，却掷地有声。

顾萤认真地思考着沈清耀的话，隐隐感受到了一种奇特的似曾相识。

沈清耀的演讲结束的时候，台下爆发出了雷霆般的掌声，紧接着，舞台上的幕布突然打开，沈清耀的背后升起了一架钢琴。

“我来之前并没有人告诉我还需要表演。”沈清耀笑了，无奈地看着身后的钢琴，“事实上，我由于大家都知道的原因，至今还没有复健得很好。”

“您随便给我们即兴弹一段就好，能听到就已经是我们的荣幸。”主持人在一旁恭维道。

沈清耀微不可闻地叹了口气，开玩笑道：“那可不许录下来，免得我身败名裂。”

台下哄然大笑。

顾萤也跟着“咯咯”地笑，继而和许多人一样拿出了手机开始录像。

“这个是什么曲子？你听过吗？”

“没有，纯即兴的吧？”

“厉害哦。”

“就这还没复健好？太谦虚了吧？”

“你懂什么？你是不是没听过沈清耀巅峰时期的现场？跟那个比，

现在确实差强人意。”

“这还差强人意，那他巅峰时期得多厉害？”

“你去网上搜搜他十五岁时的参赛视频吧，保准你变身他的脑残粉。”

“毕竟是沈清耀，盛名之下，其人更神。”

…………

在众人窸窸窣窣的讨论中，顾萤已经逐渐石化了似的盯着台上弹钢琴的沈清耀——他弹的，是她每次大言不惭地声称自己“作曲”而写下的旋律，只不过他添加了许多修饰音，又重组了织体结构，听上去高级了很多很多，但她依旧能听得出来是她写过的曲子。

音乐仿佛能够穿越漫漫时光，将她尘封的点滴回忆重新轻轻唤醒。

岁月朝暮，素履天光。

顾萤不知道自己是怎么头脑发热冲到后台的，等她回过神来的时候，沈清耀正对助理说了一声“放她进来吧”。

明明只有几米的距离，顾萤却像双腿灌了铅似的举步维艰。

她从来没想过自己会距离沈清耀这么近，也从未想过自己会如此平静。

沈清耀凝视着顾萤素面朝天的憔悴模样，一时心中五味杂陈。

“能……帮我看看这个题吗？”千言万语哽在喉中，几番踯躅，顾萤最终也只剩下这么一句迫在眉睫的话。

顾萤一时也找不到第二个比沈清耀更懂数学的音乐家了，她甚至预感到自己苦恼了几个月的答案呼之欲出，把iPad递出去时，双手克制不住地微微颤抖着。

沈清耀没料到她第一句话是说这个，茫然地接过iPad，粗略扫了一眼屏幕，立刻了然地笑了笑，随手把iPad放在了一边，低声问道：“能一起吃个晚餐吗？”

“……哎？”

男神亲自邀约，顾萤只感到一阵头晕目眩，连“好”字怎么发音都突然忘了。

-第二十五章-

久别重逢

晚餐的地点是一家高端日式料理店，环境清幽，食材精致。

顾萤一进门就被告知要脱鞋，当即窘迫得不行——因为她用来打底的肤色丝袜在拇指处破了一个小洞，而她太专注于解决难题，也就没太在意这种小事，毕竟不仔细看也看不出来。若是平时也就罢了，在男神面前万一丢这种脸真的不能忍……不过，好在沈清耀从她走进来开始一直低着头安静地在看菜单，并没有注意到她迅速盘腿而坐，并把双脚隐藏在裙子底下的小动作。

“你可真是越来越像数学家了。”沈清耀头也没抬地揶揄道，明显意指她不修边幅的做派。

顾萤当即泄气地脸一垮，若是她早一点知道这辈子有机会和男神共进晚餐，她必然先去把头发做一做，再换一身漂亮的衣服……就算不精心打扮，也至少换一双完好无损的袜子。如今她束手束脚地坐在沈清耀的对面，大气都不敢喘，生怕给人留下更加糟糕的印象，偶尔抬头觑他一眼便又做贼心虚似的赶紧转移视线。

“其实我……我还是想问一下那道题……”顾萤低着头不敢看他，乌黑的长发垂落，刚刚遮住了她透红的脸颊。

“那道题很重要吗？”沈清耀随手往她的杯子里倒上清酒。

“嗯……”顾萤其实有很多很多疑问，包括沈清耀演奏的旋律是从何而来，但她不知如何开口，也不知从何说起。

“为什么？”沈清耀微微挑眉，笑得格外温柔。

“因为它是礼物。”顾萤认为它或许更像一把钥匙，她不知道这把钥匙能不能打开锁，但她不能不试，“是一个很重要的人……送我的礼物。他已经走了，我就只有这些了……所以这道题对我而言非常重要。”

沈清耀怔了几秒，而后莞尔，低头，举起自己的酒杯在顾萤的杯子上轻轻碰了一下：“肝胆一古剑，波涛两浮萍。”

顾萤呼吸一滞，有一瞬间的大脑空白。

店内回荡着尺八清冽萧索的旋律，是日式古典音乐特有的不和谐音程。

一分一秒都好似被无限拉长，又迅速压缩，回忆和现实不断撕扯，最终交织成一片离奇而荒诞的梦境。

一切都虚幻得毫无实干。

一切都真实得可怕。

音乐。

数学。

钢琴。

国际竞赛。

海外华裔。

艺术家。

9月22日。

沈清耀……

老天像是跟她玩了一个天大的填字游戏，给了她一个触手可及却难以相信的谜底。

顾萤猛地站了起来，膝盖不小心磕在了桌角都不觉得疼：“你……你……你是……”

“是啊。”沈清耀嘴角微微勾出一个好看的弧度，笑得人畜无害，“也不知道怎么突然就醒了……本来想早点来找你的，但是你应该有

这样的常识，昏迷太久的人需要一定时间的复健才能正常生活。”

顾萤难以置信地摇了摇头，被这样一个答案震撼得无以复加，而当她回想种种细节，偏偏又觉得这一切是在情理之中。

“你为什么那么长时间……那么长时间都不告诉我呢？”顾萤的声音越来越弱。

她突然开始想，她是谁？沈清耀又是谁？她是什么身份，又有什么资格？

一切质问都显得突兀而无理。

“我最开始就告诉过你了，但你不相信，还警告我不准再冒犯你男神的名讳。”沈清耀表情无辜地看着她，“后来就觉得，也不重要，反正我是我，我是你的‘虫老师’，和你心目中想象的那个沈清耀关系也不太大。”

“对不起……”顾萤一时感到非常难堪，仿佛这些时日以来她的所作所为都不过是一场笑话。她一想到自己种种比“袜子破了个洞”严重得多的糗事都被男神看在眼里，瞬间委屈得想哭。

“你能不能先坐下？”沈清耀温和地笑了笑，“不然我跟你说话就只能仰视。”

“我……我回去了。”顾萤脑子里一团糨糊，多待一秒她都担心自己会做出更加不合时宜的事。

沈清耀眼神微微一闪：“再陪我一会儿，好吗？”

“好。”顾萤几乎是本能地就同意了，说完又忍不住在内心嘲笑自己：还真是……只要沈清耀开口，就什么要求都拒绝不了啊。

“我以为你见到我会很开心的，”沈清耀眼神探究，温柔地看着她笑，“怎么这副表情？”

“我……我现在头脑非常不清醒，总感觉哪里好像不太对，但一时半会儿又想不清楚，怕继续待在这儿会显得自己很蠢什么的……”顾萤索性实话实说，忽然眼睛一亮，“对了，你能给我一个签名吗？”

沈清耀一下子被她这句话逗得笑出声来：“签名有什么用？”

顾萤隐约想起很久以前他也这么反问过她。

“有没有更过分一点的要求？”沈清耀狭长的眼尾微微上扬，起了一点逗她玩的心思。

“啊……那个，能把你之前弹的那首曲子的乐谱给我一份吗？”顾萤鼓起勇气问道。

“可以。还有吗？”沈清耀好整以暇地看着她可爱又精致的小脸渐渐红得像一个水润的番茄。

“那……那能合影吗？”

“好啊。还有吗？”

“你能不能收下我给你写的信？”

“这也算过分的要求？”沈清耀实在是对她彻底服气了。

“从小到大有很多……怕你都不知道怎么处理，还是算了，我自己可能都不太好意思回头看……”

“我收。还有吗？”

“嗯……我喜欢你。”

“嗯，我知道，你说过无数遍了。”沈清耀无奈地笑了笑，眼神温柔得像是春日里的第一抹朝阳。

“我就是想当面告诉你，你能听到我就很开心了。”顾萤不自在地坐在榻榻米上，嘴角第一次浮现了笑意。

她渐渐舒展开的笑容甜美得宛如一片悄悄消融的雪花。

“为什么？”沈清耀茫然地问道。

“大概就像许愿一样，把硬币投到池底才算，把蜡烛吹灭才算，我告诉你，你听到了，才算。”顾萤感觉自己从来没有这样开心过，这一刻她已经什么都忘了，似乎一切也都不那么重要了，“还有，你要加油！我会一直支持你，无论你做什么样的决定都会支持你！”

“那你不希望这个愿望变成真的吗？”沈清耀终于忍不住问出了他等了许久都没等到的要求。

“啊？”顾萤端起酒杯轻轻抿了一小口，一时没领会他的意思。

“送你一样东西。”沈清耀也没有过多解释。

顾萤受宠若惊，讷讷地看着他修长的手指在眼前展开，掌心是他经常戴着的那枚翡翠平安扣。

“我记得你说过想要。”沈清耀笑得别有深意，“全世界没有任

何一枚平安扣比它好，不是吗？”

顾萤从来都没试想过这样一种情景，哪怕是做梦她都不会梦到有一天沈清耀会送她礼物，一时间不知如何做出反应，只能愣愣地接过了那枚平安扣，大脑一片空白，连一句感谢的话都忘了说。

她下意识地把平安扣攥在手中，感到他掌心残存的温度几乎要把她灼伤。

“你收下，我就当你答应了。”沈清耀望着她愣怔的眼神说道。

“什么？”顾萤感觉自己一定是想多了。

“定情信物啊。”沈清耀的语气理所当然。

顾萤一怔，好一会儿才听懂了他的意思，脸上的笑意渐渐消退，逐渐演化成了惊慌失措。

她消化了几分钟才找回了自己的声音。

“你又在捉弄我，对不对？”顾萤向后挪了一下，或许是清酒作祟，她目眩神迷，无力站起身。

“我是认真的。我醒来之后一心只想回国来找你，我很想你。”沈清耀不解地望着她不断退缩的模样，“既然许愿，为什么不期待实现？既然喜欢，为什么不渴望得到回应？既然提要求，为什么不彻底一点，说要做我女朋友？”

顾萤听着听着，仿佛感到整个世界都在依次塌陷，唯独他伸出的手那样真实。

“对不起。”顾萤感觉自己的声音好像已经不属于自己。

“什么意思？”沈清耀困惑地蹙眉。

“我真的、真的发自内心地希望……你找一个配得上你的女朋友。”顾萤的眼泪顺着她的话音坠落，然后顺着她流畅的下颌线滴在桌上。

“顾萤，我喜欢你。”沈清耀理所当然地认为这就足够了，“我也十分了解你。我并不是第一次告诉你我喜欢你，不是吗？每一次我都是认真的。”

“沈清耀，我求你了，你明知道……明知道你说什么我都没有办法拒绝。可是……可是你对于我而言，遥远得就像天上的月亮一样，没有人会蠢到去把月亮摘下来。”顾萤越说越难过，眼泪不可控制地决堤，“从小到大，我什么都不配。我不配做我爸妈的女儿，我不配做顾泽的姐姐，我不配做顾明的妹妹，我不配做辛静的闺密，我不配待在培优班，我不配学理科，我不配学数竞，我不配考明华，我不配选基础数学，我什么都不配！我顾萤这辈子已经不想继续再‘不配’下去了！”

“但事实上你没有不配任何东西，你做得很好，不是吗？”沈清耀心中柔软地陷下去一块，他迫切地想握住她的手，却被她躲开了。

“沈清耀，没有人比你更清楚，我只是在我的人生中可耻地作弊了而已。我只不过是一个平庸得不能再平庸的孩子，可我遇到的是你……无论谁遇到你，都能取得我现在的成绩，不是吗？”顾萤说完就感到一阵窒闷难忍，她起身重新穿上鞋，又回头看着他，一字一句认真地说道，“草萤有耀终非火，我也从来都没想做‘火’。”

-第二十六章-
峰回路转

辛静找到顾萤的时候，她正一个人在操场的角落里哭。

天色已经彻底暗了下来，不远处有学校艺术团的表演，一个女生用沙哑的嗓音深情地唱着陈奕迅的《富士山下》。

歌声被操场上的嘈杂分割成断断续续的音调，顾萤仍然隐隐约约地听清了那一句“谁能凭爱意将富士山私有”。

“好了好了，别哭，别哭，有什么事解决不了跟我说说，看看我能不能帮帮忙。”辛静把她抱在怀里，像哄小朋友似的拍着她的背。

“我刚刚……被男神表白了。”顾萤说完又哽咽得讲不出话。

“啊？谁啊？我们学校的吗？”辛静一时想不起来，毕竟自己心目中的男神有一大堆，“不是，我不懂，被表白了为啥要哭？”

“我和你不一样，从小到大一共就那么一个男神。”顾萤被她气笑了。

“啥玩意儿？你不要跟我说是沈清耀？”辛静忽然激动地摇晃着顾萤单薄的肩膀。

“嗯……”顾萤委屈地点点头。

“你怕不是癔症了？你清醒一点！”辛静倒抽了一口冷气，“这听上去简直和朱一龙跟我表白了一样胡扯。”

顾萤心中怆楚戚戚，有一瞬间也怔然自疑是不是在梦游？可是她摊开手，看到翡翠平安扣因为浸了掌心的汗而湿漉漉的，通透的翠绿仿若魔咒的渊薮。

“哈？你真没开玩笑啊？什么情况？”辛静彻底被这个魔幻的事整蒙了。

“怎么办？我拒绝了他，他那么骄傲，肯定这辈子都不会再原谅我了……”顾萤说着就越发崩溃地抱住辛静，在她怀里大哭了起来，“静静，我好难过啊……”

“你让我静静！”辛静没想到还有更魔幻的后续情节走向。

“我该怎么办……我真的没有别的想法，我就希望……他找一个比我好的女朋友。”顾萤的尾音渐弱，最终被远处的嘈杂音乐彻底盖过。

“好了好了，不哭了，相信沈清耀这么聪明通透的人不会那么小心眼儿，就因为这事生你气的。”辛静听得一头雾水，又觉得继续追问不合时宜，便柔声安慰道，“如果你实在难受，我陪你走两圈？”

“我觉得我好狼狈，我完全不知道我在做什么，真的，为什么我就不能给他留一个漂漂亮亮、体体面面的印象呢？”顾萤越回想越恨不得找个地缝钻进去。

“那谁能维持淡定从容呢？如果我遇到沈清耀跟我表白，我也会变成傻子的。不过我看，你也别把他想得那么好，知人知面不知心，他怎么就突然喜欢上你了？这不是很奇怪吗？别是那种到处与漂亮女粉丝有不正当关系的人渣吧？我看娱乐新闻上经常爆出明星、偶像、大V做这种事！哎，对了，我微博上关注的科普博主还出这种事儿呢！真的人不可貌相，别看平时满口知识理论，好像是个人模人样的知识分子，结果做起事情来毫无道德廉耻可言。”辛静怎么想怎么觉得不对劲，一脸慎重地提醒着，“你不要把自己摆在一个不对等的位置上，这样会自我蒙蔽的，你可要清醒一点呀！”

“哎呀，不是你想的那样，这件事很复杂，我也不知道怎么跟你讲明白……可能我自己都没弄明白。”顾萤抓了抓自己在夜风中被吹得略微凌乱的长发，“算了，辛静，你别管我了。今天晚上你新加的围棋社团不是还要开会吗？你去忙你的吧，我一个人吹吹风就没事了……”

“你保证你没事？”辛静还是不放心。

“没事，你看我像是那种会为了感情上的一点儿小事儿要死要活的人吗？”顾萤用力吸了吸鼻子。

“像。”辛静目不转睛地看着她，又着重补充了一句，“很像。”

顾萤一撇嘴：“哎呀，你别闹啦，我真没事儿，你赶紧去忙吧。”

“那行，你一个人待会儿，冷静冷静，不开心了就给我打电话，千万别一个人钻牛角尖儿，听到了吗？”辛静仍然事无巨细地叮嘱道。

“嗯。”顾萤点了点头。

“那我先走了？”辛静替她理了理被眼泪粘在脸颊上的头发。

“嗯。”

顾萤远远望着辛静的背影融入人群中，不禁心生落寞。

手机在口袋里开始振动，顾萤接了电话，对面传来了林曼英的大嗓门——

“让你每天给妈妈打个电话汇报一下情况，你就是不记着。在明城这几天感觉怎么样？适应不适应学校的环境？跟新同学都处得好吗？东西都带齐了吗？平时丢三落四的，少不了妈妈再给你寄。”

劈头盖脸的一顿数落。

顾萤听着听着，刚止住的眼泪便重新像断了线的珠子似的往外蹦。

“带齐了。”顾萤半天才瓮声瓮气地憋出三个字。

“怎么回事？声音怎么这么哑？大夏天的感冒了？”

“追了一个电视剧，看哭了。”顾萤随便编了一个理由。

“你这孩子，有了笔记本电脑就用来追剧了，那是给你当学习工具的！”

“妈，对不起。”

林曼英一时愣住，不明所以。

“我以前老觉得，自己特悲催。我一直觉得……我怎么努力都达不到你的要求，然后不被允许做这个，不被允许做那个，也因此错失了许许多多的机会。小时候我想买一本贡布里希的艺术史，你说看那些没有用；我想练长跑，你说浪费时间耽误学习；我想参加机器人比赛，你说辛静那么聪明都不参加，我就别白费那个劲了……其实我一直幻想，如果我能有一个机会，说不定就会发现自己其实没有这么平庸，我也能有自己擅长的事。可是今天我想了很久很久，突然就特明白，我就是不够好，哪怕老天平白无故朝我扔一块馅饼，我也接不住，我缺的从来都不是机会。”顾萤一股脑儿地把郁结于心的念头全部倾倒了出来，“对不起，我是你这辈子最大的缺憾，是你被陌生人谈论的笑料。如果你当年没有生下我这个累赘，你的人生可能比现在成功多了……”

“顾萤，发生了什么事？”林曼英严肃地打断了她冗长啰嗦的话，“是不是谈恋爱了？是不是那个男孩子打击你了？”

林曼英无数次地怀疑顾萤偷偷谈恋爱，唯有这次是真的猜得八九不离十。

顾萤说不出话，其实沈清耀有什么错呢？她自己“接不住”罢了。

“顾萤，我告诉你，无论是什么样的男生，都不值得你这样贬低自己。”林曼英气得手都在发抖，“你就告诉他，你这么优秀的女孩子，他不喜欢，有的是人喜欢！”

“妈……”

“顾萤，妈妈从来都觉得，你是上天最最珍贵的馈赠。从小到大妈妈拼命地约束你，不是因为你不行，而是因为妈妈知道自己能力有限，妈妈害怕，就像放风筝一样，妈妈怕自己松开了手中的线之后，你飞得太高会摔下来。妈妈只有自己一个人，如果你摔下来，没有人能帮我们一把，你懂吗？”林曼英在电话里压抑着情绪说道，“妈妈只能这样谨小慎微、如履薄冰地活着，别无选择。”

夜幕疏朗，路灯齐刷刷地点亮了一整排。

顾萤紧紧握着手机，千言万语哽在喉头，一个字都说不出来。

“顾萤，你给我听着，你就是这个世界上最棒的孩子，是妈妈引以为傲的女儿，你值得最好的一切，你明白吗？”林曼英字句有力地说着，“如果听不明白你就给我背下来！”

这是顾萤十八年来第一次真正得到母亲的认可。

顾萤哭得全身都在颤抖。

“妈，我明白了！还有，你不是自己一个人，我一定会努力成为你的依靠！”顾萤信誓旦旦地说道。

“你让我少操点心就谢天谢地了！一天到晚不能安宁！”林曼英又恢复了以往的数落。

顾萤反倒越发精神起来：“我没事了！我好着呢！妈，你等着我拿国奖吧！”

“行行行，又开始飘了！你要清楚你现在是在明华大学，那里卧虎藏龙，国奖那么好拿？你争取能拿个中上游的成绩妈妈就心满意足了！”

…………

顾萤挂了电话，眼泪也差不多被风干了。

沮丧的情绪一扫而空，可心口还是疼。

她抬手把平安扣戴在了脖子上。

第二天一大早，顾萤便一个人去三昧禅院还愿，一如上次那般遇到了慧隐大师。

“大师，您开导开导我吧。”顾萤哭丧着脸看向他。

“不知施主有何苦恼？”慧隐大师从容淡定，微笑着问。

“我做了一件事，不后悔，但很难过。我也知道自己这么难过是自找的，但还是希望得到对方的原谅……所谓原众恶所起，皆缘意地贪瞋痴也。”顾萤啰啰唆唆说完便低下头，等着大师用他无边的智慧开导一下她这等愚昧的凡人。

慧隐大师只是笑了笑：“诸法因缘生，诸法因缘灭。施主不如直接去问他吧。”

顾萤疑惑地抬头，这才看到不远处跟她仅隔了一条过道的沈清耀。

上午明媚的阳光洒在沈清耀干净的白衬衫上，令顾萤鬼使神差地想起 Correggio（柯勒乔）的著名画作《Danae（达那厄）》。

“你冷静下来了？”沈清耀笑得让人如沐春风。

“嗯……”顾萤移开目光，生怕自己多看他一眼就又方寸大乱。

“上次没能好好吃一顿饭，这次肯赏光吗？”沈清耀抱着手臂好整以暇地看她。

“对不起……”顾萤一回想起自己失礼的行径就抬不起头来。

“没关系，又卑又亢嘛，我懂。”沈清耀半开玩笑半认真地说。

顾萤脑海中闪过自己曾经毫无顾忌地跟他讲过的心事和恋爱观，不由得一下子脸颊滚烫。

沈清耀走到自己的车旁，替她拉开了副驾驶座的车门。

顾萤上车后正襟危坐，都没敢问目的地在哪儿。

“辛静最后考得如何？”沈清耀一边开车，一边随口问她。

“她是泽阳市高考理科状元，现在在明华大学读经济，准备以后修一个数学双学位。”顾萤一板一眼地介绍完，又忍不住补充了一句，“黎铭舜发挥失常，没拿到自招，最后离明华大学的分数线差三分，已经在复读了。”

“你这算大仇得报。”沈清耀打趣道。

“我才没有落井下石呢。”顾萤赧然地分辩道，“你……为什么突然消失了？我还以为我再也找不到你了呢。”

“我也不知道，就是突然在病床上醒过来了，然后就回不去了……当时慧隐大师的一番话让我明白了很多东西，比如，什么东西值得去追求，什么东西又能够放弃。放不下所谓的天赋，其实也是一种‘我执’。想通了这些之后，我突然感觉到自己有了勇气去面对自己的人生抉择，去坚持自己想要的，放弃自己不得不放弃的。”沈清耀娓娓道来，“然后一切都顺其自然了。”

“那你这段时间……做了什么？”顾萤怕自己说多了显得唐突，又按捺不住好奇心，小心翼翼地问。

“当然是复健啊，主要是锻炼身体，期间拿到了学士学位，拿了一个MAA（Mathematical Association of America，美国数学协会）的Morgan Prize（摩根奖）。”沈清耀简略地描述了一下自己的经历。

“但是你……不加休学的时间，本科好像也就读了不到两年？”顾萤默默在心里计算了一下时间，“会不会……太容易了？”

“我休学的两年多时间里又不只是在陪你玩啊，你睡觉的时候我都在想问题，运气比较好，发了一篇四大（数学领域的四个顶刊）。”沈清耀本能地反驳，说完又忍不住自嘲地笑了笑——明明竭尽全力地试图谦逊，欲盖弥彰地强调是“运气好”，本质上却改不了骨子里的高傲，受不了任何人的质疑，尤其是顾萤那句“太容易了”听上去格外刺耳，好像他连本科学位都拿得名不正言不顺似的。

“啊？一作吗？”顾萤虽然是一个刚入学的本科生，但她也在学长学姐的闲谈中听闻由于现代数学庞大的知识体量，基础数学方向的普通本科生能在本科阶段扎扎实实打好基础，并在研究生阶段顺利开始科研就已经很不容易。她也曾尝试在 arXiv 上浏览过不少前沿论文的 Preprint（预印本），大都因为缺乏知识储备而完全看不懂，而能发在“四大”上的工作很大程度上意味着对于其重要性的肯定，能否做出能够发在“四大”上的工作几乎已经成为判断一个人是否为一流数学家的标准之一。通常来说，博士生阶段能发一篇“四大”都值得佩服了，读基础数学在本科期间就能发“四大”的学生明华大学数学系历年来还没出现过。

“首先，国际期刊是按照姓氏排序，不区分一作二作；其次，我是独立完成的。”沈清耀眼中含着笑意，“你这是什么表情？好像我是哥斯拉。”

“难道你不是吗？如果我不是学数学的，不懂这些是个什么概念，那我可能还不至于这么震惊。”顾萤听得整个人都不好了——若她不是明华大学数学系的学生，或许也会有各种误解：比如像她堂哥顾明这样的孩子都会被普通人吹捧为“数学天才”，反而真正的大佬本科不发几篇顶刊就不够强，本科生看不懂前沿论文就是不够强，连博士毕业后开始走 tenure-track（美国教授的一种聘用制度）都听上去不够强，毕竟没有直接拿到终身教职……恰恰是因为她身处现在的环境，从学长学姐口中大致了解过一些未来即将面临的困难，才明白了这些意味着什么。

“你呢？你以后有什么打算？对什么方向感兴趣？”沈清耀不愿意继续被顾萤用惊恐的眼神行注目礼，转移话题。

“我看我还是把自己的方向定为应用数学吧……做纯数学的人神仙遍地，我这种普通人恐怕毫无出头之日。”顾萤垂头丧气地说道，“但这样好像就背离了我学数学的初衷，而且……做应用数学肯定会被清高的纯数人开除数学籍的。”

“国内的应用数学主要是指什么？比如 Geometric analysis（几何分析），PDE（偏微分方程），Dynamic system（动力系统）这些方向吗？”沈清耀好奇地问道。

“运筹，优化，数值计算吧？我才大一好不好，哪考虑过这么远。”顾萤仔细想了一下又迟疑着说，“我前段时间还听一个学姐跟我吐槽，说一些应用数学的博士连什么是同调都不知道，大部分时候一心想着灌水发论文赶紧毕业，对真正的数学理论毫无追求的人才会去做应数。”

“你知道什么是同调，所以你比那些应用数学的博士厉害了吗？”沈清耀笑着反问。

闻言，顾萤脸颊一烫：“那话又不是我说的……我只是转述一下而已嘛。”

“你要知道，绝大多数学习纯数学的人很可能一辈子都不会有什么成果，所以大部分时候他们需要制造这种强烈的优越感来作为他们努力下去的动机。其实我能理解，如果他们不坚信自己是出于更远大的追求、更高级的热爱而去学习更艰深的数学，那么天赋的匮乏会轻易让他们怀疑人生。”沈清耀不以为然地摇了摇头，“所以，允许这份优越感的存在吧，这或许是很多叶公好龙的人赖以生存的东西。”

“可是……如果真的感到痛苦，真的还会有人为了所谓的优越感而维持激情和热爱吗？”顾萤再次体会到了沈清耀的刻薄之处，忍不住感慨他平时和自己说话真的太留余地，也太温柔了。

“你这么问，让我想起了一个有趣的问题，你应该听过巴赫的《马太受难曲》，英文名是 St.Matthew Passion，来源于德语 Matthäus-Passion。你发现了什么？”沈清耀笑着问她。

“这个 Passion 翻译为受难？它与意思是‘激情’的 Passion 是同

一个词吗？”顾萤微微诧异。

“是的。它源自拉丁语中的一个词，叫 passio，这个词在整个印欧语系都衍生出了相似的意思，激情和受难。斯宾诺莎把人的情感分为主动的 action 和被动的 passion，二者的区别在于动机的充分性和结果的完全性，而 passion 代表了被动受难。”沈清耀耐心地解释道，“可见并非所有的强烈欲求都是你所以为的 enthusiasm（热情），很多时候痛苦和激情本就是并存的，类似于宗教中的殉道者。”

“啊！我突然记起我的钢琴老师讲过，李斯特在修改超技练习曲的时候，一开始并没有给第二首和第十首加标题，后来布索尼重新编辑时才再次命名，其中第十首被命名为 Appassionata（热情的），是不是也包含了 passio 所带来的意思呢？”顾萤恍然道。

“是啊，音乐高潮处甚至标注了 disperato（绝望地），来描绘这种痛苦中的狂热。”沈清耀看了她一眼，“话说回来，人的一生还是要做自己真正喜欢的事情。如果你担心做纯数学会养活不了自己，我可以养你啊。”

“哈？哈哈哈……”顾萤讪笑，“男神你别逗我了。”

“都说了是认真的。”沈清耀抬手，成功地在她蓬松的鬈发上揉了揉。

顾萤整个人都石化在原处。

“到了。”沈清耀在一栋公寓楼前徐徐停下车，愉快地轻声说道，“下车吧。”

“……不是去吃饭吗？”顾萤边问边解开安全带。

“在家不能吃饭吗？”沈清耀理所应当地反问，见她表情复杂，又补充道，“顺便给你拿你之前要的谱子和题目答案。怎么，真当我是哥斯拉，怕我吃了你？”

“不不不，不是。”顾萤连连摆手，她明明是害怕自己继续出糗，以至于元气美少女形象全线崩塌。

沈清耀不在国内常住，家里布置风格极简，除了一架黑色钢琴和拐角处的小书架，没有其余的摆设，客厅显得空荡荡的。

暗蓝色的桌子和深灰色的地毯相映出一种冷淡到极致的氛围，客厅中央的墙壁上挂了一幅 Roni Horn（罗尼·霍恩）的几何抽象画。

“你中午通常吃什么？”沈清耀随意地解开衬衣的几粒扣子，漂亮的锁骨隐约可见，“要不你煮碗鸡蛋面吧。”

顾萤忍不住腹诽：还以为又能吃什么大餐呢……到头来还得自己下厨。

“怎么，不然我来？”沈清耀嘴角衔着一丝若有似无的笑意，轻易读懂了她内心的想法。

“我来我来，您的手那么金贵，还是乖乖等着吧。”顾萤大窘，一瞬间仿佛回到了被他听到内心想法的日子。

她说着就走进了厨房，大致研究了一下他厨房里的厨具和各种她没用过的先进设备。

“不然我们叫个外卖？主要是我真的想念你做的饭了。”沈清耀闲闲地倚着门，看她不情不愿地在冰箱里扒拉了好一阵子，终于忍不住开口。

“包在我身上。”顾萤比了一个 OK 的手势，又忍不住在内心唾弃自己：顾萤啊顾萤，你能不能有点儿出息？明明懒得要命，结果沈清耀一说想念你做的饭，立马像打了鸡血似的起劲儿，实在是太狗腿了……

“谢谢。”沈清耀笑道。

“不谢不谢，男神肯吃我做的饭就是我梦寐以求的幸福！”顾萤话音一落，已然开始在内心自我鄙视：算了吧顾萤，原来你还能更狗腿……还能不能挺直腰板做一名有骨气的先锋女性了？

“哦？我还以为你梦寐以求的幸福是做我女朋友呢。”沈清耀忍不住语带嘲笑地打趣她，心中明显意难平。

顾萤把手里均匀切成片的白萝卜放进一旁的碗里，平静地开口道：“假如现在普林斯顿破格给我一个纯数学的 PhD offer（博士录取），你说我接受还是不接受？当然不接受，去普林读博的学长告诉我，普林数学系培育的绝大多数是天赋异禀的学生，往往导师会给予足

够的自由让他们探索自己想做的问题。像我这样的普通人就算去了也可能会因为‘被散养’而失去很多成长的机会，反而适得其反。对于数学生而言，名校是实力的结果，而并非达到实力的过程。自身不具备足够强大的实力，就算全世界的顶级名校都向你抛出橄榄枝，也毫无意义，不是吗？或许我这辈子都没有办法达到那样的高度，因为我天生不具备那样的天赋，就像我这辈子都没有能力成为与你势均力敌的恋人。”

“顾萤，你到底能不能意识到我也是一个活生生的人？”沈清耀不答反问，“我没有什么评价标准、准入门槛、发展机制，因为我是一个人，女朋友我自己喜欢就足够了啊。”

“说实话，我不能。”顾萤背对着他说道，“或许这就叫智商限制了我的想象力。”

她观察了一下厨房里的嵌入式电磁炉，按下了开关，才继续说道：“但我知道，你从小到大一直都拥有最好的一切，所以我也真诚地祈祷你能有一个最好的女朋友。你就像一轮皎洁且完美的月亮，高高地挂在天上。我只想远远看着你，做一个默默仰望月亮的人。”

“是啊，我从出生到现在，所能感受到的最大的挫败就是你给的。”沈清耀的语气终于还是沉了下来，“我从来就不想做什么偶像，不想做什么男神，更不想做什么月亮，我只是想拥有非常简单的、普通的、纯粹的快乐而已。”

“你只是图一时新鲜罢了。”顾萤把面条下进沸腾的热水中，“这种新鲜的快乐就好像……就好像你第一次吃烤冷面，第一次吃烤串，第一次吃鸡蛋仔，第一次吃云吞一样。当然，我相信你是发自内心地觉得很好吃、很快乐。可是当你回归自己的生活，你请我吃的依旧是人均八百多块的高端日料，因为那更贴近你的日常生活。你身边明明有各种各样漂亮的蝴蝶，就不要引诱我这样的飞蛾了。”

“这就是你冷静下来深思熟虑之后的答案？”沈清耀的嗓音像淬了层冰似的。

“你不要生气好不好？我也不想这样，我那么喜欢你，我也希望自己是一只蝴蝶啊……”顾萤把煮好的鸡蛋面端到桌上，委屈巴巴地撒娇，“我们不要说这些了好不好？你饿不饿？”

沈清耀睨着她刻意讨好的神情，终究还是心软，没再继续说什么，只是端过碗来低头吃面。

气氛陷入僵局，顾萤不知所措，便随手刷着微信朋友圈，时不时地偷偷抬眼看他。

从她的视角看，沈清耀低头时前额细碎的头发略微挡住高挺的鼻梁，吃相十分优雅。

“我能拍你吗？”顾萤忍不住小声问他。

“不能。”沈清耀的语气一如既往地傲娇。

“哦……”顾萤乖巧地退出了“相机”选项，一时也不知说什么好。

这时，恰好手机里关注的微信公众号推送了一篇关于绝对音感的文章：……十九世纪的牛津音乐教授乌斯利爵士毕生音感绝佳。他在五岁的时候曾说，爸爸打喷嚏的那个音是G，风吹的音是D，家里的钟“当当”响的那两个音则是B小调。大人验证之后，发现他每次都说对了。对大多数人来说，如此正确的音感似乎不可思议，就像眼睛具有红外线或X光一样的透视力，不是一般人做得到的，但对有绝对音感的人而言，这种能力稀松平常，没什么了不起……

“你有绝对音感吗？”顾萤没话找话。

“嗯。”沈清耀漫不经心地应了一声。

顾萤用勺子敲了敲桌上的水杯：“那这是什么音？”

“升G。”沈清耀没有抬眼便答道。

“真的假的？这么神奇，这个呢？”顾萤又拿了一根筷子敲了敲瓷碗。

“升F。”沈清耀终究还是被她大惊小怪的模样逗笑，“这有什么好吃惊的？作曲系视唱练耳方向的人几乎都是绝对音感。绝对音感其实用处没有你想象的那么大，因为后天训练出的相对音感其实也够用了，绝对音感甚至会带来很多不方便的地方。有一次我被Fryderyk Chopin Institute（肖邦协会）邀请去试弹一架十八世纪末的古钢琴，它的音高和现代钢琴差别比较大。你都不知道我全程有多难受，就……好像每个音都弹错了似的。”

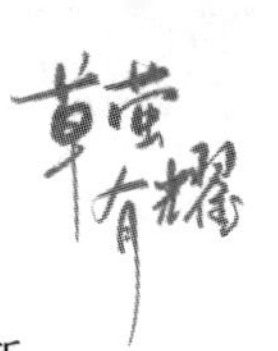

“那……你听噪音也能分辨出音调吗？”顾萤像是发现了什么新奇的东西似的，瞪大了明媚的眼睛。

“什么叫噪音呢？对了，我给你上的音乐课有没有讲到Schönberg（勋伯格）？”沈清耀咬了一小口鸡蛋，仔细回想着，“我记得我应该跟你讲过序列主义、随机音乐和微分音乐，这些全都颠覆了传统的调性体系和作曲结构。现在我们可以讲讲《机遇音乐》。Schönberg（勋伯格）有一个学生是John Milton Cage（约翰·凯奇），同样是先锋派作曲家，他最有名的作品是《4分33秒》，全曲三个乐章无一个音符，唯一的内容就是‘Tacet（沉默）’。钢琴演奏者在乐章之间会做出开合琴盖、擦汗等动作，而在演奏这首乐曲期间，听众听见的所有声响都会被认为是音乐的组成部分。你认为这是噪音吗？”

顾萤愣愣地摇了摇头，又似懂非懂地点了点头：“所以说……现代主流作曲已经朝着噪音化的方向演变了吗？”

“荷兰有一位著名的作曲家叫Simeon ten Holt（西蒙·霍尔特），他的风格就与先锋派们的做法背道而驰，他自己称之为tonality after the death of tonality（无调性后的调性）。”沈清耀耸了耸肩，“他的作品也因此很容易被大众接受，而不会像先锋派那样对听众的要求门槛过高。”

“哦……我懂了。”顾萤乖巧地笑着点头。

“你为什么就看着我吃？你自己不饿吗？”沈清耀捞起碗里最后一片蔬菜，问道。

“你应该知道有一个词叫‘秀色可餐’。”顾萤托着下巴盯着他看。

沈清耀眯着眼睛睨她：“我明天就要飞回学校了，或许很长一段时间都不会再回国。”

顾萤嘴角的笑意凝固，依依不舍地问：“不能多留几天吗？”

“其实我最近真的很忙，但我还是选择在身体刚刚恢复得差不多的时候找了一个借口回国。”沈清耀肃然道，“说起来这是很不公平的一件事，你想找我的话随时都能知道我在哪儿，但我想找你无异于大海捞针。我唯一能够确定的是你一定会在明华，所以……我这次回国是特地来找你的，我害怕再晚一天就会错过你。你也知道，你一直很受男生欢迎。”

顾萤闻言震惊得无以复加，一时不知该做什么样的反应。

“当然，现在这个结果也在我的预料之外。不过我会尊重你的选择。”沈清耀望着她，双眸幽深似潭，“你所想的问题，说实话我并没有想过，但我必须说，我从来都没有认为你这辈子达不到某种高度，又或者平庸无趣。就像每一个证明都必须包含trivial（平凡的）那一部分才算完整，每个人也都有属于自己平凡的部分，它是必不可少的。你自有你不平凡的一面，只是人对于自己习以为常的东西从来都不觉得珍贵，就像我从未觉得绝对音感有什么大不了一样。我喜欢你蓬勃的生命力，喜欢你逆风奔跑的力量，喜欢你永远都浇不灭的斗志，喜欢你对于数学的热枕和赤诚，喜欢你对我的理解和支持，甚至喜欢你偶尔的中二病，和你在一起的每一天都那么快乐，我真的从未如此快乐过。或许我确实见过很多美丽的蝴蝶，但我只亲眼见证过一次破茧，我认为这才是最美的……”

“可是我不想只配得上你平凡的那一部分，你懂吗？”顾萤低着头打断他的话，“你教过我，这不是我该要的爱情，因为它不够平等，不是吗？你说得对，纵然是你也有平凡的一部分，而我的平庸和贫瘠注定了我只能懂你人生中那一点点平庸的部分！那么我拥有一个像你这样金光闪闪的男朋友就没什么值得开心的，我应该感到自惭形秽，不是吗？难道我要像一个芭比娃娃一样站在你身边充当装饰物吗？”

“顾萤，这种所谓的不平等纯粹源于你的假想。”沈清耀静静望着她，“对你而言，什么样才算平等？要我像你其他的追求者一样低声下气地出言讨好，还是痛哭流涕地挽留？你知道我做不到那些。你知道的，这不是因为我不够喜欢你，而是因为我天生不是那样的人。”

“谢谢，谢谢，谢谢你的喜欢，可能这辈子最值得我骄傲的事儿就是沈清耀喜欢过我，至于其他的我什么都没想过，我只是希望你找一个完美的、懂你的、配得上你的女朋友。”顾萤顾左右而言他，很害怕自己再这样下去就会改变主意，朝着自己不可控的走向发展，“能

把……乐谱和题目的答案给我吗？”

沈清耀沉默了好一会儿，终究还是起身从书架上抽出一个文件夹递给她。

“谢谢！我……下午还有课，就先回去了。再见，希望你一切顺利。”顾萤匆匆拿过文件夹便逃离似的跑了出去。

顾萤把文件夹贴近胸口抱在怀里，电梯下降的失重感让她恍恍惚惚，忽然产生了返回去要一个联系方式的冲动。

犹豫了几秒，她又放弃了——反正也不会再联系，何必留下什么，每每看到徒增伤感？

顾萤逃了下午的数学分析I，买了一瓶“白牛二”，偷偷窝在宿舍喝了小半瓶也没能抑制住胸口裂开了似的疼痛。她反复想着沈清耀的话，反复想着如果她答应了，会怎样？她不禁想起曾经和沈清耀聊起毛姆笔下塑造的三种女性，若她真的和沈清耀在一起，恐怕也只会沦为他人生中一枚无足轻重的注脚，那么她宁可只做自己人生篇章中的“主题”，哪怕这个“主题”不如他的那样重要。

…………

门铃响起来的时候，沈清耀正冲完澡准备睡觉。

他心头浮起一丝蠢蠢欲动的希冀，立即起身，快步走到玄关，透过防盗门镜，果不其然看到了顾萤羸弱的身影。

她终究还是后悔了自己做的决定吗？沈清耀这般想着便开了门，下一秒便嗅到浓重的酒气涌入，他不由得蹙眉。

“沈清耀……呜呜……男神……我真的……好喜欢你呀。”顾萤眼神迷离，口齿不清地呢喃了许多话，唯有这句断断续续的话沈清耀算是听清了。

他无奈地叹了口气，单手搀扶着她，另一只手给她倒了一杯温水，带着责备的语气说道：“站稳。我说顾萤，你这是喝了多少酒？谁允许你喝这么多酒的？”

顾萤胡乱挥着手，好不容易才握准了沈清耀递到她嘴边的水杯，却没接过来，只是顺着水杯摸到他的手："男神，你的手真好看……"

沈清耀哭笑不得，低声命令道："喝水。"

"哦……"顾萤这回倒是乖乖听话，双手捧住杯子，"咕噜咕噜"把里面的水一口气喝光了。

她把杯子递回去的时候手一滑，水杯便在大理石地面上碎成了玻璃碴。

"啊……我不是故意的，你别生气！"

说着，她便要弯腰去捡玻璃碎片。

沈清耀也不打算继续跟一个烂醉如泥的人废话，直接把她打横抱了起来，朝沙发走去。

"啊……我这么沉，把你的手臂压坏了怎么办？你快放我下来……"顾萤说得一本正经，"男神以后还要……弹钢琴的。"

沈清耀感到这话格外滑稽，心里却忍不住还是萌生了那么一点儿感动。他稳稳地把她放在沙发上，低声笑道："第一，你这么瘦，一点都不沉；第二，你当我是纸做的？还压坏了……"

顾萤吸了吸鼻子，忽然屈膝半跪在沙发上抱住他的腰："男神，我好难过，你抱抱我好不好？呜呜……我从下午哭到晚上，像被人在胸口挖了个洞似的疼，越想越难受……"

沈清耀垂眸细细看她，室内昏黄的灯光令她盈满泪水的双眼似琥珀般流光溢彩。

"如果你不说那些话，我根本不会对你有任何妄想，可是现在……呜呜……一想到以后我会和另外的人结婚生子，我就好难过好难过……感觉我这辈子都不会再有爱情了……真的好羡慕你未来的女朋友啊……她一定是个很优秀的女孩子……可以拥有全世界最好的你……"

"顾萤，"听到这里，沈清耀忍无可忍地打断她的话，"是你拒绝了我，而且是两次，我再怎么不愿意也只能尊重你的想法，可你倒好，又反过头来痛哭流涕说你难过，那你说我能怎么办？"

"你如果只是沈清耀，我真的没有任何仰慕之外的想法，可你是全天下最温柔可爱的'虫老师'，是我人生中第一个认可我、欣赏我、理解我、尊重我的人，是唯一一个分享了我所有不光彩的小秘密的人，是带我从泥沼里一点一点爬出来的人……”顾萤哽咽地说着，手上越抱越紧，生怕松开他就会消失似的，“可是我真的不行，我做不到，我没办法成为和你匹敌的人。这仅仅是我自己无能罢了，怪不了任何人……那我不贪心，只短暂地拥有你一下，好不好？我们做所有情侣都会做的事，好不好？我们去约会，好不好？就一天，一天就够了，然后我们就……分手，江湖不见。”

沈清耀愣然地听着她醉醺醺的声音和离谱的话，皱眉捏起她的下巴：“顾萤，你知不知道自己在说什么？你把我的感情当成什么？是某种你可以随意享用一天，而后弃之敝屣的东西吗？”

“你们ABC（American-born Chinese，指美国出生的华裔）不都很open（开放）的吗？为什么不可以呢？难道还像古代人一样，谈个恋爱就要海誓山盟、一生一世才罢休吗？一辈子那么长，除了数学，没有任何东西是永恒的。”顾萤委屈地撇了撇嘴，忽然抱住他，一用力，霸道地把他压倒在了沙发上，“沈清耀，你不是说你喜欢我吗？你连这点儿小事都做不到，还说什么喜欢我呢？”

沈清耀猝不及防地被她猛然压在了身下，隔着家居服单薄柔软的绸缎质地，他几乎能清楚地感受到她柔嫩的肌肤散发出的滚烫热度。

顾萤俯身低头，莽撞而青涩地吻在了他的唇上。她唇间的酒气和少女特有的甜美，令他不由自主地想起了酒心巧克力，体温仿佛瞬间拔高了几度，心跳频率乱得不像话，他人生第一次体验到了思考能力的短暂丧失。

“顾萤……”沈清耀终究还是拉回了理智，抬手扣住她的腰，以防她继续胡作非为，“不要这样。”

“我讨厌你。”顾萤埋在他颈窝抽泣。

沈清耀只觉得心口被这四个字狠狠刺了一下，一时说不出话。

“我讨厌你永远冷静自持，讨厌你永远那么不在意，讨厌你永远那么高傲，讨厌你永远在做最最正确的决定，这衬托得我更加像个狼狈不堪的小丑。”顾萤克制不住地啜泣着，“你永远高高在上扮演天神，俯视我这样的凡人作茧自缚，我试图用你对我的感情把你拉下神坛，也只显得自己低级罢了……仔细想想，就算你答应了又怎么样呢？我还是自取其辱罢了。”

“顾萤，不是这样的。”沈清耀心疼地把她抱在怀里，轻轻抚摸她的长发，“我当然很难过，也反反复复想了你说过的话，很努力地试图去理解你的心境。其实我知道，只要我想，你总会改变你原本的选择，乖乖做我女朋友……可是那又有什么意义呢？我应该利用你对我的喜欢来改变你自身的意愿吗？然后怀着那些别扭拧巴的想法，在我身边永远自卑，永远患得患失，永远没有自我，永远被爱情的多巴胺牵着情绪走？我不愿意的。在我心目中，你那么自信、开朗、乐观，像永远散发着热度的太阳。我不愿意为了满足自己的渴望而破坏你这份美好。”

“你只是没有那么喜欢我罢了。”顾萤逐渐平静了一些，小声嗫嚅道，“以前男生追我，还有跟我下跪的，还有为了逗我开心能学猪叫的……哪有像你这样云淡风轻、坐怀不乱的，连我一个小小的请求，都不能答应……”

“顾萤，如果一个男人的自尊可以拿出来交换爱情，那么这样的自尊便一文不值，今天他可以用尊严换爱情，明天他就可以用忠诚去换利益，甚至会产生代偿心理，得到你之后便狠狠踩在脚下，把当初付出的尊严一一讨还。自尊廉价的人不值得你爱。”沈清耀捏了捏她湿漉漉的小鼻子，温柔地说，“小傻瓜，正是因为我很认真地对待你说的每一句话、提出的每一个要求，所以才会事事考虑周全、尽可能地做最正确的决定，你不要因果倒置、买椟还珠。”

“可是……可是……爱情就应该是非理性的东西呀。”顾萤虽然嘴硬，却依旧感到心口的疼痛一点一点被治愈了。

“我还不够非理性吗？”沈清耀自嘲地长叹一声，“你已经是我人生当中最大的非理性了。”

“真的吗？我不信。”顾萤继续口是心非，心尖已然甜滋滋地漾开了一圈涟漪。

“我醒来之后满脑子都是想见你，生怕你去了明华大学之后，遇到一些优秀的男生追求，然后就开始恋爱了。可是身体的恢复是一个

循序渐进的过程，很缓慢，急不来，所以复健期间，我常常因为焦躁而产生自暴自弃的情绪。”沈清耀低声问道，“你有没有打开那本钢琴谱？”

顾萤摇了摇头：“没有。我实在太难过了，只顾着哭了……”

“整本都是我手写的，想你的时候就写一段，那个旋律会让我瞬间想起很多很多美好的回忆……不知不觉就写了那么多。”沈清耀温和地笑了笑，“这是我二十年的生命里，第一次因为数学和音乐之外的事情感到开心。”

“对不起。”顾萤半醉半醒地说道，“我现在一点儿都不讨厌你了，果然还是最喜欢你了，嘿嘿。”

顾萤眼神迷离地望着他，一如她从小到大一次又一次地仰望那张海报。只不过那张海报上的他显得清冷又遥远，而此刻他近在咫尺，嘴角的笑意格外温柔。

她被酒精壮足了胆子，圈住他的脖颈重新开始亲吻他，从眉骨、眼睛、鼻子一路亲到下巴、喉结、锁骨，直到她开始扯他的家居服才被他按住了手。

“好了，你乖一点，以后……”沈清耀突然顿住，恍然意识到或许没有以后了，胸口不由得一阵绞痛，像压了块石头似的窒闷。

“嗯？”顾萤不解地看他。

“我改变主意了。”沈清耀脸色一沉，突然说道。

“什么？”顾萤趴在他胸口，能够清晰地听到他的心跳声。

“我本以为尊重你的意愿能够使你开心，但如果分开使两个人都那么痛苦，为什么不能在一起呢？”沈清耀认真地凝视着她迷醉的美目，掷地有声地说道。

“可是我们本来就是两个世界的人……”顾萤撇开视线，小声嗫嚅，“我真的没有能力达到……”

“你反反复复地跟我说，你不行，你达不到什么什么水准，到不了什么什么高度，怎么样都无法与我势均力敌，可是你试过了吗？”沈清耀扯开嘴角苦笑，“这不就跟你高中的时候做数学题一模一样吗？还没开始思考，就告诉自己一定做不出来。你都没试过，怎么知道自己不行？”

“这怎么一样……高中数学题多简单呀……”顾萤仿佛完全忘记了自己当年分班考试数学不及格的战绩，“可是你是什么……你是一座珠穆朗玛峰，是我达到极限也不可能登顶的存在。”

“承蒙抬爱，顾萤，我想告诉你的是，每个人都有每个人能力的极限，你有，我也有，它是客观存在的，但是只要还活着，就永远不要相信自己已经触及了它，永远不要预测它，不要比较它，不要恐惧它。”沈清耀温柔地注视着她的眼睛，“我亲爱的‘打不倒小姐’，你的潜力是没有边界的。”

“你哄我。”顾萤奶声奶气地怨声道，“所有人都会说我配不上你。”

“我懂了。说白了你不过是想逃避压力，逃避困难，逃避别人的质疑，不是吗？”沈清耀的眼神里盛满了狡黠之色，“顾萤，你不过是㞞罢了。”

“你胡说！”顾萤嘟起嘴来，“我，顾萤，都‘莽’了十八年了，这辈子，除了胆子大，没别的优点！你可以说我菜，我承认，但是！你不能说我㞞！”

“那你为什么不敢和我在一起？”沈清耀紧接着问道。

“因为……”顾萤一时蒙了，忽而不知道哪儿来的力气，摇摇晃晃地站起来，指着躺在沙发上的沈清耀说，“谁说我不敢？我有什么不敢？我告诉你，就算你是我人生中遇到的最大的难题，我顾萤也不怕！”

“嗯？”沈清耀眼含笑意地看着她。

“我一个曾经数学不及格的人，最后都拿到CMO（全国数学竞赛）金牌了，那些说我笨说我不行的人，现在早就不知道在哪里了……”顾萤醉眼蒙眬地笑着，似乎一瞬间又找回了当年初生牛犊不怕虎的匹夫之勇，“我能怕什么？我还有什么做不到？”

“要不你酒醒了再想想？”沈清耀笑着提醒她，“说不定是个激将法呢？”

“不用！我现在就跟你说，我，什么都不怕……不就是跟从小到大崇拜的男神谈恋爱吗？求之不得！”顾萤的神态气势仿佛回到了那

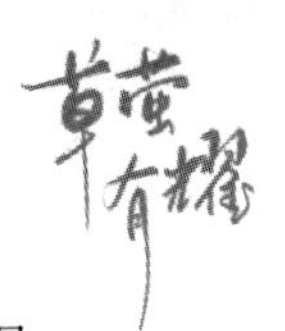

个一往无前的少女时代，“沈清耀，如果你真的是我人生中遇到的最难的难题，我也不会畏首畏脚，而是保持持续探索的心态，做下去，直到做出来为止……你说的……你教我的……”

“嗯。”

顾萤醒来的时候头疼欲裂，一睁眼看到的是致敬蒙德里安《加号与减号的构成》的一幅抽象画。

她尖叫了一声，猛地从床上坐起来，全然不知身处何方，立刻意识到自己喝断片儿了。

“哟，早啊。”沈清耀穿了一身灰色的家居服，懒洋洋地从卫生间走出来。

“我怎么会在这里？”顾萤用毛毯裹住自己，“我的衣服呢？我该不会又做了什么丢脸又失礼的事儿吧？”

“还行，挺英勇无畏的。”沈清耀回忆起昨晚的一幕幕和顾萤的“豪言壮语”，嘴角便克制不住地上扬。

“啊？我做了什么？”顾萤恨不得当场人间蒸发。

“你昨天喝得醉醺醺的，跑来敲我的门，然后晕乎乎地扑过来，软磨硬泡地说‘男神，我要和你做一天情侣然后分手’。”沈清耀提起她这个解决问题的思路仍旧哭笑不得，“真是太符合你的作风了。”

“什么！”顾萤怪叫着，像毛毛虫一样蠕动进毛毯里面，盖住自己的脸，过了几秒又重新钻出来，“对不起，我真的不知道自己酒品这么差……我没有对你做什么更不要脸的事儿吧？我衣服呢？我该不会还要流氓了吧？”

“你说，如果我是你这一生中遇到的最难的难题，你也不想退缩，不想畏首畏尾，你想试一试，就这么做下去，直到做出来为止。”沈清耀正色道，“说完你就吐了自己一身，我叫我的助理来帮你清理了一下。”

顾萤舒了口气，拍了拍胸脯：“吓死我了！我还以为……等等……不对，你刚刚说，我说了什么？”

“你如果敢反悔，我一辈子都不会原谅你。”沈清耀毫不客气地给了她一个警告的眼神，“事不过三，你难道还想拒绝我第三次？”

顾萤进退维谷，骑虎难下，只能重新缩进毯子里装傻。

沈清耀不紧不慢地走过去，把她的小脸从毯子里面剥出来，沉声说道：“真想再回到你的身体里面。”

顾萤全身僵住，匪夷所思地瞪着他，一瞬间感到自己脸颊烫得能煎熟鸡蛋。

沈清耀对上她诡异的眼神，微微一愣，顿时勾唇轻笑：“你是不是想歪了？我是说，我真的还想和以前一样，和你共用身体，听听你究竟在想些什么。省得我像现在一样，乱猜一通，还总是猜错，心情大起大落，像坐过山车似的。”

顾萤尴尬一笑，在内心大喊：顾萤，你瞎想什么呢？是不是醉酒还没清醒过来？

“你好像很失望。”沈清耀双臂撑在她颈旁，低头凑到她耳边说，“你如果想的话……也不是不可以。”

“你胡说什么啦！”顾萤羞恼地倒抽了一口气，下一秒便感到唇上温热。沈清耀微微急促的呼吸喷洒在她的脸颊上，他浓密的睫毛扇动，扫得她皮肤痒痒的。

她感到心脏下一秒就要跳出胸口，忍不住怀疑自己是不是还没睡醒。

“我得先赶飞机了，我家的钥匙在床头柜里，你可以拿着。你的手机密码居然是0922，太好猜了，于是我擅自加了你的微信。”沈清耀一边说，一边起身，临走前又揉了揉她的头，“再休息一会儿吧，时间还早。”

顾萤呆呆地望着天花板，感到一切都那么不真实。

手机在这个时候“嗡嗡”振动起来，她滑动了图标接听，对面传来辛静怒不可抑的大吼：“顾萤，你到底在干什么啊？你室友说你昨晚一整夜都没回宿舍！”

“辛静，我大概，误入歧途了……”

顾萤言简意赅地总结了一下自己最近的经历。

“但是……新的挑战才刚刚开始呢！”

顾萤一如既往中二地笑了出来。

番外一

助理小姐姐来送了干净的衣服和温热的食物，但顾萤赖在沈清耀的床上不愿意下来，抱着属于他的枕头，仿佛依然能嗅到他的气息。清爽而淡雅的木质香调混合着他身上特有的干净清爽的味道，顾萤忍不住想入非非。

她摸索到枕边的手机，翻了翻微信好友列表，然后找到了一个新添加的好友，昵称是一个字母“X”，头像是一只表情慵懒的布偶猫。

她忐忑地打字：【真的是男神吗？】

几分钟后，X 发来一张图片。

是一张“死亡角度”但依然很帅的自拍。

顾萤：【啊啊啊！】

X：【……】

顾萤光速点了保存，然后贪得无厌地敲字：【能再多发几张吗？】

X：【……】

顾萤：【你好高冷哦。】

顾萤：【我为什么感觉这么不真实？我居然加上了偶像的微信，呜呜。】

X：【你还有觉得不真实的时候？可真稀罕。我记得当初我莫名其妙出现在你的病房时，整个人都吓蒙了，你还没事儿人似的该干吗干吗……】

顾萤：【所以我才怀疑现在是不是又发生了什么不合理的事件！男神你真的喜欢我吗？】

顾萤在床上打了个滚儿，忽然回忆起很久很久之前“虫老师”似乎曾经说过“沈清耀喜欢的就是你这样的女孩子”，顿时整个人都心花怒放。

顾萤：【啊啊啊，那个时候……原来那个时候竟然是本尊亲口说的吗！】

X：【？】

顾萤想着想着，又想起了自己各种花痴和热情告白，一瞬间脸烫得冒烟。

顾萤：【男神，不是那样的！我平时很礼貌、很矜持的！】

X：【……】

顾萤：【男神还每天晚上跟我说晚安，天哪……】

顾萤感觉这辈子都没这么幸福过，像是平白捡了一地的糖。

X：【好了好了，昨晚喝了那么多酒，现在头疼吗？】

顾萤：【不疼！一点儿都不疼！我好着呢！嘿嘿！】

顾萤其实是有些头疼的，但是跟昨天持续了整个下午的胸口疼相比，可以说是小巫见大巫，完全可以忽略不计。

X：【那就好。其实我想说，昨天那些话你不必放在心上，如果你还记得的话。】

顾萤一愣：【难道这么快我就被甩了？】

X：【……】

X:【我的意思是，昨天那些话主要是激将法，至于什么努力之类的，你完全不必强迫自己。我喜欢的就是现在的你，并不是你想象中变成多么优秀的自己。】

X：【我希望你有自己的目标，自己的理想，自己的追求，自己的人生乐趣，而不必为了我改变什么。】

X:【我不希望自己给你带来任何不必要的痛苦，我希望你快乐，并在自己真正热情所在的领域奋斗，拥有属于你自己的人生路径。】

X：【爱情可以锦上添花，但它不应该作为你人生的指南针。】

顾萤鼻腔一酸，一时不知如何作答——她所顾虑过的一切，他竟然已经都替她考虑过了。像他那样的人能够站在她的角度想问题有多难呢？她不知道。

X：【怎么不回我？是不是说教味儿太重，有点扫兴？（哭笑不得的表情包）】

X：【我是怕你压力太大，反而适得其反。】

顾萤:【不是。男神，你好得简直就像一个PUA（搭讪艺术）骗子，呜呜。】

X:【谢谢，不愧是语文分数怎么都提不上去的人会打的比喻。】

顾萤：【……】

X：【你在学校了吗？】

顾萤：【还在赖床。对了，你昨晚睡在哪儿了？】

X：【当然是客房。不然跟你睡一块儿吗？】

顾萤：【那你就真的不想做点儿什么吗？不是都已经确定关系了吗……你的所作所为让我觉得自己好没有吸引力哦。】

X:【首先，你当时不清醒，我不想乘人之危；其次，我没有经验，万一控制不好……最后，家里没有避孕套，我不想你吃药，万一意外怀孕，会影响很多事情，流产会影响健康，生下来会影响学业。所以，最好的选择是什么都不做。】

顾萤呆住了，忍不住想象了一下自己怀孕的情景，顿时像被烫到似的反扣手机，把脸埋进枕头里，好一会儿才恢复了正常颜色。

顾萤:【我的天，你怎么想那么多啦！（若干个小兔子害羞的表情包）】

X：【……】

X：【还不是因为你常常头脑一热就智商清零了。】

X：【这要是跟别人谈恋爱都不知道会不会被坑惨，我想想都不放心，所以你还是乖乖当我女朋友吧。】

顾萤：【等等，你说你没有经验……难道你还没有那方面的经验吗？】

X：【……】

顾萤：【真的吗，真的吗？】

X：【昨晚没有休息好，我准备睡一会儿。你赶紧起床，好好吃饭。】

顾萤：【啊？你为什么没休息好？难不成我还做了什么奇怪的事？（可怜巴巴表情包）】

X：【没有。只不过是太开心了，就一直没睡着。】

顾萤：【真的吗？】

X：【假的。我睡了。】

番外二

顾萤再次遇到张旻文的时候，她和辛静正在食堂吃饭，辛静缠着她套路沈清耀的签名。

“我自己都没有好不好……”顾萤叹了口气。

“哎呀，你都是他女朋友了，还不能要一百张签名？”辛静歪头枕在顾萤肩膀上撒娇。

“他说我都是他女朋友了，还要什么签名……”顾萤哭笑不得。

“顾萤。”

张旻文把自己的托盘放在二人对面的位置上，坐了下来。

“不错嘛，听说你拿了CMO金牌，没想到我当初还真是小瞧你了。”

顾萤一时有点尴尬，想起身离开，但转念一想，凡事先来后到，凭什么是她离开？便又继续低头扒饭。

张旻文倒也没在意自己被晾着，继续问道：“你当初拒绝我是不是因为自卑？如果我现在再给你一个机会呢？”

“对不起，我已经有男朋友了。学长，麻烦你也收收自己在我这里不必要的好胜心，明明也不怎么喜欢我，何必自讨没趣？”顾萤再次被他莫名其妙的优越感刺激到，一丝情面都不留，严厉的语言引来周围的人频频回头。

“哦？是吗？那冒昧问一句,你男朋友是哪位？”张旻文没有退缩，反而更加张狂。

“与你无关。”顾萤考虑到沈清耀是公众人物，害怕公开二人的关系会对他造成不好的影响，根本不想提及。

“是与我无关，还是压根儿没有？就算真的有，他哪里比我好？比我优秀？比我聪明？比我帅？还是比我有钱？”张旻文此刻的模样像足了开屏的孔雀，求偶成不成无所谓，先斗赢了再说。

“我做证，她真的有男朋友。”辛静在一旁憋笑憋得辛苦，替顾萤打包票道，“旻神，萝卜青菜各有所爱！强扭的瓜，它也不甜呀。”

周围的人只捕捉到一些只言片语，却也大致猜到了是什么情况，纷纷竖起耳朵，“吃瓜”看好戏。

“不是吧，旻神居然被这样毫不留情地拒绝？”

“旻神是谁？”

“旻神的大名你都没听说过？国际物理奥赛金牌满分，读的是我们学校最热门的计算机科学实验班。听说他本科三年就中了六篇一作顶会，前途不可限量。”

“本科生三年能中六篇顶会？这不是天才就是‘水王’吧？”

“他做AI（人工智能）的，主要方向是NLP（自然语言处理）和ML（机器学习），发论文本来就比其他专业容易多了。”

“AI领域的顶会动不动几千篇论文短时间内审完，你想想也知道有多水。”

“是啊。顶会录取率低只不过是因为投稿太多，同时大型顶会又需要顾虑声望，不然无法维持运转。可是因为论文数量过于庞大，周期短，审稿水准很难达标，舞弊事件屡见不鲜，一篇低质量的文章被录又会引来更多的人抱着碰运气的心态投稿……”

“但是我怎么听我男朋友说，计算机领域发顶会比发顶刊管用多了？我上次问他发过几篇SCI（引文数据库），还被他笑话了，说业内只看顶会，SCI没什么用。”

“对对对，我前天还听小老板吐槽过，说CS领域重视会议是历史

发展带来的遗留问题，那就是个名利场，CS迟早会和传统学科一样重视期刊。”

“主要会议审稿快啊，尤其是AI领域，会议更能适应更新迭代的速度，但是这个审稿周期内想要完成对几千篇论文的高质量评审几乎是不可能的。”

“反正我现在一听说这种读本科就发一大堆论文的，第一感觉就是浮躁，沉迷于‘水paper（论文）’，重新发明轮子，搞流水线作业，压根儿没有做学术的初心。有限的时间内，文章质量本就是和数量成反比的。”

“对啊，前段时间各大媒体不是一直在吹某个学术网红一年发一百多篇paper吗？听着好像很牛，实际上就是一个生意人，一作都是挂名，开会的时候独立报告都做不了。”

“我的导师也常常劝我们沉下心来科研，少去点儿什么顶会，做solid（扎实的）的工作。那种几周搞出个什么十几页的文章发顶会，赶集似的，除了能拿来吹牛和自欺欺人，没别的用处，只有科研品位差、爱钻营的人才老盯着什么top……”

“哈哈哈，你导师这么说就以偏概全了吧！”

“他自己就是只专注于领域内的难题，从来不追求什么数量什么顶会，但是每一篇文章质量都非常高。”

“Jewels are not weighed on a grocery scale（珠宝不会在杂货秤上称重），伟大的数学家高斯说的。”

“但旻神还有两篇是best paper（最佳论文），其中一篇引用量还不错。”

“真的吗？那确实很强了。”

“那我怎么没听说过？”

“旻神低调呗。”

“那个妹子又是什么来头，挺漂亮的，美院的吗？”

“我开学就听说过她了，CMO金牌小美女，数院的。”

“啥？这颜值在数学系不得妥妥是个系花？”

“你少无聊了，数学系颜值高的女生也不少好吧？”

“她男朋友又是哪路神仙？”

“这个还真不清楚。”

…………

“我真的感觉你特别无聊，能不能把自己的ego（自我）收一收？”顾萤这辈子最烦的事儿就是被周围的人议论，这会儿越说越暴躁，索性也不刻意压低声音了，“你以为女朋友对你而言是什么样的东西？所谓功成名就，一定可以抱得美人归，是吧？你什么都不用做，就因为你优秀，头顶上的光环一圈又一圈，所有女生就该对你仰慕、崇拜、坠入爱河，是吧？”

“难道不是吗？从小到大喜欢过我的那些女生，不都是因为我更优秀、更强大，比平庸的男生更有智商解决问题，也更有能力提供更高质量的生活吗？”张旻文满不在意地耸了耸肩，“本来择偶就是竞争的一种，在大自然界，所有动物都如此，人也不例外。”

“所以我们才不合适，三观不合，你懂吗？”顾萤也懒得再争辩什么，“你大可以找和你想法一致的女生，为什么一定要跑来我这里碰壁呢？”

“轻易能得到的一切，我都不感兴趣。”张旻文嘴角斜斜挑起，笑得格外不屑。

“拜托，你是不是当你在演什么霸道总裁狗血剧？”顾萤硬生生被他气笑了，“对我而言，这些真的都不重要。”

“在我的价值观里面，对于学术的追求也好，对于智力的追求也好，都仅仅是我自己的目标，从来不会寄托在另一个人身上，我男朋友也非常支持这一点。在我看来，如果自己没有任何实质性的目标，没有任何明确的理想，只是渴望找一个能够取得某些成就的男朋友，然后觍着脸分享属于他的荣誉和财富，这些都只是无能之人特有的低级又可笑的虚荣心罢了。自己水准达不到的时候，其实没有办法分享任何真正有价值且有趣的东西，不是吗？那么基于这一点的择偶又有什么意义呢？”顾萤实在不想继续浪费口舌，叹了口气，把筷子放在自己的碗上，背好书包，端起托盘起身的时候又补充了一句，“再强调一遍，

我有男朋友，希望你自重。”

“对学术的追求？以你的水准，或许学术生涯的天花板就是在二流期刊上发几篇无足轻重的论文混个学位。”张旻文不屑一顾地嗤笑道，“这种目标没有也罢。”

“我男朋友说过，随随便便评判别人的能力是家教不好的体现，靠瞧不起别人来找优越感是精神贫瘠的象征。此刻你已经身体力行地展现了我不喜欢你的原因之一，看起来已经不用我再多说废话了。”顾萤不气不恼地咧嘴笑了笑，转身朝出口走去。

辛静也赶紧收拾好了自己的东西，临走时又拍了拍张旻文的肩膀打圆场：“旻神这么优秀，没必要在一棵树上吊死，节哀节哀。”

顾萤大步走出食堂后，重重地吁了口气：“静静，你说他是不是有病？他根本不喜欢我，甚至不怎么瞧得上我，还要非得纠缠，搞得跟什么攻坚战似的。”

“男生不都这样，征服欲呗。那首歌怎么唱的来着？得不到的永远在骚动。”辛静小跑了两步跟上她，耸了耸肩，回道，“前阵子有个男生被我拒绝了之后，撂狠话说一定要发奋努力，让我将来后悔。”

“神经病吧？”顾萤一瞬间被逗笑了，“搞得好像你是那种趋炎附势的人，真令人下头。”

“本质上是一种雄性的傲慢，不想或者说不屑于去真正了解女人，哪怕喜欢她。”辛静摇了摇头。

“你说得很对，傲慢、不屑、征服欲，真是简单粗暴。”顾萤附和，又摇头长叹，“幸亏我不用和这类人谈恋爱，他们的‘喜欢’我可承受不起。”

“他们关心的永远是自己的衡量标准，而并非对方需要什么。”辛静摊了摊手，“不过，很多女性其实也很慕强，被鄙夷还能崇拜对方，啧啧，说白了就是周瑜打黄盖呗。”

“那也不是都鄙夷，也有些宠老婆的。有些女生会认为，那么牛的人都被我呼来喝去的，她自然而然成了食物链的最上游。”顾萤漫不经心地笑道。

辛静朗声大笑："这种高超的自我安慰能力我这辈子都没有，遇到比我厉害的人我只会想一较高下。从小我就被很多人说，我成绩好是因为我努力，女生都是用功，男生都是聪明，天天被灌输什么男生从来不学习、回回考第一的神奇故事，结果呢？那些男生最后高考不还是全都没我分数高吗？"

"我真的感觉那些热衷于八卦各种奇人、神人故事的人很奇怪，好像一听到某个 Big name（名校或者知名人士）就大惊小怪激动万分，夸大其词编造吹嘘别人的经历能带给他们什么快感？"顾萤嗤之以鼻，"这些人必然没什么本事，也没有类似的经历，因为他们所说的故事很多都压根儿不符合脑科学的基本原理。"

"你有一句话我很认同，就是自己水准达不到的时候，其实没有办法分享任何真正有价值且有趣的东西。"辛静感慨道，"有一句流传很广的话，是说什么'男人征服世界，女人通过征服男人来征服世界'。仔细想想，其实这是对女性的一种虚假诱惑——你去征服一个男人，满足的不过是他最底层的需求罢了，大多数时候这件事是没有门槛的，有些时候甚至是自我牺牲的。如果你真的以为自己征服了什么，那就是蠢了。这或许可以满足一些你的虚荣心，但你永远无法真正体会到 Change the World（改变世界）的快乐。"

"不愧是我闺密，英雄所见略同！"顾萤伸出手，两个人默契地合掌一击，"我男神也是这样说的。他说其实很多男博士背后都有一个默默付出、牺牲自我的妻子，同时做着厨师、助理、护士、母亲的工作，而他让我相信他，他有能力保证我什么都不需要放弃，让我专心做自己最热爱的事就好。"

"所以啊，你家大神是真的太——好——了！"辛静拖长了音调，格外艳羡。

"就是因为他太好了，所以我才虚得很……不知道自己可以给予他什么。"顾萤垂头丧气地说道，"上次我去他家，喝多了，特别丢脸地吐了一身，然后他助理给我买了一条裙子、一双鞋。昨天晚上我本来想把钱在微信上转给人家小姐姐，结果上网一查，光这裙子就够我半年生活费了。"

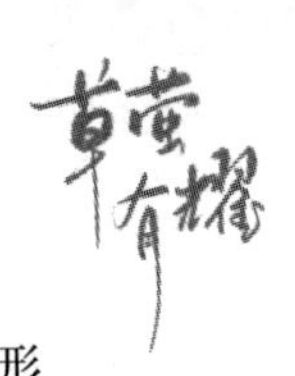

“这就是跟男神谈恋爱的感觉吗？”辛静两只眼睛都开始冒心形气泡。

“哎呀，你别取笑我了！我真的感觉压力好大……”顾萤撇着嘴推了她一把，“我宁可他就是普普通通的一个男生，只要能跟我安安稳稳在一起就好了。”

“你快别得了便宜还卖乖了，我每天被你喂狗粮，都快变身‘柠檬精’了！”辛静翻了个白眼。

“你有什么好酸的？黎铭舜高考明明考了那么高的分数，来不了明华也能去一个好学校，就为了想跟你考一个大学回去复读了。”顾萤斜眼睨她，“你们两个才是人人羡慕的神仙学霸情侣，双向奔赴，势均力敌。”

“说起这个，我真的好担心他。原本他高三就是因为压力太大才状态一直很差，发挥不出正常水准，现在复读压力更大，万一又没考好……呸呸，瞧我说些什么！”辛静提起黎铭舜脸就垮了下来，“你上次去的那家禅院叫什么来着？我也去拜拜。”

“三昧禅院啦，很灵的。”顾萤安慰道，“等周末我陪你一块儿去。”

“好！”

番外三

顾萤自从恋爱以来，呈现一种持续性想入非非，间歇性垂头丧气的状态，偶尔又感觉自己背负了一个大秘密，晚上睡觉都怕自己说梦话，把沈清耀跟她谈恋爱的事儿说漏嘴。

沈清耀不断让她放平心态，并给她贴心定制了一个Q版沈清耀等身抱枕助眠。

她顶着种种古怪的目光把巨大的抱枕抱回了宿舍，全程堪比“公开处刑”，室友看到还都说可爱，甚至问她是在哪里定制的。

“我也不知道，男朋友送的……”顾萤弱弱地回答。

“你男朋友也太大方了吧？不但不吐槽你追星，还送你男偶像的抱枕啊？也不吃醋？”

“人比人，气死人。我因为粉男爱豆，都跟我男朋友吵多少次架了！嫌我给爱豆花钱太多，那我也没花他的钱啊！”

“看到没看到没，人家顾萤家这位才是男朋友的典范！我也要发给我男朋友让他学习学习。”

“唉，整个宿舍只有我一条单身狗，还有没有活路了！你们都是些什么人生赢家啊！”

“哈哈……也没有啦，他不是很在意这些。”顾萤只能打马虎眼糊弄过关。

“顾萤！你快醒醒！”

“顾萤，你看微博！”

“天啊，热搜上是你吗？”

…………

顾萤迷迷糊糊地睁开眼，脑子混沌着就听到室友纷纷激动地嚷嚷，还爬到床上来摇她。

“怎么了？一大早的。”顾萤揉了揉眼睛，在室友莫测的眼神中摸过手机，刚解锁屏幕就看到自己的微博上999+条消息，“咦，怎么回事？我微博消息突然爆炸了……”

“你快看热搜啊！沈清耀在微博上@了你，还公布了恋情。”

“真的是你？天啊！我竟然跟沈清耀的女朋友在一个宿舍吗？我不会是在梦游吧？”

“怪不得送你抱枕！合着是秀恩爱！”

…………

顾萤一下子睡意全无，打开微博一看，自己的“萤火虫0922”已经暴涨一百多万粉丝，许许多多条记录她和沈清耀日常的微博下面评论都高达几千。

热搜第一是“沈清耀公布恋情，初恋女友竟是明华大学数学系学生”，热搜第二是“萤火虫0922”，热搜第三是“顾萤，CMO”……

顾萤眼前一黑，平复了一下心情才颤抖着手点开微信。

顾萤：【大神，大佬，祖宗，你到底做了些什么？】

X：【不破不立，与其让你天天提心吊胆的，不如我直接公开。又没什么见不得人的，早晚都会被人知道，坦坦荡荡公布恋情好过被人通过蛛丝马迹扒出来，指不定还要被抹黑成什么“睡粉”之类见不得人的事儿制造流量。】

顾萤：【可是你又没睡我，不如……（可怜巴巴表情包）】

X：【乖，矜持一点。（摸摸头表情包）】

顾萤：【闹得这么大被家长知道了怎么办？我妈倒是不会看这些啦……】

X：【我早就跟父母提过你了。】

X：【等我假期回家一起视频一下？】

顾萤：【你为什么做这些都不经过我的同意？（哭唧唧表情包）现在我要怎么办啊？我还没准备好呢！】

X：【那你同意吗？】

顾萤：【……】

顾萤：【同意。】

X：【乖。】

顾萤：【（害羞的表情包）】

“顾萤！快跟我们说说，你是怎么把沈清耀拿下的？太牛了！”

“对啊，快给我们传授一点恋爱经验吧！”

“你天天闷声发大财啊，有这么神仙的男朋友都不跟我们透漏一丝风声。”

“出书吧，姐！连沈清耀都能拿下！情感专家都没你厉害！”

…………

“各位仙女饶了我吧，我真没什么秘籍……”顾萤用被子蒙住头哀号。

顾萤的男朋友是沈清耀的消息很快就在明华大学传播开来，恰逢沈清耀本科期间就发了顶刊的事被各大营销号搬运到国外新闻后大做文章引流，故事讲得神乎其神，一时间，各种传言铺天盖地，甚嚣尘上，还有各种各样的负面言论——

• 漂亮女生的人生就是比我们这些男生容易。看看人家，直接泡大牛，以后发论文是不用愁了。

• 是啊，我们以后冷板凳一坐多少年，也抵不过人家小美女撒撒娇。

• 直接选同一个方向，哪怕做不出问题，让老公帮忙想就是了。

• 开学也没见她跟谁暧昧不清，一副很清高的样子，闹了半天，原来人家那是看不上，一心想钓大的呢！

• 靠脸逆袭，不得不服。

• 下辈子投胎做个漂亮女生，少奋斗多少年。

• 我开学一见到女生长这么漂亮还学数学，就知道不是省油的灯啊。

…………

顾萤其实早已经习惯了这些流言蜚语。

无可否认，外表确实曾经给她带来过不少方便——小时候因为长得可爱，连小卖铺的哥哥都愿意送她草莓泡泡糖吃；初中的时候又因为外形好和蹩脚的钢琴才艺被直接选为文艺委员，还拿了一个优秀班委的奖状——这甚至是她初中唯一一次拿到奖状。

同时，她也非常清楚，大部分男性对她的殷勤、恭维，当且仅当她是一个漂亮花瓶的时候才会存在。一旦她和他们一样参与竞争中去，或者实力足以威胁到他们的切身利益，那么一切就都另当别论了。

“顾萤同学，”李曦教授笑着把目光停留在坐在第二排发呆的顾萤身上，“前两节课没见你来啊。”

顾萤条件反射般站了起来，忽然又意识到自己已经不在实验中学了，便松了口气，回道：“老师，我遇到了一些私人问题……但前两节课涉及的内容我都已经自学过了。”

“没事，你别紧张，我们这课没有点名签到的规矩。我第一节课已经说过了，我读本科的时候也常常逃课，但大部分科目成绩是满分，所以我非常鼓励自学效率更高的同学不要来听我上课，以免耽误学习。”李曦气定神闲地解释道。

顾萤一愣，下意识地环顾了一下四周，发现“自发上座率”还是很高的，于是她大胆猜测了三种可能——第一，这位老师讲课很精彩；第二，这位老师讲的内容很难；第三，这位老师长得实在赏心悦目。

“人家顾萤就算不学，期末考试前也有大佬给补课不是……”

不知道打哪儿冒出这么一句声音不算小的嘀咕，而后不少人也跟着意味深长地笑了出来。

“我们李曦教授才是真女神，不仅时尚、漂亮，还是当年唯一的IMO金牌女选手。”

“就是，而且人家年纪轻轻正儿八经发了三篇四大，国内数学家里首屈一指了。”

“就是，李教授才是真正的美女数学家。”

“我查了，顾萤当年都差点儿拿银牌，天天CMO挂嘴边，生怕别人不知道似的。”

…………

“早上八点的课，大家都没什么精神，那我们先聊两句题外话。”李曦抬手示意顾萤坐下，“我想问问在座的女同学，你们会认为‘美女数学家’这个称呼是一种褒奖吗？”

“不会，在职业面前加上对外貌的评价，是一种不尊重。”

“并不会，美女本身就是一种轻浮的调侃，或者说是把女性景观化的一种行为。”

“不会啊，都成数学家了，还要用外貌来评价一名女性，仿佛美女才是对一名女性最大的认可。”

“男性数学家里帅哥也不少，怎么没见谁被称为帅哥数学家？而且你一听帅哥数学家是不是有一种他名不正言不顺的感觉？”

“你今天允许别人恭维你是美女，以后自然也不得不允许别人评价你眼角的鱼尾纹和下垂的苹果肌。”

“这会给不那么美的普通女生造成一种心理负担，说严重点儿，这是外貌歧视。”

“是不是无论女性实力有多强，都不得不接受别人的品头论足？”

“经常有人怀着恶意说我们学数学的女生平均颜值三分，难道我们要跟他们证明我们数院也有不少美女吗？脑子里什么都没有的人才搞‘雌竞’。而我们只会说，我们真正有趣的部分是这些人的智力水准理解不了的，他们只看得懂颜值罢了。”

…………

李曦听着七嘴八舌的讨论，低头莞尔：“我读书的时候，经常刻意把自己收拾得很土，因为我希望自己看上去很聪明。”

学生们一阵大笑。

“我本科时的男朋友现在是‘90后’这一代里最优秀的数学家之一，在MIT任教。多年前我把他甩了，原因很简单，因为当时我太骄傲了，我接受不了某些人认为我是依靠男朋友补习才拿到那么高的绩点的。”李曦的目光温柔地落在了顾萤身上，“但很可惜，后来，我不得不接受有些人坚信我是靠导师才发的四大。”

学生们又是一阵大笑。

“当然，我们不得不承认，只要有利可图，那么总会存在一些钻空子的人，无论男女。”李曦正色道，“作为一名女性，哪怕我没有现在的实力，我也不会希望在男朋友的论文上挂名coauthor（共同作者）。第一，这么做是学术不端，是可耻的；第二，我如果这么做了，或许可以获得短暂的、不正当的个人利益，但同时，我也为污名化女性的言论添了一把火，为性别刻板印象产生的性别不平等推波助澜。”

李曦停顿了一下，语气严肃起来：“什么是正义呢？我相信，正义是我们对破坏规则、投机取巧，甚至舞弊的行为进行抵制和鄙夷。反过来呢，那些一边造谣，又一边恨自己没本事走旁门左道的人，不仅可耻，还低级。”

顾萤怔怔仰望着讲台上的李曦，忽然就对这些天遭受到的各种各样没来由的诋毁谩骂彻底释怀了——这个世界上总有人可以闪闪发光

驱逐黑暗，而她也渴望成为这样一盏灯，照亮后来的人。

番外四

顾萤：【啊啊啊！男神男神，怎么办？】

顾萤：【（可怜巴巴）我跟几个无聊的男生吵架，说我会在丘赛（丘成桐大学生数学竞赛）中虐杀他们！】

X：【（大笑）是你的风格。】

顾萤：【这下吹牛吹大了，万一惨遭打脸，他们肯定更嚣张了！】

X：【那就努力吧，把吹过的牛变成真的，就不算吹牛。】

X：【不过，你为什么又跟人吵架？小孩儿脾气还是得收一收，人总是要长大的。】

顾萤：【因为他们夸我漂亮！】

X：【……】

顾萤：【现在谁夸我漂亮我都火冒三丈，总觉得是在“内涵”我实力不行！】

X：【你很漂亮。】

顾萤：【（开心）谢谢！我新研究了一个好看的妆，叫蜜桃乌龙甜茶妆，明天拍给你看。】

X：【……】

顾萤后来在丘赛的几何与拓扑方向拿到了银奖，对于大一新生而言已经是非常厉害的成绩，这其实可以归功于她暑假期间的疯狂超前学习，以至于无心插柳柳成荫。一同参赛的还有老同学聂明哲，他最终拿到了代数、数论与组合方向的铜奖。

番外五

沈清耀考完 qualifying exam（博士资格考试）后就是寒假，恰逢顾萤的考试周，所以即便他回国了也没见到她的人影。

顾萤再怎么想见他，也没办法和自己的绩点过不去——毕竟绩点直接影响她以后能不能拿到梦想学校的录取，而男朋友是什么时候都能见的。

沈清耀对此格外失落，在电话里软磨硬泡：“你要复习什么，不如我像以前那样帮你检查一下？”

顾萤薄弱的意志力实在难以抵挡住诱惑，乖乖被司机接到了沈清耀家里。

“你带这么多书，该不会真想让我给你讲吧？”沈清耀一眼便留意到她沉甸甸的书包，哭笑不得，“我说顾学霸，你约会就这行头？”

顾萤一听到他的声音就再也克制不住自己，书包都没放下就跑过去，扑进他怀里。

陌生又熟悉的气息骤然包围，她突然不知怎的格外委屈，开口都带了哭腔：“呜……我好累，不是说到了大学就轻松了吗？老师都是骗子，读大学真的好累啊……”

沈清耀微微叹了口气：“我是不是打扰你学习了？大一的课业压力这么大吗？”

顾萤摇了摇头：“其实我都复习了三遍了，但考前还是好焦虑。”

“你真是一点儿都没变。”沈清耀又叹了口气，帮她把重如千斤的书包卸下，轻轻搁在一边，“考前越拼命复习压力越大，你当心焦虑到最后又发挥不出真实水准，反而适得其反。”

“哦……”顾萤闷闷地应了一声。

“我以为你会让我不要乌鸦嘴。”沈清耀笑了，顺手捏了捏她泛着樱粉色的脸颊。

“男神说什么都对！”顾萤也由着他捏，微凉的手指力道也不重，只隐隐带来一阵轻微的酥麻，“就算不对……那我也想听男神的！”

“顾萤你别这样……”沈清耀笑得越发无奈，“你这样会让我很想欺负你。”

“男神随便欺负好了……”顾萤说着，脑子里已然开始浮想联翩，小声问，“你买了吗？”

“买什么？”沈清耀怔了一下，印象中顾萤似乎没有提过要他带什么礼物，倒是他想过给她买些小东西，比如通常女孩子会喜欢的包包或者化妆品之类的，可是行程太赶了也就没顾上。

顾萤眨了眨眼睛，一脸纯真无邪地说：“避孕套。”

沈清耀被这个预料之外的答案噎得不知如何接话，薄唇边的笑意渐渐转变为一丝羞恼的佯怒。

他惩罚似的加大了手劲儿捏着她柔软的脸蛋：“顾萤，你每次见到我，脑子里都装着些什么乱七八糟的东西！”

“大半夜跑到男朋友家里，难不成真的熬夜复习吗？”顾萤理直气壮，在他怀里笑得肆无忌惮。

“你当初是怎么说的，嗯？”沈清耀瞪她，学着她的语气道，“如果我偶像此刻站在我面前，那我一定焚香沐浴，怀着虔诚的心仰望他，像沈清耀那么出尘绝世、超凡脱俗的人，我乱想一分那都是亵渎。”

“我说过吗？”顾萤装傻充愣。

“你是在质疑我的记忆力？”沈清耀在她额头上轻轻敲了一下，“一字不差，我保证。”

“那个时候我怎么会知道男神这么温柔可爱，每次见了就只想扑倒。”顾萤踮脚一跳，攀在他身上像一只考拉，又像发现了什么新大陆似的凑在他耳边道，“呀，你耳根都红了，该不会以前都没跟女孩子这么亲密过吧？”

“你给我立刻、马上去学习！”沈清耀托着她的背，想把她放在沙发上，却被她牢牢环住了脖子，不禁无奈地蹙眉笑道，“别胡闹了，不是刚刚还说很累吗？”

“男神男神，我来终结你的处男时代吧，好不好？”顾萤缠着他撒娇。

沈清耀彻底拿她没辙：“你生理期快到了，好好休息。”

“你这么一说，好像确实快到了，你怎么知道？”顾萤自己都老是忘记天数。

“你的周期稳定在二十八到二十九天，算算也差不多了吧。”沈清耀耐心解释着，把她的手臂从自己的脖子上拉下来。

“那不是刚好，不是说快来姨妈的时候是安全期，避孕套都省了。”

顾萤一瞬间又恢复了大灰狼看小白兔的眼神，“无障碍亲密接触岂不是更好？”

沈清耀感觉自己耳根肯定又红了：“顾萤，你都在哪儿学的这些？再这样我生气了！”

“我室友说的。”

“赶紧换个室友吧。”

“有什么关系嘛，大家都是成年人啦。”

“你老这样搞得好像我急着回国就为了做这事儿。”

“是我急，我急还不行吗？”

无人回话。

“真的生气了？”

“我总觉得你还是年纪太小了，而且我们这样会不会发展太快了？就不能好好谈个纯纯的恋爱吗？”

“其实……我真的挺急的。男神真的是我的男朋友了吗？我害怕你下一秒就不是我男朋友了，所以迫不及待地想把能想到的事情都做一遍，不然不是挺遗憾的吗？”

沈清耀怎么都没想到顾萤会这样说，一时愣住了。

“这个世界是真实的吗？肯定是假的吧？不然男神怎么会喜欢我这么普普通通的女孩子呀？”

“顾萤，我不允许你总是贬低我女朋友。”

顾萤没有作声。

“也不准你咒我失恋。”

顾萤沉默着听他说话。

“我女朋友明明天下第一可爱，这几个月我每天都是数着日子盼回国的。”

“真的吗？真的吗？”顾萤忽闪着大眼睛问他。

“顾萤，你就是我女神，真的。”沈清耀郑重其事地说道，“这个世界上确实存在一些人一边瞧不上自己的女朋友，一边还要恋爱，这是因为他们的人生不得不将就，而我又不需要将就，当然是跟最喜欢的女孩子在一起了。”

“真……真的吗？”顾萤受宠若惊得舌头都开始打结，又觉得他的话无懈可击。

“假的。你如果不复习就赶紧休息吧，我叫你来就是想抱抱你。”沈清耀恢复了一贯的傲娇表情。

“呜，男神给我加个buff（游戏术语，指增益系的各种魔法）吧！”

“好，加这学期满绩buff。”

“满绩哪那么好考……我们年级第一都没有满绩。”

“不然怎么叫buff呢？”

番外六

顾萤读大学以来的第一个寒假姗姗来迟。

最后一门考完那天，她解放了似的直接回到了沈清耀的家里，刚推开门就看到了一张陌生而精致的面孔。有那么几秒钟，她甚至以为自己走错门了，下意识地后退了两步。

“你是顾萤吧？我是沈清耀的妈妈，我姓赵。”赵嘉惠朝顾萤笑了笑，礼貌而谦和地自我介绍。

“啊……是，赵阿姨好！”顾萤脑子里一瞬间闪过各种狗血剧的场景，琢磨着是不是赶紧脚底抹油、溜之大吉比较好。

“把门关上吧，别这么见外，以后都是一家人。”赵嘉惠见她愣在门口，便接着热情地招呼道，“经常听小耀提起你，但他从来没告诉过我你长这么漂亮。”

“啊？”顾萤蒙蒙地应了声，迟疑着把门关上，像木偶似的走了过去。

“其实很早我就想要飞来跟你见一面了，但他怎么都不让，说你怕生，怕我吓着你。”赵嘉惠笑着拉过她的手，“顾萤，我就是想当面谢谢你。”

“什么？”顾萤感觉这个剧情走向有点超出她的预判。

“小耀从小就不是一个普通孩子，可能外人看到的都是他光鲜的一面。”赵嘉惠眉心一垂，叹了口气，“你知道，他从很小开始就是聚光灯的焦点。”

“这个我太知道了！我从小就是他的脑残粉！”顾萤冲动说完又不好意思地吐了吐舌头。

赵嘉惠被她逗得一笑：“他小时候和其他琴童相比，进步飞速，不仅仅是因为他音乐天赋异于常人，更是因为他聪明。在其他孩子还只能随着老师的指点半知半解地边玩边练的时候，他已经能够举一反三地思考，并根据自己的弱点有针对性地训练了，因此他总能事半功倍。”

“哇，太羡慕了！”顾萤惊叹道。

“可任何事都是有代价的，其他孩子做成一件小事往往就能非常快乐，可是小耀不会，从五岁开始，他拿再多的荣誉，都没有过正常孩子的那种开心，从来没有过。”赵嘉惠说着，又叹了口气，“这么多年，我从来都没有在他的脸上见到过普通人脸上常见的愉悦，再加上频繁地演出和比赛挤占了他大部分的童年时光，而仅剩的时间他又都在学数学，所以我常常担心，长此以往，不利于心理健康。”

“说不定那些奖项对于他而言，就和我们普通人吃饭睡觉一样，是自然而然的事，那肯定没什么值得特别高兴的吧……”顾萤换位思考了一下，颇为体谅地说道。

“但是他最近让我感觉不一样了。”赵嘉惠看着顾萤笑了，“他那天跟我说，他喜欢的女孩子答应做他的女朋友了，整个人开心得好像第一次被带去游乐园的小朋友！当时我就想，这个女孩子得多么难追？我还担心你会不会伤害他，因为感情上他真的是一张白纸。”

“啊？”顾萤听愣了，不由得想起来沈清耀的粉丝们对他私生活的种种窥探猜测，忍不住就想笑。

“现在见到你，我心里的石头就放下了。”赵嘉惠摸了摸顾萤的头，“多么可爱的小姑娘啊，太招人喜欢了。什么时候有时间，我们两家一起吃个饭？”

“啊？”顾萤被突如其来的“见家长”打了个措手不及，“那个……我还没跟我妈提这个事儿呢……”

“哦，这样。那慢慢来，是我太着急了。”赵嘉惠笑了，“阿姨就是太满意了，迫不及待地想把你领回家。”

顾萤正襟危坐，总觉得哪里不太对……

番外七

沈清耀的妈妈在家里住了一周，每天兴致勃勃地把顾萤像公主娃娃似的摆弄，光衣服就买了一大堆。

在机场送赵嘉惠走的时候，顾萤望着湛蓝的天空，突然生出一种“请神容易送神难”的感慨。

“我妈是喜欢你。”回到家，沈清耀看顾萤一副“大难不死”的表情，无奈地解释道。

“阿姨的资本家做派和我这种根正苗红的无产阶级有着深远的鸿沟。”顾萤瘫在沙发上，悠长地松了口气，“随随便便一出手就是我一年的生活费，换你你不受惊吓？”

“我妈习惯了。”沈清耀轻声笑了笑，眉眼间格外宠溺，“你以后也会习惯的。”

“有一种……特别不真实的感觉。”顾萤像个小猫似的钻进他怀里，小声问，“男神，你真的是我的了吗？”

“是啊。”沈清耀揉了揉她顺滑的长发，闻着她发梢散发着的淡淡樱花香，“当然。”

“可你是天才，你妈妈是贵妇，我只是个普通人。”顾萤孩子气地嘟着嘴说。

“你不也是天才美少女吗？”沈清耀忍不住在她粉润的唇上亲了一下。

“你又逗我！”顾萤趴在他胸口上，闷闷不乐地说，“我们专业大部分人还都挺刻苦的，辛静那个专业有很多平时不怎么学，一考试就超高分的学生，聊起来都说自己中学的时候也没少玩，轻轻松松就保送明华了。这样的人在我们学校都只是平均水准，远远算不上天才的范畴，更不用说我这种拼了命学还没进国集的失败者了。”

“我也很刻苦啊……”沈清耀轻轻把她的脸捧起来，认真地说，“我小时候无论学钢琴还是学数学，也都是拼了命的。真正热爱的东西，拼尽全力是自然而然的事情，不是吗？”

“那你不喜欢玩吗？”顾萤好奇地问。

“也不是不喜欢吧，小孩子哪有什么玩和学习的概念呢？还不是什么有趣就做什么。我小时候觉得游戏很无聊罢了，练琴的间隙思考数学对我而言就是一种玩吧。”沈清耀回忆着自己的过往，认真答道，“学完了初等的内容会陷入一种无聊的状态，于是自然会去找一些更高阶的数学来学。当时我其实也没意识到自己聪明或者什么的，只是觉得很有意思。”

他说得太过随意，顾萤一时半会儿只顾得上目瞪口呆。

“如果换一个人跟我说这些，肯定是会挨打的。”顾萤仰头看他。

“为什么？”沈清耀无辜地问。

“没什么，又被你装到了。”顾萤笑。

“日月可鉴，我只是顺着你的话题实话实说罢了。”

“就是这样才让人觉得气嘛……像是我们专业那些人，张口闭口鄙视链。不少人坚信辛静那个专业，也就是经济金融类，就算读到博士都不需要什么智商之类的，你只会觉得他们无聊，而不会觉得气。”顾萤叹了口气。

“可不敢随便鄙视做金融的，上街（指华尔街）做 hedge fund（对冲基金）那帮人，谁没有几块国际奥赛金牌？”沈清耀打趣道。

“你傲慢得甚至不屑于去看轻谁。”顾萤总结道。

“有吗？”沈清耀忍不住自省了几秒，“我只是单纯认为随意评价他人的人生不是什么礼貌的行为。”

“可恶，又被你装到了！”

番外八

“顾萤，你看电视了吗？张旻文火了！”辛静在视频另一端叽叽喳喳。

“哈？”顾萤寻思着张旻文也不是什么网红或者明星，怎么就

火了？

“他寒假参加了一个烧脑的娱乐节目，”辛静十分激动，“他在节目里疯狂地对其他人进行智商和颜值的双重碾压，太帅了啊啊啊！”

“喂喂喂，你又开始花痴了！”顾萤倒抽一口冷气，愤懑地谴责，“你不记得他追我的时候是什么德行了？都忘了是吧？说好的跟我一起抵制他呢？你这会儿都忘了？”

“哎呀，你自己看看节目！看完你就懂了！”辛静正在兴头上，“自来水”起来都不顾对象是谁了。

“不看！”顾萤刚说完就看到沈清耀打开了电视。

“是这个吗？”沈清耀凑过去问辛静。

“对对对！”辛静说完才反应过来是沈清耀本尊在跟她说话，停顿了几秒又开始尖叫。

顾萤一边调低音量，一边跟沈清耀埋怨：“你什么时候也对这些哗众取宠的娱乐节目感兴趣了？”

“看看你那位传说中的学长。”沈清耀语气不善。

“喂喂……”顾萤总觉得他在阴阳怪气。

“其实这类节目大都喜欢拿记忆力和心算能力开刀，以展现高智商。”沈清耀不以为意地说，“因为这两项技能最有节目效果，也最一目了然，最容易被大众所理解。”

“你也能做到记住这么多东西吗？”顾萤好奇地问。

“可以，但没必要。人的记忆力是能够训练的，但是我们日常不需要去记忆大量无逻辑、无内在关联的内容，因此各种记忆法就显得多此一举了。”沈清耀的语气多少有些轻蔑，“这就好像围棋的复盘是基于行棋逻辑而不是硬记的，真要记某个随机排列的棋盘当然也是能记下来的，只是没必要。我一个老师曾经跟我说过，真正学懂了的知识是不会忘的。如果忘了，说明你当时就没有真正学懂，其实也是殊途同归的道理。”

“哦……那你觉得什么才最能体现高智商呢？”顾萤继续问道。

“大概是同时处理大量信息的脑力吧。”沈清耀思忖片刻后说道，“哦，对了，你还记得我那次帮你做数独比赛吗？当时推介员提到的

Working memory（工作记忆）就是这类脑力的一种体现……当然，这是我个人的一点经验，我也没怎么读过脑科学的文献，不敢说肯定是对的。”

“欧拉双目失明依旧可以在脑内处理大量信息并且完成几百篇论文，这是不是代表了 Working memory 的巅峰？”顾萤突发奇想，笑着问道。

“或许吧。”沈清耀看着电视屏幕，心不在焉地说。

“我们别看了吧？”顾萤看他脸色不虞，试探着问。

“他在大学里又追过你？”沈清耀脸色一沉，把视线移到顾萤身上。

“啊？”顾萤这才留意到节目里面其他参赛者在休息时间正八卦张旻文的感情经历，“没有，就闹着玩似的说要做我男朋友，我就说我已经有男朋友了……”

“你怎么都没跟我说过？闹着玩人家单身几年就为了等你？”沈清耀微微垂眸，手臂一收就把她紧紧禁锢在怀里，“说句实话，如果他态度好一点，高中的时候你是不是就答应他了？”

“怎么可能？我都快烦死他了。这你也要吃醋？”顾萤哭笑不得，“我们不看他了，好不好嘛！”

她话音刚落就被沈清耀托住后脑勺，霸占似的吻了下来。